JUHEDEBOGUANG

泃河的波光

翟德年敬题

柴福善　著

民族出版社

平谷文化高地系列丛书

作者肖像（罗雪村 绘）

柴福善，北京市平谷区人，1956 年 12 月生。曾任平谷县委党史办副主任、县文化文物局副局长、区文化委员会副主任、区文联副主席、区政协常委、学习与文史委员会主任，现为中国作家协会会员、北京作家协会理事。

1982年开始发表文学作品，在全国多家报刊发表诗歌百余首、散文四百余篇，多篇作品被转载，并收入多种文集。散文集《江山有待》荣获全国第五届冰心散文奖，《两栖集——柴福善散文精粹》被中国散文学会指定为 2012 年特别推荐书籍。

出版散文集《逍遥人生》《岁月无痕》《往事与乡情》《核桃树下的王蒙》《秦时明月》《江山有待》《两栖集》《畅游石林峡》（中英文）及诗集《石林峡 · 梨树沟》校注《李锴诗文集》《与中学生谈写作》，与古建专家罗哲文合著《中华名寺大观》《中华名塔大观》《中华名桥大观》《中华名园大观》《中华名楼大观》《中国的世界遗产》，编著《平谷寺庙志略》《平谷古树名木图志》《志书补遗》《明代平谷志料辑校》《平谷史话（修订本）》《峪口史话》《独乐河史话》《马昌营史话》《镇罗营史话》《大兴庄史话》《刘家店史话》《东高村史话》《平谷镇史话》《丫髻山》《丫髻山楹联匾额》《丫髻山碑刻》《丫髻山传说》《丫髻山历史文化读本》，主编《泃水长歌（三卷）》《平谷文物志》《情满石林峡》《美在梨树沟》等。

卷首语

文章千古事，得失寸心知。反正柴福善真切地、感人地写出了自己的乡情、亲情、人情，描绘了一幅真实生动的北方农村生活图景，既不是呻唤煽情，也不是牧歌装扮，这些文章好看，有滋有味，因为它不仅是文章，而且是真实的我们自己的与我们周边的人生。

——著名作家王蒙

柴福善不仅有丰富的生活经历，而且对生活有很好的艺术悟性；他受过系统的文化教育，有过近二十年的创作实践，具备比较扎实的文字功力和艺术修养；尤其难能可贵的，是他对写作勤奋而严谨、自觉地追求大气和高品位、高格调的境界。只要他坚持自己认定的路子，不偏不邪，不娇不怠地走下去，极有可能成为散文大家。

——著名作家浩然

我以为，正宗的或比较纯粹的游记散文，当以善于制形写物、精描细绘为胜。前人评说徐弘祖的游记说：“吾于霞客之游，不服其阔远，而服其精详；于霞客之书，不多其博辨，而多其真实。”这是深谙制形写物、捕其精妙之难者的透辟之论。也只有从这个角度，才能准确估量柴福善在游记散文写作方面长期投注的心血和锻炼而成的功力。

——著名评论家曾镇南

读柴福善的散文，我心里浮出一个“真”字，太真了，有时“真”得让人颤栗。二十多年过去了，不管世道如何变化，人心如何风化，他不为左右，只是笔耕不辍，写自家的文章。他的文字极其简洁朴素，不铺张，不雕饰，一派天然。所以，我说他的文章是“柴文、素心、真情”，是自己的一片天地，属于独特的自己。

——著名评论家张德祥

目录

泃河的波光

京津冀交汇处，京东平谷有河有湖。其中一条河是泃（jū）河，一个湖是金海湖。

泃河，古为泃水，何以得名，何时得名，已不可知。只知“泃”字别无他意，当是先人专为此而造了。平谷境内河流大小二十余条，泃河是最大一条，常说泃洳二河映带左右，洳河其实只是一条支流而已。泃河自远古流来，滋润着这片土地，世代养育着这片土地上繁衍生息的平谷人。泃河无疑是平谷的母亲河。

我曾不止一次踏察，泃河是怎样涓涓地发源于燕山深处，又怎样汇纳百川地流经平谷，最终滔滔滚滚地流注渤海。千百年来，泃河应该是水运繁忙，不仅有军事运征供给，更有民用货物运输，如北边核桃、栗子等干果山货运往天津，而煤油、盐、碱等生活必需品从天津运来，由此再转运承德等地。摄于20世纪30年代寺渠码头的一张旧照，船只众多，桅杆林立，可见过去水运之一斑。访谈沿岸老人，说最大船载货可达两万斤，且自豪地告诉我当年他们有人还撑过船呢。

泃河可以水运，可以灌溉，可以尽为人所用。而一旦天泻骤雨，满山满谷流水一股脑涌至泃河，就会一下漫过河床，形成不可以掌控的水害。志书中元明清均有大水的记载。记得马坊镇东店村东旧有三官庙，庙东就是泃河，村里传有“三官庙脊上挂苲草”之说。苲草本为一种水草，水中生长之物，竟挂在了大庙脊上，正说明那年泃河发水，一直淹到岸上的庙顶。离此不远的小屯村后街西头，有座一间大的小庙，庙前后各有两棵一搂多粗的大槐树，庙北即泃河。20 世纪 50 年代初发水，连庙带树一块儿冲走。眼瞅着大槐树在河里翻滚，没人敢捞。小庙的位置现已为泃河河道中央了。1958 年夏大雨连天，泃河两岸一二里宽汪洋一片，大水涨至房檐，岸上人一时没地方跑，就跑到了房顶上。

泃河虽不像过去的黄河那样“三年两决口，百年一改道”，但也是无数次地恣意泛滥。新中国成立后，平谷人民心底共同发出一个呼唤：一定要根治泃河！1959 年 10 月，在泃河流经的海子村那道窄窄的山口，北京水利设计者挥笔成图，万千平谷儿女便聚集于此，以简陋的锨、镐等工具，挖黄土，刨砂料，再以独轮车、双轮车，以致创造性地发明四轮车、六轮车推运。历时七八个月，两山间愣是奇迹般地横亘起一道巍然大坝，拦住了肆虐千百年的洪水！

当我如今寻找到这些当年的英俊青年，他们谈起以往的困苦，谈起以往的艰辛，谈起以往的快乐与幸福，还一再慨叹：那道大坝是窝窝头堆起来的，是平谷儿女的汗水与希望筑起来的！无论如何，平谷人民用双手奋力一挽，就在滔滔泃河上挽了一个结，因坐落海子村旁，故称海子水库。其后经续建、扩建，总库容达一亿多立方米，终于成为北京地区继密云水库、官厅水库之后的又一座大型水库。古老的泃河从此不再恣意、不再疯狂，而是捋顺条边地依照人们的意愿，让啥时候流就啥时候流，让流向哪里就流向哪里，去灌溉，去发电，去尽情地做有益于人民的事。而当初为了修建水库，库区里的人们也是舍小家为大家，洒一把热泪，毅然告别世代居住的老屋，搬迁到了库区外，甚至远走他乡。

时光如水，奔流至今。随着社会发展，曾经的海子水库因平谷盛产黄金，且北部就是巍巍大金山，故改名金海湖，成为京东风景名胜。一湖碧水映衬得水天一色、纤尘不染。天无丝毫风迹，终因浩瀚，湖面微波荡漾，太阳下波光粼粼。我乘船缓缓驶向湖心，船在微波中慢慢荡出一道波痕，随后幽幽扩散成一幅抖开的扇面。时值暑夏，可湖水生凉，也就无须摇这淋漓水扇了。想当年亚运会水上项目在此举行，擂鼓呐喊声中，亚运健儿劈波斩浪，争金夺银，何等英豪！明年世界休闲大会亦在这里举行，不同肤色、不同语言、不同国度、不同地域的世界宾客将云集于此，又将是一番什么景象呢？我一时想象不尽。船行湖中，眼看山穷水尽，可船头一转，待过得山来，便豁然开朗了。这道山横陈湖心，据方志记载，清康熙年间平谷发生大地震，竟把半座山咣当当震将下去，才形成现在东半山峭壁，岩石峥嵘，如刀削斧斫，数个山峰形如锯齿，而西半山缓缓，松柏苍翠的景观。山上一亭，人道半山亭。举目畅望，才觉金海湖四周皆山，而山外依然是山。东南影影绰绰一塔高矗山巅，擎举古塔的是盘山。东面及北面呢，层峦叠嶂，明代万里长城蜿蜒其间，留一座将军石关守护到今天。而莽莽苍苍远入云霄的，不是别的，正是赫赫燕山主峰！园林建造注重借景，这里就把名山胜景巧妙地借到湖中来了。望着这一切，想当年的设计者，起初图纸上估计没有这些，也可能不会想到这些。是啊，事物的发展正如社会的发展、祖国的发展，往往超出人的想象！

我下船在大坝上流连，眺望远山近水，壮丽美景。回想60年前，那时平谷人民凭一股干劲截河成湖，如今仍令人肃然起敬。而勤劳智慧的人们后来把这劳动果实化为胜景，壮我祖国大地、中华河山。

2009年6月28日草，29日改，8月18日再改，19日又改，2019年4月26日改，27日再改，28日改定于善书斋

刊载于2019年5月11日《人民日报》副刊

入选中宣部“学习强国”APP

梨树沟写意

京东梨树沟或许是燕山山脉从海底隆起时，在南麓不经意留下的一条沟谷。

不知什么时候，一只鸟飞来，衔着一颗梨核儿，不小心滚落沟里。冬去春来，慢慢长出一棵大梨树。更不知什么时候，谁先走进沟里，就在树下住下来，随口就叫这条沟梨树沟了。随口，就很诗意的一个名字。随着人家越聚越多，便形成一片村落，人们很自然就以沟名而命名村名了。

许多年前，我曾走进沟寻找诗意。踏着石阶，走进一户人家。就是石头垒砌外墙、土坯打里的房子，树枝子扎一遭寨笆，寨笆上嘟噜着顶花的扁豆、丝瓜、倭瓜，一派田园风光。院子不大，归整得干净利落。主人给我搬个木墩儿，扤一瓢缸里的凉水。水喝完了，感觉浑身清爽。从此，我记住了梨树沟人的热情与淳朴，也记住了这一瓢凉水的甘甜与滋润。

十几年前，我踏着石阶再来寻找。但见那一遭寨笆围着的房子，显得有些破旧，树枝编扎的稍门虚掩着。院里长满荒草，透着几分人去屋空的荒凉。一打听，原来沟里人家由于泥石流或其他原因，搬迁沟外了。尽管离开这道沟谷，起了一排排新屋，过上新的生活，可还叫梨树沟，这是一代代人骨子里的记忆。

今春，我又走进梨树沟，像武陵人走进桃花源，贸然间识不得了：平展的山路，两边青砖砌筑的长城一般的垛口。望向沟里，绿莹莹山谷间，一树一树的白，像山间的云，可云没有这芬芳；像冬天的雪，可雪没有这温润。这么想着，也就走近了，原来是一树一树的梨花。梨花三朵五朵簇拥着，伴着清风微微摇曳。细看每一朵，都开得嫩白，仿佛轻轻一缕鸟鸣，就会鸣破嫩白的花瓣儿。多少蜜蜂忙碌着，不失时机地嘤嘤嗡嗡采蜜。这北方的梨花蜜与南方的荔枝蜜比，应该各有芬芳吧。那些没人居住的人家，一如当初，还散落在梨树下。

我不知梨树沟究竟有多少梨树，但见大的腰般粗，小的腿般细，大大小小随处可见。我想起岑参的“忽如一夜春风来，千树万树梨花开”，可那写的是北方边塞八月的飞雪；又想起白居易的“玉容寂寞泪阑干，梨花一枝春带雨”，而这写的当是唐玄宗李隆基苦苦思念的杨贵妃。看来，诗人只是借梨花意象而言他，并非真写梨花。不过，真以此描写梨树沟，倒也贴切自然、生动传神，那么，就当是唐代诗人为梨树沟而写了。

梨树沟很幽深，转过去，仍不见尽头。梨树间，时有一棵棵大栗子树，或树干空洞，或主干干枯成一截树桩，旁边酿出新芽围着树桩又长出一棵。这些大栗子树怎么也有几百上千年了，生长成这样儿需要老去的时间。沿着平展展的路上得山来，一片片、一堆堆大大小小黝黝发黑的块石，不是平常山岩崩裂的那种，似是从山底喷涌出来淌落淤积的。怪不得沟里人说这是古火山口。千万年，亿万年，或更久远，我尽情想象着火山喷发刹那吞天吐地的磅礴与壮观！

我上山时，随手拄着拐杖，终究山地不比平地，好在累了就随地歇息。比如沟谷间那座湖水坝上一道风雨长廊，尽管没有风雨，但是我可在长廊里小憩一番，顺便欣赏一下山泉如何从沟谷聚而为湖，又如何从湖口下流为溪，使梨树沟的诗意平添几分灵气。我终于走上山顶，山顶横亘着蜿蜒的长城。明时这里隶属蓟镇，不知总兵戚继光是否督查至此？我没有考证，可那些残存而相望的空心敌楼，即为戚继光所创造。城墙就地取材，以山石垒砌，一些高低错落的垛口尚在，我才明白路两边青砖砌筑的垛口，原来依长城而修筑。

伫立山顶眺望，沟那边就是京东名胜石林峡，石林飞瀑，自然天成。梨树沟则不同，梨花、湖水、长城及古火山口，融为一体，更具意蕴。曾几何时，山乡一条普通得不能再普通的沟谷，如今竟幻化为一道绝妙风景。想梨树沟人在外面一排一排的房子里，应该生活得愈来愈幸福。可我还是想念人家散落、鸡犬相闻的梨树沟，想念那一瓢凉水的甘甜，甚至想把寨笆围着、稍门虚掩的人家简单收拾住下，悄悄长成一棵梨树！是啊，梨树经一冬孕育，春天里满沟满谷争先恐后白白地尽情绽放了。遥知不是雪，可心底翻来覆去总觉得是雪。怎知这雪，不觉里就有一片飘落我头顶了呢！

2018年8月5日草，6日改，7日再改，8日又改，10日又改，19日又改，30日又改，31日又改，9月1日改定于善书斋

刊载于2018年9月29日《人民日报》副刊，随即入选高中语文试题题库，多个省地选用为高一语文试题

小城的变迁

我是恢复高考后走出乡村，走进平谷小城的。

走进小城，才知小城真的很小，东西、南北也就一里多地，没走几步，就到小城尽头了，好一座玲珑袖珍的小城！四遭城墙早拆去了，可墙基还在，就此开辟了一遭环行路。城内主要是青砖青瓦的民居，也很陈旧，甚至残破了。有一幢、半幢的楼，恍如鹤立鸡群，是在过去老县衙处盖的县招待所。角角落落散落着雕花柱础、螭首残碑之物，透漏着小城古老的信息。当然，城里老人聊起过去，会津津有味地比划着述说：这里是老县衙，南面是文庙，北面是城隍庙，过去规矩，知县要先拜城隍再上任。当然也记得哪条是邻里相让的仁义胡同、哪条是曾白塔耸峙的塔儿胡同等等。老人亲眼所见，娓娓道来，自是如数家珍了。可惜这些庙塔踪迹皆无，只能永远烙印在老人的深深记忆里了。城东紧邻泃河，就是北魏郦道元《水经注》记载的泃水，也是战国成书的《竹书纪年》记载的齐师与燕师战于泃水的泃水。泃河上横陈一座破旧的老木桥，不足一丈宽窄，两边护栏有些零落，桥面时有鸡窝坑一样的漏洞。透过漏洞，可见桥下的水不舍昼夜的自北向南流去。

小城慢慢地越过旧墙基，不声不响地向西拓展。那些大小机构，一个个从小城搬出，造型各异、高矮不一的建筑矗立起来，以致悄然形成一条与小城相连通的宽阔大街。由于县政府就在大街的主要地方，人们便习惯地称之为“府前街”了。府前街是小城贯通东西的主要街道，宽四五十米。小城人那时很闭塞，走惯了乡下的土路，哪见得这么宽的街道？朴素的情感之下，认为这得占多少地！要知地在小城人心中，向来是无比重要的。那时小城确实人很少，时有摇晃着叮咚铃声、戴着粪兜的马车招摇过市，按着长短笛的汽车寥寥无几，街道显得空荡荡的。谁知没几年，小城人渐渐多起来了，汽车也渐渐多起来了，四面八方的外乡人来到这里，街道车水马龙，人们这才叹服当初决策与设计的超前意识，惊呼当初为啥不更宽些，因为小城已开始像京城一样地堵塞了。居民随之从狭仄的旧城搬出，重新聚落成一片一片新的小区，连几十层的高楼也树林般的一幢幢拔地而起，俨然一座充满现代气派的城市呢！

我刚来小城，窄窄的街巷道路，根本没有且也不用红绿灯。偶尔去趟京城，不怕笑话，见着红绿灯都不知咋走，就一个没见过世面的乡巴佬！也记不得啥时小城在要冲路口处，开始安装红绿灯了，现在抬眼就是，恐怕没人能说清到底安装了多少。就像一双双眨动的眼睛，帮助小城人看路，当然也规范着小城人来往出行，小城人也自觉自愿地该停停、该行行，心底明白这言行举止就叫文明。就像红绿灯一样，小城不知啥时也出现艺术的雕塑了，出现点景的山石了，如今几乎到处都是，石头上还镌刻着书法字迹。不是炫耀，毕竟平谷是中国奇石之乡，是中国书法之乡！怎能不近水楼台，就地摆着些奇石，刻着些书法呢？而雕塑最具代表的最早的，是小城东部的“奔马”，小城人务实，对这新事物有些不理解，说弄这个又顶不了钱花，当不了饭吃！久而久之，小城人潜意识里也接受了，一说到哪儿？大马那儿！“奔马”竟成了小城最早的地标。小城陆续又建造了群龙石雕“腾飞”，寓意不言自明。还有迎宾环岛的“大桃”，以象征平谷为中国大桃之乡。这些大大小小的雕塑、刻石，都已成为小城不可或缺的一部分，向世界展示着小城独有的个性与魅力，展示着小城人跟随时代潮流、与时俱进的眼光、襟怀与精神。

我来小城这多年，主要精力研究平谷历史文化，走遍了平谷诸多的山山水水，访谈了平原与山乡的村村落落。才知平谷三面环山，中为谷地，因以平谷名。这里有十万年前人类活动的历史，七千年前的上宅文化，五千年的轩辕文化，三千年的青铜文化，两千二百年的建置文化，千年道教文化，六百年的长城文化以及英勇悲壮的抗战红色文化等等，这悠久的历史与厚重的文化，与中华文明一脉绵延，正是小城发展自信的基因与底蕴。

站山巅眺望，平谷东、南、北三面环山，形如盆地，独西面敞向京城。就在西面豁缺处，二十里长山横亘成了一道照壁，使平谷愈加藏风聚气了。山川沃野花木繁茂，洵水、泇河映带左右，小城怡然其间，似呈二龙戏珠之势。洵河那座历经沧桑的老木桥，仅石头砌筑的桥墩尚在，且作了一抹历史的遗迹。桥墩南北各有一座可几车并驾的高架桥，畅通着小城。近年河道治理，河长上任，洵水、泇河不再干涸，不再污浊，绿水清流，白云倒映，水鸟翻飞，小城一派泠泠水韵。向西小城已延伸五六里，不知不觉越过了泇河，甚至周边还建立了卫星城镇，过去地道的农民随之步入了城镇化的浩荡进程中！

四十年间，于宇宙不过须臾一瞬，于我却由青春洋溢而渐入老境，每天我走进走出的小城呢？从历史遗留的旧墙基上走出，愈发地生机勃勃，实在是今非昔比了！以后还会如何？我真的不敢设想，不能设想，根本也没法设想，只管随着小城的脚步，随着匆匆的时光，一起向明天走去！

明天——我的山水相依的小城，我的生态宜居的小城，我的历史久远的小城，我的工作于斯、生活于斯、无限眷恋的小城！

2018年6月2日草，3日改，4日再改，5日改定于善书斋

刊载于2018年6月13日《人民日报》副刊

入选中宣部“学习强国”APP

石林峡览胜

云南石林，早已闻名天下。京东平谷几时也拱出了石林，似前所未闻。当我专程驱车前往，置身峡谷，竟流连而忘返了。

想这里是燕山余脉，或许燕山隆起的刹那，不经意一抖，就抖出这道深深的峡谷，任太阳下老去的时光慢慢沧桑，一直沧桑到今天，让我尽情观赏。

观石。幽幽峡谷里散落着大大小小的石头，填充得峡谷不再空旷。而石上时有或繁复或简洁或富丽或质朴的纹饰，真以为是哪位大家手笔的墨迹，其实是时光沧桑的痕迹。一方大石，不知从何处滚落，滚落中恰被一棵不大的树随意一抵，石借惯势下倾，树依定力上挺，瞬间倾挺为一种平衡，进而成就一道绝妙风景。又一石更大，中间齐茬茬断作两截，如此巨石应天力所断，而非人力所为。但见断裂的石缝窄窄，有人好奇地穿来穿去，以此为趣。我不去穿，总担心两半石一时心血来潮骤而合一，若躲闪不及，再想出来大概要等地老天荒了。

观水。那些支支棱棱的石头，大也好，小也罢，说到底，全是大山的分化。大山更悉心地淌出清泉涓涓滋润，也许是希望这些石头再生长出一座座超越自己的山来。怎奈石愚顽不化，不仅不长，反而日久天长、天长日久地渐渐失去了生长的棱角，混沌沌全然不复当初了。只是悄然生发一片片指甲盖大的苔藓，似不负殷殷水意。大山无言无怨，顺其自然，依然不改初衷地滋润着，不曾想滋长出一条条小鱼，无忧无虑地嬉戏。几株水草摇曳，任凭鱼们栖息。水是不舍昼夜地流淌，在峡谷宽阔处时或顽皮地一踅，便聚而为潭，聚出几分幽深、几分宁静。幽深宁静中，小鱼常常摇头摆尾地逆流而游，日光下澈，影布石上。我也水边随鱼而上，直至峡谷尽头，一道瀑布轰鸣不绝，自大山深处喷涌而出，涌至百丈千丈的崖顶扑拉拉急不可待地飞泻而下，溅起丛丛雪白水花，然后悠然流去，流成那道清亮亮溪水，一直流向山外苍茫天地之间。

观山。如果石是山的分化，水是山的流淌，那么峡谷则是山的别离。原本一座大山，那么一抖就永远分开了，以致最窄处仅一两步之遥，也只能眼巴巴可望而不可即，除非再一次沧海桑田。故此，两山便对称着高耸，只是这山的凸出处，恰是那山的凹陷处，不尽相同，但一定可以大致吻合。我谷底仰望，两侧对峙的悬崖峭壁，宛若刀削斧斫，遮天蔽日，望而生畏。那峭壁因风雨蚕食，竟形如林状，故东侧山称东石林山，西侧山称西石林山。我走过多少名山大川，在中国北方这样的石林实不多见。石林间一团团经霜雪而不凋的绿色，是石缝里顽强生存的松柏，虽不盎然，也不蓬勃，却为石林点染出几许生机。应该是山多高、水多高，不然很难生长任何生命，包括松柏。松柏可以生长，悬崖峭壁却鲜有人迹，松柏便不失时机地作了鸟们的乐园。我寻觅不见鸟们，却欣然领略鸟们啼鸣的欢乐，且以鸟乐而乐。

鸟们仿佛忽略了我的存在，我不在意，更不以任何方式打扰，就给鸟们留些自由自在的生存空间。又想我已然到了峡谷尽头，就索性登上山去，一直登临绝顶。绝顶有亭以点景，只是点得略显粗糙，多少有些美中不足。尽管如此，我还是站在亭里略作休憩，好好俯瞰一番曲折幽深、狭窄峥嵘的峡谷。转身，发现绝顶并非极顶，峰峰岭岭、连绵起伏向天际，那不是别的，正是莽莽苍苍的燕山！

我下山了，回顾石林峡景，终与云南石林不同。也是，十里不同俗，百里不同天，何况一在清新秀美的南方，一在雄浑豪放的北方，怎不各有千秋呢？

刊载于2009年7月7日《北京日报》副刊

再访石林峡

居家到春天，想着出门走走，决定去石林峡。京东平谷依然宁静。路上虽行人少于往昔，麦田里、果园间却已有不少乡亲忙碌着，毕竟一年之计在于春。而杏花也解人意，不失时机地绽放了。桃花虽未到绽放时候，可也努力酝酿着骨朵。

过了明代长城黄松峪关，就到了石林峡。想想上次来，竟已是十几年前了。这次再来，得知景区此前因防控疫情严格封闭。那一阵，北京的众多景点都闭门谢客，石林峡也不例外。但这儿倒并不怨天尤人，不等靠要，也不坐吃山空，而是绸缪在先，趁闭门时改造旧景。眼下开始复工复产，石林峡作为自然山水，率先渐次开放，引得我这样在家里闷久了的游人前来。

到门前，果然，已有比我更早的游人了。只是疫情防控还不能掉以轻心，仍然严格测温扫码，控制人数进入。峡谷里不比外面，一般花木还没从冬眠下完全醒过神来。一片片松树却不管这些，只以不凋的浓绿，泼洒到阳光照耀不到的半坡峡谷，也顺势皴染出山石裸露的阴阳向背，很有些前人笔墨神韵。一树树杏花散散落落，远远近近地不择地而粉白，使人领略着春来峡谷的轻盈脚步。崎岖路旁，一枝桃花竟先于山外开了，于岩缝小草，蓬蓬枯叶间钻出细密的芽尖儿，旁边蚯蚓吐一堆儿湿润的新泥。

这一切簇拥着峡谷里大大小小、滔滔滚滚的石头，点染着高低错落、疏密相间的石林，当然也映衬着清清浅浅、澄澄澈澈的泉水。我踏着泉声拄杖而行，山路也随之左曲右折，一步高似一步，而每一步都有寻觅不得的鸟鸣长一声、短一声、轻一声、重一声地随伴。直至杏花暗山花明，泉水尽山路穷，自是峡谷尽头了。

尽头不是峡谷的收笔，反而是一道绝胜风景。山顶一瀑水流，冲出一凹缺口，急遽地轰然天降，直挂黑黝黝绝壁，如一条白练。壁上时有山石突兀，白练无奈地被分割为几缕。遇风踅来，又吹得白练柔柔地摆动，但很快恢复了常态，瞬间就飞落壁底了。常言水滴石穿，飞流非水滴，经年累月，竟把壁底冲击成一凹石潭！

十几年前就是这样，飞瀑成潭。谁知这次到跟前，见瀑布依旧，瀑下则化作了一大片盈盈的水池。一道道随弯就势的坝阶，舒缓着瀑布的水流。游鱼自由自在，日光下影布池底。池水一阶一阶地漫溢，形成一叠一叠的瀑布。这山间白练、壁底彩池，一时间使我沉醉不已。瀑布飞落的刹那，弥漫的细密水珠纷纷飘洒身上，颇有些早春时节的凉。

就在回身之际，忽见瀑布下部，一道彩虹横挂绝壁，这是平时雨后天晴才有且转瞬即逝的情景。在这里只需停住脚步，太阳明悬峡谷上空，抬眼望即可随时随地一看再看了。

瀑水流过一道彩虹桥，不舍昼夜地奔流而去，我也随着流水从桥上下来。

在这一派明净的山水中，舒展心境，恍惚想象自己就是一棵崖柏，生长于石林壁上，与这山、与这水、与这天地，相悠游、相偎依、相守望。在人与自然的交接中，精神健旺起来。

2020年4月6日草，7日至9日改，10日再改，11日又改，12日改定于善书斋

刊载于2020年4月29日《人民日报》副刊，中国作家网、人民网、新华网、中国社会科学网、中国青年网、光明网、新浪网、搜狐网等多家网站相继转载

入选中宣部“学习强国”APP

平谷桃花源

平谷三面环山，中为谷地。莽莽二十余万亩桃园，就繁茂于这山圈儿里。桃园尤以华山为最，原本就从这里繁茂开来的呢！而华山之名，据说亦为原东魏要阳古县桃花山，其历史自是源远流长了。

且莫一再溯本追源，时值四月天，看那春风一点，一朵两朵桃花小心翼翼地一番左顾右盼，便毅然决然敢为天下先地拱出苞儿来。随后那些酝酿已久的骨朵禁不住开放的灿烂，便爆竹般噼噼啪啪绽放了。不待一夜春风，就绽放得漫山遍野。这漫山遍野缤缤纷纷的桃花，绝非元人散曲小令，那太小巧玲珑了，而是一部鸿篇巨制，多层次、多角度、多章节、多卷帙的结构，就是曹雪芹、罗贯中大概也难以驾驭！单看每一朵，也绝非漫不经心地轻描淡写，而是在各自枝头，有章有法、有节有奏、有秩有序、有品有味地绽放开来，更有只只蝴蝶，不失时机恰到好处地翩翩着修辞。

我陶醉于花间，慨叹皇天后土怎如此青睐这一川土地，灿烂出如许绝妙桃花呢？但见花瓣袅袅，宛若轻盈禅翼，虽略粉红，却艳而不妖，美丽着这川沃土，当然也知恩回报着沃土上抚育她们的辛勤劳作之人。更感谢上苍风调雨顺，不然，莫说冰天雪地，就是“倒春寒”，大概未及绽放便早被寒风吹打去了。我默默踟蹰于林间，悉心感受充满嘤嘤啾啾、欢快鸟鸣的空气里，浮动着怎样一种浓极而又淡极的芳香，如一缕缕悠远钟声，缭绕心底，流韵隽永，回味不绝。

登临山巅，但见东方横亘着万里长城，虽充满沧桑，但可作为中华民族的象征、世界人类的遗产，蜿蜒于燕山之间，成了桃园屏障；北面屹立着老象雄峰，以整座山峰为象，浑然天成，也是日月轮回，风雨雕琢，大自然鬼斧神工，壮了桃园之景；南接汉城旧址，平谷建置二千二百余年，延续至今。城基瓦砾，如一部厚厚典籍，平添桃园之蕴；西望京师，古都建筑辉煌，深远厚重，恰作了桃园依托。无论我怎样思接千载，视通万里，眼前这一切，或天然造化，或人文胜迹，早与桃园融为一体，使四月里的桃园，刹那间汇成一片热烈欢腾、深沉浩瀚的桃花海！

桃花海里，无数花瓣舞动，分明激荡着中国音乐的节拍，奏出天上人间的优美曲乐。一时间，世人争相竞传，中国乐谷，世界桃园！平谷确是世界最大的桃园，而华山无疑是桃园最精彩壮观的华章。这华章并非是夸父追日的拐杖，一根拐杖再神通也幻化不了这多；也不是武陵人贸然闯进的桃花源，那不过夹岸数百步，即使满栽桃树，充其量又栽植几株？究其实，这华章是一代代桃园儿女的辛劳杰作，而他们也在杰作中享受着幸福与快乐！我曾想，四月桃花里，若夸父来此，或许也不再苦苦地追日，当拄着拐杖而醉入花丛；若陶渊明有知，定会欣然命笔，再作桃花源新记了。

当然，作新记时，请陶翁切莫忘记：桃园四十万儿女正做着的桃花梦。随着悠扬乐律，缤纷落英，梦在枝头，将会一天天成熟为现实。

此文写于20世纪80年代末，1990年5月25日以《北宫桃花云》为题，发表于《北京日报》(郊区版)，后多次修改，2016年1月8日再改，9日又改，14日改定于善书斋，亦曾题为《情满桃园》，相继刊载于《北京日报》等

平谷三赋

平谷赋

平谷，本古渔阳郡地。距京师东北百余里，地近畿辅，诚天汉之津梁，幽燕之关隘。

自古建置都邑，必因山河之势。三面环山，中则平地，因以平谷名。又东南盘峰耸峙，故号盘阴。群山攒簇，峭峻峰峦。桃植遍野，花倾天下。洵水洳河，映带左右。奔流到海，跻列百川。仰观山形，俯察地脉，呈二龙戏珠之势，积磅礴浩然之气。

洪荒远古，先人落脚，兀自繁衍生息；八千年前，聚为部落，创造上宅文化。渔山轩辕台，冈阜隆然，形如大冢，诚为黄帝纪念之地；丫髻道观群，庙宇参差，碑碣林立，典入皇家祭祀之籍；明万里长城，莽莽山间，蜿蜒逶迤，榜列世界遗产之序。文化源远流长，共铸泱泱华夏辉煌。

汉初置县，迨隋唐以迄有明，虽屡裁省旋，终延续相传，已二千二百余载。邑俗质厚，独语方言，饶具古风，如太和元气，流行于天地间。尝言善人天地之纪，君子邦家之光。古有金横海军节度使，明太子少保工部尚书，清外务部左侍郎；更今朝甲骨研究翘楚，书领篆体风骚，画开燕山流韵，文学崛起蓬勃，报刊收藏独步，摄影光照神州。纵观古今，人才辈出，人文蔚起，揽群峰峻秀，汇洵水文澜。

平谷僻在山陬，却为兵家所必争。今东接山海，西倚京华，道经津冀，通达九州。且以平实平和之姿，虚怀若谷之态，策“四化”“五谷”之略，奔富裕小康之梦。试看明日平谷，必是美丽、文明、幸福之谷，若明珠熠然璀璨于京郊大地！

2013年4月21日草，至5月1日改，2014年10月14日至26日改定

九里山赋

九里山者，山之周遭九里也。

本属燕山余脉，故不甚高。西接大华之山，东望四座之楼。长城蜿蜒而北去，石河折曲且南流。古火山边，静观远古之火；老泉口里，清淌长老之泉。花峪湖，碧波映白云缈缈日月；熊儿寨，古堡守关隘悠悠春秋。试问淮阴侯，为富贵何曾生生葬母？谁知九里山，竟历代如此口口相传。

日寇铁蹄，践踏中华河山。挖壕沟设炮楼，集家并村三光扫荡；根据地遇困难，民兵长山冒险运粮。盟军飞机失事东长峪，军民营救美国飞行员。讨伐队夜宿北土门，八路军围剿歼敌顽。八年浴血抗战，九里山儿女谱写壮烈诗篇！

英雄概，关山远。看今朝，春欣欣以向荣，秋累累而灿然。园日涉以成趣，门虽设而常开。清和景明，古风犹在，宛若世外桃源。且待中华圆梦日，必是桃源小康时。

2015年7月4日草，至23日改，2016年6月17日改定

北寨赋

北寨者，明峨嵋山寨也。

南接盘山，北踞长城。东濒金海，西眺都京。明为蓟镇，守边关要塞；清属马兰，卫皇家陵寝。

日寇侵华，北寨划作无人区；民兵奋起，抗日建成堡垒村。创刊救国滦西版，营救美国飞行员。“铁北寨，铜南山，打不垮的鱼子山”，众口声声传至今。

今北寨，山水秀丽；如诗画，十里杏花。当年边关争战地，且留胜迹壮河山。

北寨明朝，中国梦里，定分外妖娆！

2018年6月10日草，11日改，16日改定于善书斋

此三赋相继发表于《京郊日报》等报刊，且被书家所写及刻石

平谷红叶胜香山

时已初冬，可还有秋天的感觉，以致无论城里，抑或乡村，树木依然枝叶繁茂，旮旯的一些野花还悄悄地灿烂着。

终归季节不以人的意志为转移，晚来几日还是来了，树叶也就自然地变了颜色。我生活于京东，具体说是平谷，又称绿谷。说绿，因平谷三面环山，中为谷地，葱茏着树木与五谷。当然还有另一层含义，这里是一片没有污染的生态净土。

随着秋天降临，五谷收获了，田野便悠然空旷起来，而树木仍旧挺立山上，慢慢地秋着。古人尝言“春江水暖鸭先知”，对于季节，其实树木也知。这些年，路边和风景区植了很多观赏树，当我穿越其间，发现树叶早已不声不响地红了。

丫髻山，道教名山，才修复的庙宇，古色古香。古香中多了一份耀眼，那是千头椿，也有人说是火炬树。甭管是什么，反正晨钟暮鼓里，一树一树不失时机地红着。或许有意无意间熏染了道教文化，只觉这红里透着几分仙气。

将军关，明代万里长城一座重要关隘，几百年前就地取材修造的石头墙。古来边关征战地，如今胜迹壮河山了。长城内外，尽是柿树，有些尚未采摘的柿子在枝头摇曳，而小手掌大的柿叶也竞相红了。细看叶脉，犹如手掌纹络，输送脉液，愈经霜愈发红烈。柿子红得鲜亮，鲜亮得似一盏盏灯笼，而柿叶却红得深沉，深沉里透着几分肃气。

金海湖呢，周遭群山，捧一湖碧水。那群山尽是香山那样的黄栌。并非这里生成自己的“小气候”，而是全球都在变暖，该按季节来的，竟有些姗姗来迟。就那样，黄栌们约好了似的，说红的刹那，便一山一山地红去，简直要红透莽莽燕山！而红中点染着一些苍翠，那是不凋的松柏散落其间。碧水波光映照着红叶，透着几分灵气。守候金海湖的金章宗之女金花公主悉心品读这灵气，只是不晓得能否品出优美的诗篇。而湖畔生活于远古的上宅人，无论如何也品不出诗来，因为七八千年前还没有文字，但上宅人一定会登上这群山，饱览眼中的一切。饱览之余，一定会“嗬”“嗬”地雀跃欢呼，甚至张开双臂，尽情拥抱这美丽、这壮观。古人今人的爱美之心一定是相通的。

那天，我驱车沿着才打通的山路，或平坦、或曲折、或蜿蜒地一直从南到北、从东到西，转了这三面环山的整整一遭。无须担心，车到山前必有路，而有路必有红叶观！或驻足静静欣赏，或车中匆匆一掠，直看得我心悦，看得我心仪，看得我心花怒放，看得我心旷神怡，看得我心满意足，看得我心血来潮，最后着实令我心惊！

想平谷原本中国桃乡，20多万亩桃花，四月里一齐绽放出京东的春天。曾几何时，又生长出这多红叶，让这山圈儿里萧瑟的秋天红起来了呢？都说京西香山红叶好，不过区区十余万株，可平谷这三面山间究竟有多少、谁能数得清、又怎样去数呢？香山一脉可玲珑于袖内，如一篇精致的小品，而平谷亘古绵延的三面山川，则磅礴着大块文章。香山最高处不过500米高矮，而平谷东指壶峰竟达1000余米，我站在那里，好好领略了一番这无边无际的红叶，也顺便领略了一下天下。

2006年11月4日草，2016年8月13日改

刊载于2006年11月9日《北京晚报》副刊，随即江苏一家晚报转载，中国作家网等作为美文亦予转载

登东指壶记

东指壶，并非真的是一只壶，而是一座山，一座平谷最高的山。至于为何如此而名，未曾询问当地人，不得而知。翻阅地名志，道是东指壶，只言山形似壶而已。世上之事其实大可不必处处认真，既来登山，那就一心妥神的情满于山吧。

我来时秋已经很深了，甚至深到了冬的边缘，特别前几日才降一场雨，一场秋雨一场寒，天气自然更冷些了。冷也无碍，登山会愈发令人神清气爽。所以，待车至山前，甩掉身上多余之物，就一身轻松的起步了。

从远处看，东指壶也是与其他山一般无二的隆起，而上了山，才发现满山都是树木，有乔木，也有灌木，有针叶，也有阔叶，有落叶，也有长青。当然，树下还有花草，只是早被寒秋凋零了。这些树木粗细相间，高矮错落，各自生存于自己的空间，形成一山茂密的树林。

林间曲折着一条石板路，为山里人就地取材所铺砌。路是随石就岩，随坡就坎，随宽就窄，我便也一步步随着登去。山路落满了树叶，黄叶、红叶、甚至还有绿叶，或蜷缩、或舒展地芜杂一起，没人打扫，也无须打扫，就暄腾腾任人踩踏。大概前面登山人才走过去，留下一排影影绰绰的脚印，树叶便被碾碎而混为杂色，你中有我、我中有你、你我中有它，再也分不清什么叶子了。

石板路边扎以稀疏的木栏，便于登山人扶助。栏倚路行，或直或弯，或起或伏，与路形影不离。就在路某一段，林木恰巧疏落，太阳恰巧斜照，便将栏影清晰地投映在石板路上，宛若一道铁轨，负载着无形的火车悠向山那边了。一棵大橡树四五支干并立，应该不是诗人舒婷所致的橡树，诗人的橡树在南方，这是北方，且就守候在路旁，或许就等待着我经过。经过了回头，逆光里满树黄叶更加靓丽。偶尔，一树挺立路中，当初修路时一定是为树让路而不随意砍伐，毕竟要十年树木，一棵树就会荫出一片自然撑起一片天地。

登至半山，石板路悄然岔出一条小径，窄窄的完全是随便踏出的，且树叶早已覆盖，许久没有人迹。我鼓起勇气不再因循前人足迹，毅然另辟蹊径举步走去。但见满山皆生寒树，负势竞上，横柯蔽日，简直在昼犹昏。枝杈间时有鸟儿栖息，歪头望我边振羽边一啼再啼。我向鸟儿微笑，挥手热情致意，大概鸟儿误解了，竟惊飞而去。旁边一树挺拔，甘作依托任青藤向着太阳攀爬。树下背阴处，一片苔藓茵绿，仿佛置霜寒于度外，依然生存于雨润的夏季。还有一株白桦，不算粗大，生长于树桩之上。细看不是一桩，而是两桩三桩，有的都糟朽了。也是山中不计年，白桦们一代代默默传承，只无需籽粒繁衍，而以根根相生了。

这时，一阵山风不知从哪个山洼踅来，穿越林木间，疯狂摇曳着枝头。叶子本已失去生机，霎时极不情愿地离了枝头随风乱舞。我仰面张开双臂，空中千片万片叶子旋转着缓缓飘落，有的竟倏地砸落我脸上。我敢说，古人“秋风生渭水，落叶满长安”诗句尽管充满想象，但是也只是诗句而已，区区长安怎比得莽莽群山壮观！壮观中风过耳畔，小径也终于一拐，就拐着我登临绝顶了。

绝顶，巨石散落，虽有裂隙，却如积木可以拼合一体，当是千万年自然风化了。我攀援石上，凌空一望，东指壶峰海拔一千二百余米，顿时踏我脚下！会当凌绝顶，一览众山小，山小我自为峰了。莽莽群山深秋里层林尽染，阳光辉映着湛蓝晴天，使其更加绚烂。山岭间蜿蜒的那一抢痕迹，无疑是明代万里长城的一截。眺望中忽觉这不是画家克勇先生随手泼出的水墨么？究竟是画家师法自然，抑或自然师法画家，还是互为师法，一时难以说清。就不说了，转念，东指壶峰再高，也属于燕山余脉。极目东北，莽苍苍直接天际，突兀着的就是雾灵主峰吧。

人尝言高处不胜寒，我不敢为峰久立石上。石旁一亭，二层重檐，黄琉璃瓦覆顶。看形制为近年所建，似乎没名。想起来路，亦有座单檐六角小亭，且施以彩绘，只是绘得有些民间，也没题名。亭为点景，名为点睛，亭都建了，为何不肯点睛呢？疏忽了么？我顾不了这多，抖抖风尘下山了。沿路支棱着一方方巨石，或屋般小，或案般大，或斜倚路边，或悬耸崖畔，或对峙如门，或中空如洞，尤其一石形如一大写的“人”字，又似一对恋人相拥而吻，其“胯”下为洞，洞壁满布彩色纹饰，一方绝妙奇石。平谷作为中国观赏石之乡，在此得以具体、生动的展示。这些巨石皆天然形状，绝无半点人为摆布、雕琢，可惜石上亦无片言只字。试想，若因石、因势、因境而适当凿以文字，岂不更为山峰传神？说到底，也是景以名唤，胜以文传。也许是我过虑了，人家就要这朴实浑然、天然雕饰呢！

下得山来，渐行渐远，恋恋的不由得回身再望：东指壶峰尚未为人所识，自是比不得天下名山胜景，更不具庙宇庄严。恍惚间发现山腰鼓凸处，宛若一尊大肚弥勒佛端然而坐，再看山上还有，且不止一尊。原来，东指壶峰竟是一座佛山，在以天地为庙堂，又何必人间庙宇！山中有佛，而山形似壶，如此说来，那壶中不仅日月长，而且一定乾坤大了。

2011年10月20日草，21日改，22日再改

刊载于2011年11月2日《京郊日报》副刊

京东大峡谷

京东平谷作为世界最大桃园举世闻名，而这道区区峡谷在桃园盛名之下，往往为人所忽略。其实，出平谷城往东北十余公里，自鱼子山进入便是。

原本一岭起伏错落、亘古绵延的燕山余脉，不知什么代纪、什么力量、什么动因使之轰然裂开，深者百丈千寻，浅者一人高矮，完全是随余脉而深而浅。置身峡谷，仰望壁崖危岩，云浮游于崖岩上，自由往来，不留痕迹。我则不行，不但自由不来，而且心生忐忑，每每担心儿时呼的一阵风来，会骤然吹拢壁崖，我恐躲身不及的。自是杞人忧壁，日月轮回千年万年了，不是一直这般裂着么？

裂着，便裸露出大小不一、形态各异的无数奇石。如老君石，似太上老君盘腿打坐，闲来与谁对弈，一局棋下了多少春秋，仍未见分晓，也许一直要下到地老天荒；蛤蟆石，悠然卧于绿草丛中，侧耳静心谛听，隐约可闻咯呱咯呱、长长短短、清清脆脆的蛙鼓之声；神龟石，一条长石探出为颈，整座大山踞后为躯，山巅一柱大石摩天，宛若驮一方无字巨碑，或许太古奥了，苍天默默解读，始终未解其根本立意。奇石嶙峋，难以一一具状。本来为峡谷断裂时遗留之物，后经自然漫漶、风化，混混沌沌。当人发现之后，才依形据势，附着人的思维与智慧，便像泰山等天下名山一样将石文化了。

山石间，寻常的松柏树、橡子树以及叫不出名的乔木与灌木，虽没有黄山迎客松那样的古树名木，却是一样的挺拔，一样的蓬丛，一样的遮天蔽日，一样的葱茏蓊郁。看鸟儿各据枝头，腾跃争鸣，不见其身影，只闻其啼声。树木下，缤纷着奇花异草，引得蝶儿蹁跹、虫儿振羽。我或仰望、或俯瞰，亦想与其一起腾跃争鸣，一起蹁跹振羽。纯属一厢情愿，鸟们蝶们虫们或以我为庞然大物，未及我走近，早销声匿迹远远避我而去了。

鸟鸣之外，更有泉声充盈于耳。泉水峡谷间随高就洼，随窄就阔，随石就土，无拘无束，清粼粼自在流淌，四季不竭，泉声自然也淙淙不绝了。山石因此而愈加灵润，草木因此而愈加繁茂，我亦因此而愈加怡乐。峡谷下有龙湖，上有天池，以泉上下相连，相连而洄漩出大小大小的潭，云影、鸟影飘落潭中，随水浮动。时或鱼儿游出，便搅碎了一潭幽影。尤其天池下，千仞壁立，如刀削斧斫，壁中多罅隙，水自池底涌入，贴耳于壁，訇然有声。瀑布自崖顶纵身一跃而落，似与飞流直下的庐山瀑布一样可观。因崖前倾，仄隐其下，但见瀑如雨雾飞泻，即使三伏时节，也湿漉漉，尽是沾衣不湿的清凉。

清凉中，回顾所来，或崎岖山路，或危岩栈道，无不险象横生，也妙趣横生。而一道铁索桥横陈两崖间，长达百余米。虽比不得大渡河铁索桥之险，可初步踏上，颤巍巍也是着实不敢举步，两眼直直的只顾从桥缝胆怯地下视，足有十数丈深浅，不觉胆战心惊。一旦放胆前行，便觉悬空索链极富弹性，脚不等落下，迅即又被弹起，在嘎嘎声响里摇摇晃晃，惊险无穷，乐亦无穷。单这一桥，也不枉费这偷得的半日之闲。何况那每座山、每块石、每株树木、每朵花瓣，甚至每缕泉声、每语鸟鸣，都蕴藏着各自的优美故事与传说，就留与游历者慧眼发现与精心编织了。

至于峡谷绝顶，半日因脚力所致，只得乘缆车捷径而上，一览未曾修葺却一样惟余莽莽、一样蜿蜒而过的明代长城原貌，领略江山胜迹的别一番境界。

2013年4月29日改，30日再改，5月1日又改，2日改定

刊载于1992年11月28日《北京晚报》副刊

幽谷寻象记

平谷多山，自然多峡谷，而每一道峡谷都有自己的景色，再有我也不能同时游览。就在槐花飘香的时日，我随意朝城北驱车而去。

没多久，就到了山前。终归是燕山，即使余脉也连绵起伏，甚至莽莽苍苍。忽见一块巨大招牌，十分突出地展示着“老象峰”影像，依标志线路我按图索“象”。当一步迈过那座人为的“大象”之门，我便走进一道几分幽深、几分险峻、几分神秘、几分传奇的峡谷里。

置身于峡谷，前人已辟出现成的路，我便不由自主地踏着左拐右绕，右绕左拐，真担心稍不留神就拐绕到燕山深处。不过，无论如何拐绕，终归是春天了，峡谷不再是北方的荒寒，而充满着生机葱茏，以至随着春天款款的脚步而葱茏了每一个角落。看那松柏成林，枝头滋生出一截新绿，纷纷为阳光而负势竞上，横柯上蔽，简直在昼犹昏，纵是无风也林涛涌动，浑然磅礴于峡谷间。那灌木低矮，也绝不自弃，在属于自己的天地间恣意伸展着枝叶。那小花朵朵，轻描淡写地点染路旁，一起摇曳着各自的灿烂。一只蝴蝶乘兴飞来，翩然引路，眨眼间顽皮地翩入花丛，再也寻觅不见了。倒是那鸟儿，身居高枝，长一语、短一语地啾啾而鸣，应该不是高处不胜寒，春天里还能寒哪儿去呢？或许在吟咏古人诗句，为我营造“鸟鸣山更幽”的意境。

峡谷终归是峡谷，根本葱茏不住两旁的峭壁和山峰，不然，也就不成为峡谷了。山岩随目光陡然峭立，甚至须仰视才见岩顶缭绕的白云。想燕山当初疯狂、激烈、汹涌的造山运动，留下这道深深的裂痕，不复愈合。面对着日月经天、江河行地，峡谷不知默默峡了多少岁月，也许早空寂不记年了。

不记年的峭壁或森然直立，如刀削斧斫，一条青藤毅然攀援上去，在青褐褐的峭壁上，攀援出绿生生一藤风景；或赫然前倾，倾成崖棚，虽不能避风，却可遮雨，聪慧的蜂们巧妙构筑了窝穴，崖棚下安乐也就无关云雨与天风了；或悠然后仰，缓缓仰作山峰，与原本的山便大同小异了。

赏葱茏花木，观陡然峭壁，象在哪儿呢？山前总不是虚假招牌吧。反正花木间没有，峭壁间也没有，峡谷两旁连绵的山峰呢？那混沌沌一拱，似象背庞然；那肥嘟嘟一团，若象蹄抬翘；那硕大大一蒲，如象耳煽动。这些山容峰貌，为我眼中所状，如盲人摸象，所及仅局部一点，根本不同于招牌影像。当至峡谷尽头，一现代琉璃牌坊，额书“老象峰”三字。抬望眼的刹那，才见山顶一象正恭候我呢。原来招牌不欺我，是我脚力未至。顾视来路，看似漫不经心、随随意意，实则巧妙安排、精心铺垫。我一鼓作气走上观景台，看大象已不似牌坊之象以头迎我，而是慢转中横现全身，竟双象东西相背，尾部连为一体。这绝对是象，可还不是招牌影像。我再鼓气，哪怕登踏崎岖蜿蜒的千百级石阶，径直寻向那座山峰。渐岖渐高，蜿转间将近山顶，双象渐渐隐去，一头老象千呼万唤终于露出本来面目：百八十米高矮，前一粗壮石柱似象鼻下垂吸水，后以整座山峰隆成大象身躯。不看则已，愈看愈觉活脱脱憨态可掬。真是苍天造物，鬼斧神工、浑然天成、惟妙惟肖、生动传神。回想招牌影像，虽与此吻合，但充其量是缩绘在一张画布上，远没有这般神韵。况且许多事物只要一刻意人为，就不免失去自然。而牌楼之象、观景台双象与眼前老象说到底，其实就是一象！只是横看成岭侧成峰，远近高低各不同罢了。

想世间哪有如此之象呢？天下风景无数，仅桂林漓江象鼻山可相媲美。只是象鼻山孤零零于江边，没有这磅礴气势，毕竟是赫赫燕山擎举着呢！我置身象鼻孔洞眺望，群山苍翠着起伏远去，起伏中若一人仰天而卧，那眉毛胡须清晰可辨，尤其那下巴朝天一翘，很令人想起一位世界伟人，当然不是。这人像以前后两山叠映而成，叠映得太奇绝、太奇妙、太奇迹、太奇丽，实在是恰到好处，不落一点痕迹。只不知在此仰卧了多久，会不会仰卧够了，想起什么忽的翻身跃起，骑着老象扬鞭而去？

老象也好，卧人也罢，一切尽在似与不似之间。如果说我今天为踏寻老象而来，那么仰天而卧的人像，则是我意外发现。以后若老象之外再添一景，也不虚我半日时光了。

2009年5月30日至31日改，6月1日再改

刊载于1990年7月23日《北京日报》（郊区版）副刊

收入现代出版社《青年阅读丛书》之《丈量自然风景》

古往今来挂甲峪

一

挂甲峪，平谷北部一座小山村，以新农村建设和民俗旅游而闻名京郊。

近年，一家一户都搬进了独门独院的二层小楼，村人尽享着别墅般的山居生活。我来时是冬季，天飘着雪花，雪不大，可落下来一时不能融化，渐积渐累，天地也就一片洁白了，简直洁白成了一个童话世界。

小村坐落在一道沟谷里，转过这些院落，便可见旧时的情景。旧时小村分为上下两片，顾名思义，下片就在沟谷下面，上片则在沟谷上面。那些住了一代又一代人的老房子，一时尚未拆去，仍空落那里，歪歪仄仄地述说着小村的过去。

二

过去，几乎有人生活的地方，就会有庙宇，这里也是。小村虽小，竟有两座五道庙及六七座小山神庙。

五道庙，供奉“五道老爷”的庙宇。五道老爷为道教东岳大帝属神，掌管世人生死荣禄，是一位阴间大神。如村里有人去世了，家人便来报庙烧纸，这是旧时习俗。两座五道庙，一在上片南面山上，一在下片北边，都面阔一间，绘有五道神像及七十二司等壁画，以教化世人多做好事、善事，不做坏事、恶事。下片北边庙前东侧，一棵大槐树有两搂多粗，连树杈都空了。老槐空洞至此，绝非三年五载可致，应该为立庄先人所栽，自是小村的见证与象征了。1958年，集体吃食堂时把老槐放了，至今村人想起来仍觉痛惜。

小村居住分散，盖不起像模像样的大庙，一些人家就在附近，搬三五块石头随手搭个小庙，称作山神庙，总共搭有六七座，村人还记得每座小石头庙的位置及谁家所搭。山神，一种地方保护神。远古以来，人们对山加以神化，进而崇拜。即是住在山里，低头、抬头都是山，尤其要靠山吃山，村人对山怎能不十二分地敬奉呢？因此，就在小石头庙里，摆上小香炉，逢年过节烧香上供，可见小村人的淳朴与虔诚。

怎奈人事沧桑，庙事沧桑，而今这些庙宇早已无存，甚至难寻遗迹了。

近年，村里在半山间新建一座龙王庙。南辟山门，北置大殿三间，单檐硬山顶，东西厢房各三间，单檐卷棚顶。大殿内供奉龙王泥塑坐像，一边立有两尊雷公等泥塑站像。大殿前立着两通古碑碑首，皆为蟠龙螭首。即是庙为新建，碑首当不是庙中之物。而东侧碑首似清代碑刻，浮雕较为精致，当年规制或者不低，只不知原来树于何处了。

东厢房住有道士，其中一位很年轻，自称邱（处机）祖二十七代弟子。问年龄，答“道不言寿”。

三

小村立庄应该不是很早，王家先来，先来自然占据好地方，就住下片了。84岁的王海老人记得，王家是从后北宫村搬来的王秉起、王秉武老哥俩，据说在那边混不下去了，就逃荒到了这儿，十来辈了。王家编有家谱，“文革”中破“四旧”烧了。王家一来，挂甲峪就立庄了。如此算来，已有两百来年，约清道光前后，应该早不到册页写的明崇祯时。而后北宫王家则是明时从山东随军过来的老哥五个。不仅挂甲峪王，还有东辛壮王、上镇南山王，都是这儿的王，论起来全是一家人了。

紧随其后的当是马家，81岁的马和田老人回忆，马家从前北宫村搬来，已八九辈儿，起码一百四五十年以上，当在清朝末年。抗战时期，共产党干部李子光来开辟地区，住山洞七天七夜，财主马秀天天悄悄送饭。张家从放光搬来，就是村书记张朝起老太爷子那辈儿过来的，大致在清末民初。张家来得晚些，只能在上片找个地方安顿了。还有如贾家从小峪子后沟搬来，华家从陈庄子搬来，李家从后北宫搬来。刘家呢，据说从西胡家务（今西古村）搬来，也四五辈了。刘家在那边烧石灰窑，有个棺材山，就是刘家祖坟。

这是挂甲峪的主要姓氏及来源。入社以前，上下两片不过 30 多户、100 多人。六七十年过去，如今已 140 户、460 多人。天翻地覆，旧貌新颜，一切今非昔比了！

四

村人记得，沟谷里有两口古井，井口以大条石砌甃。人们经年累月挑水，打水的绳子竟将条石慢慢磨出一道道深深的沟痕。现在，两口古井都蓬地下了。井边有汉白玉的石槽，五尺多长，三尺来宽，三尺多高，过去人们多在石槽里洗衣物、饮牲口。我走进新居旧村，街头散落着不少石槽、石墩、柱础等旧物，都是就地取材的本地石料，而没有汉白玉之物。

这两口古井，村人以为应该立庄之前就有了。也就是说，古井不是小村人开凿。那么，又是谁开凿的呢？不得而知。

其实，过去这里是丫髻山的地方。村人话语一出，着实使我一惊，只是后来卖给小村人了。大概丫髻山事后又反悔了，想要回去。小村人靠这山地为生，不能给。这里过去属密云县管辖，就经官府打官司，结果村里赢了。村人特意说，这有文书，大概在民国初年。

我尝想，嘬着老旱烟的小村人一定不打诳语。我简略记下这些轶闻掌故，不然，久而久之，就可能湮没尘世间，而无人知晓了。

五

有人聚集，才形成村落。而形成了村落，就要有名字，以便自己和世人呼唤。

放眼望去，左右两山逶迤相峙，中间一道沟谷，西北为谷口，天然的东南高、西北低了。这道沟谷，就是挂甲峪，小村坐落其间。沟谷形成于燕山造山运动之际，立庄则在清中后期，无疑是先有沟谷，后有村落。作为时间，一个亿万年，一个一两百年，着实难以类比。而挂甲峪得名，应在立庄之先。即先有挂甲峪之名，待王家人立了庄，因住沟谷里，就随口以沟谷之名而命名村名了。那么，挂甲峪又如何得名呢?

华宗河老人小时曾听太太讲：相传杨六郎打完仗，从萧家岭过来，看到一棵大梨树，就把铠甲脱下来挂在上面，自己坐一旁的石崖上歇着。挂甲峪由此而来，村里可能有些不一样、却大同小异的说法，本来是传说，在口口相传中随时得以丰富，使一些细节愈加具体、生动，甚至有人可以指出挂甲的那棵大树、歇息的那片石崖，仿佛确有其事。究其实，杨六郎，幼随父杨业征战。杨业率军攻应、朔等州，六郎为先锋，战朔州城下，流矢穿臂，战斗愈勇，终于攻下朔州。其父死，便肩负起河北等抗辽重任。

挂甲峪这一带，属大辽之地，杨六郎应该征战不到这里，况且典籍文献也未有征战这里的记述。挂甲之说，实属“相传”了。

六

明代《大明一统志》“山川”记载：“挂甲峪，在密云县东北，旧传宋杨延朗北征，尝挂甲于此。”这则重要资料以前未曾听人谈及。所记杨延朗，即杨延昭，延朗为本名，因行六而称杨六郎。当然，也有称杨四郎为杨延朗者，暂且不论。

《大明一统志》由资政大夫、吏部尚书兼翰林院学士李贤等奉敕修撰，为明前期官修地理总志。明太祖朱元璋建立了大明王朝，魏俊民等按《大元大一统志》体例，纂成《大明志书》。至明成祖永乐时，诏令纂修天下郡县志书，未及就绪而中辍。至代宗时，又诏令纂修，书成，定名《寰宇通志》。不久，英宗复辟，敕谕李贤等重修，赐名《大明一统志》。此志影响深远，所述精要，多为明、清地方志所承袭。

即是官修志书有记，可见民间口口“相传”并非无据了。此亦证明，早在明朝或明朝以前，杨六郎挂甲之说应该就在这里流传，且名之沟谷了。至于何时所名，何人所名，已无从查考。

七

综而观之，不仅这里有六郎挂甲之说，镇罗营北水峪关口处有挂弓顶，据说杨六郎曾在那里挂弓，来犯之敌见弓而不敢贸然进犯。北距此不远的密云古北口，辽时就建有杨令公祠。“澶渊之盟”后，宋辽罢兵，百余年间未有大规模战事。古北口不仅为宋辽使者，而且也为两边民众往来必经之地，人们在此表达对杨家将老令公的崇敬，如北宋三苏之一的苏辙赴辽途中，便谒杨无敌祠，且作诗凭吊。

说到底，中华民族是一个伟大的英雄的民族。古往今来，一代代中华儿女敬仰英雄、崇拜英雄，英雄的精神无时不鼓舞着为家国奋斗、甚至牺牲的一代代中华儿女。所以，杨六郎等杨家将传说才能够在民间广为流传，至今不衰，并将流传永远！

挂甲峪，不就是敬仰英雄、崇拜英雄的具体而真切的写照么？！

2017年7月22至23日草，24日改，25日再改，26日改定于善书斋

刊载于2017年11月30日《京郊日报》副刊

漫步圆明园

一

那年，圆明园清理挖掘部分遗址，因做文物工作便前来考察。

来时秋已经很深，偌大湖中尽是残荷，而蜻蜓、红花及采莲女，早变成画家一种向水的追思了。

湖岸几棵白杨，不因季节更迭，而失去自己的高大挺拔，叶子却不知与时俱进，僵化地黄了，风轻轻一抖，便哗啦啦漫空飞舞，最后舞落碎瓦上、残垣上、断砖上。断砖上有模糊字迹，即使不模糊，叶子也读不懂，终归太久远了。

二

一片废墟摇曳着萋萋荒草，荒草间冒出一株椿树，不是北方人常吃的那种，应是“千头椿”，又称“火炬树”。甭管叫什么，霜降后每一片叶子都红了，像火。

我想起一百多年前，英法侵略军攻占圆明园，疯狂抢掠，“有互撞而相争者，有将扑或已扑者，有扑而复起者，有矢誓、有汹骂者，有大声嘶喊者……犹之蚁穴为足所蹴，群蚁各衔米粒虫草等物，向穴狂奔而入”，一副贪婪丑态。这并非后人凭想象演绎、夸张、虚构，而是亲历其间的法国军官事后所记。由于金银珍宝太多，以致抢花了眼，最后竟不知该抢什么了，实在抢不走的就随手打碎，简直丧心病狂。抢完了、掠够了，奸笑着放一把火将园子烧了！堂堂大清帝国，连一座园子都保不住，实在可怜、可叹、可气！也是，还没望见洋人影子，皇帝便扔下北京，带着嫔妃逃之夭夭。剩几个太监使劲顶着门杠又管何用！

烧毁的是圆明园，是人类的文明，烧不掉的是强盗的罪恶行径。那把火早熄灭得只剩了灰烬，一百余年尘封土掩，甚至生满了荒草。总觉那灰烬至今还炙烤着，烤透了椿树的根须，每一片叶子才红的。

三

拨开草丛，露出一片琉璃瓦，拂去尘土，依然光亮可鉴。当初覆盖何处？皇帝批奏之所，读书之堂，抑或与嫔妃就寝之室？不得而知了，但仍可见太阳下圆明园昔日的辉煌。

圆明园，康熙时开始营建，经雍正、乾隆，至嘉庆达到鼎盛。那时处于康乾盛世，我国封建社会最后的繁荣，尤其乾隆帝崇拜祖父，且处处效仿，曾六下江南，遍游名园胜景，喜爱者画下来，回来仿建园中，如“平湖秋月”“雷峰夕照”仿杭州西湖，“坐石临流”仿绍兴兰亭。整个圆明园中，殿、堂、楼、阁、轩、榭、馆、斋、舫、台、塔、亭、廊无所不有，而且敢于突破官式规范束缚，博采北方与江南民间建筑，将我国传统建筑发挥到极致，使之成为天下园林集锦，号称“万园之园”。

尽管如此，却奈何不得洋人的枪炮与野蛮，一百余年苦心经营，可怜一炬，化为焦土！法国作家雨果愤然写下：“有一天，两个强盗走进圆明园，一个抢了东西，一个放了火……我们欧洲人自称文明人，在我们眼中，中国人是‘野蛮人’，可是你看，文明人对‘野蛮人’干了什么……在历史的面前，这两个强盗，一个叫法兰西，一个叫英吉利。”

公道自在人心，历史自有定评。

四

一代名园毁于咸丰之际，同治时以奉养两宫太后之名，意欲重修。谈何容易，国库空虚，天下大乱，洋人打劫，内忧外患，早国将不国了！

八国联军攻入京城，独揽朝政的西太后挟持着光绪帝赶紧“西巡”去了，驻守的八旗兵丁乘机勾结太监与地痞、恶霸，将圆明园残存和重修的殿宇拆卸，林木砍伐，盗卖一空。沦落到连自己都不珍惜，实在可哀！

从此，圆明园真正的有名无实、荡然无存了。曾几何时，园内竟“麦垄相望，如行田野之中”。若康熙帝地下有知，当作何感？

五

而今，圆明园代表之物，在影视、报刊、书籍中出现最多者，莫过于大水法遗址了。

其实，这只是“西洋楼”的几块石头而已。那时，在我国传统建筑下，建造了谐奇趣、黄花阵、海晏堂、远瀛观、大水法、观水法等一片欧式园林，其主体建筑用现代话说，就是人工喷泉，时称“水法”。

西洋楼最大的宫殿海晏堂，阶前大型水池里，呈“八”字排列开鼠、牛、虎、兔、龙、蛇、马、羊、猴、鸡、狗、猪十二尊兽面人身铜像，各依所司时辰轮流吐水，而正午时分一齐喷吐，成为名副其实的“水钟”。西方一般崇尚裸体雕像，那时中国绝不可能接受。万事万物一变则通，便以十二生肖替代，也是中西结合、洋为中用了。

这西洋楼称“中国之凡尔赛宫”也罢，称无与伦比的杰作也罢，在洋人枪炮下，不可能幸免。现在，只残留几块石头，让人凭吊。凭吊之余，我曾想：或许大清朝在政治上是闭关锁国的，而在文化上当是开放的，且敢于吸收西方文化。如康熙帝向外国传教士学数学，甚至学了微积分；乾隆帝拜郎士宁为画师，留下一批带有油画意味的中国画，包括其满身戎装的骑马像；建于皇家园林内的西洋楼亦如此，当是汲取了西方建筑艺术精华，且融入了中国风格与气派，完全“西化”在任何时候都是行不通的。

六

圆明园，又称圆明三园，即圆明园、长春园、绮春园，雍正、乾隆、嘉庆、道光、咸丰五朝皇帝长年居住于此，举行朝会，处理政事，优游享乐，成为紫禁城外另一座“紫禁城”。谁料一把野蛮大火，圆明三园顷刻间焚为废墟！

废墟是近代中华民族“奇耻大辱”的烙印，是活的、立体的、生动的、直观的教材，为其他教材所不可比拟与替代。每一个中华儿女漫步其间，面对荒草中的断壁残垣、断瓦残砖，心底能不生发一种愤慨、一种庄严、一种激情、一种振奋？然而，废墟上，好心人为娱游人耳目，竟一处处整修、复建，以致废墟被蚕食得愈来愈小。真担心有朝一日，废墟上重新崛起一座“圆明园”，也不过是一座辉煌的“现代”古董！

我身居京郊，距圆明园虽不甚远，但也多年未去了，不知当年清理、挖掘出的遗址，而今如何了。其实，什么样的园林都可以复建，而历史可以复原么？

2001年10月6日草，2010年9月16日改，17日再改，18日又改，19日改定

刊载于2002年2月1日《中国文物报》副刊

八里桥走笔

一

已故作家刘绍棠，称通州为“京门脸子”。

这京门脸子好大，竟流淌着一条通惠河，河上还架着一座桥。因桥距通州西门八里，故俗称八里桥。

二

通惠河并非天然形成，而是一条人工河，元初都水监郭守敬主持开凿。自昌平白浮村引神山泉，西折南转，过双塔榆河，入都城，南汇为积水潭，东南至通州高丽庄入白河。总长 164 里，外加 140 步。

元世祖忽必烈不是隋炀帝，凿通惠河自然不为游玩享乐，而是沟通江南漕运。以致元世祖见“舳舻蔽水”，龙颜大悦，欣然赐名。

三

河流西东，欲济南北须造桥梁。水流再湍急，也不似黄河、长江，两岸仅五六十米宽窄，搭建一座木桥很容易。怎奈禁不得风雨，一冲再冲木桥毁了，两岸又断绝往来，人只能隔水相望，而不能相会。

明正统时，内宫太监李德奏于英宗朱祁镇，请改建石桥，英宗准奏。待竣工时，既是前朝皇家赐了河名，今朝皇家焉能袖手，不赐桥名？便从前朝聪明地拈一“通”字，桥从河名，就“永通”吧，永远畅通，一种朴素且美好的祈愿。

四

这座负载着朴素且美好祈愿的桥，不是索桥，不是廊桥，更不是平桥，而是一座石拱桥，横跨河上，任凭河水逝者如斯夫地东去。桥两边置桥栏望柱，每个柱头雕刻一尊石狮，虽比不得卢沟桥狮子闻名天下，却也大小不同、神情各异，堪称艺术珍品。只是望柱倚的栏板，线条浅浅，刻画得虽说流畅，但终缺少些丰富图案，不免有些平板。

倒是桥头的四只戗兽，背倚石栏踞坐，头生竹节般两角，眉额前倾，眼睛鼓凸，嘴巴向上略张，头后鬃毛波浪般地与栏柱连在一起，生动传神。戗兽似龙非龙，以我浅陋学识，根本想象不出究竟是什么。戗兽不管我认知不认知，只管在桥头风风雨雨忠于职守五百余年，而且还将继续职守下去，哪怕地老天荒。

五

桥为两墩三孔，因水从西来，故墩西侧为迎水面，尖尖似船头，以斩辟、挟裹着漩涡湍急奔淌的水流；东侧为背水面，平平若船尾，以缓冲河水急遽并流。桥下四角筑雁翅泊岸，以阻挡河水对桥身的直接冲击。流体力学运用得如此巧妙，当是建桥人才华智慧尽情发挥与实践经验充分运用了。

雁翅泊岸上，卧四只石兽，密鳞长尾，扭颈探首，目不转睛地直视着奔流不息的河水。不过，以石兽镇水，也许不是八里桥建造者的发明，我国很多古桥似乎都有类似石兽，毕竟在科学建造中，又带几分唯心的虔诚，打上了那个时代的鲜明烙印。

转念，倘若夏季水势汹涌，没及雁翅，镇水兽也必遭没顶之灾！这无须担忧，没顶之后，水落石出，兽们还依然如故。

六

三孔石拱，以石券成。

乍看，中孔实在高大，上下八米有余，犹如巨人；左右两孔实在矮小，状若侏儒。侏儒与巨人相伴，不在乎谁作陪衬。想想，就像许多事情一样，简单得根本没有更多道理：除一样的流水外，无非是大孔走大船，小孔走小船，仅此而已。

通惠河原本就为漕运而开凿，是大运河的一部分，江南运粮船只多为帆船，一路也好风正一帆悬。但进皇城前必须先经此桥，而中孔以自己的高大相迎，漕船不必落下桅杆，可直接在咿呀桨声中悠悠穿桥而过。

在三孔石拱两侧，还有几个水泥桥孔，那是今人为分流河水、保护古桥所新建，非明时旧物。

七

八里桥，号称京津水路咽喉，地处交通要冲。

1860 年 8 月，在清廷“不得先行迎击”旨令下，英法联军攻陷大沽炮台，再陷津门，清军主帅僧格林沁退守八里桥。两厢对峙，清军洋洋数万，谨以大刀、长矛这些冷兵器为主，而联军区区数千，持有当时最先进的长枪、火炮。清军再勇武，杀声呼喊再高，在精良的枪炮下无济于事，只能以卵击石，一片片、一层层壮烈殉国于阵前。

僧格林沁也算得铁血男儿，毅然立马于桥上，一杆大黄旗随其挥动。国之大厦将倾，一代名将也难挽大厦于既倒！“中国人和以勇气镇定著称的鞑靼人，在战斗的最后阶段表现得尤为出色，没有一个后退，全部以身殉职。”奈何，最终只博得对手以胜利姿态几声嘲笑般的“赞叹”。

“赞叹”之下，是北京城门的攻破，咸丰皇帝惊奔热河的出逃，圆明园大火燃烧后的废墟！弱国，落后，挨打，带着累累弹痕的八里桥，一定记得这天大的耻辱和永难消失的隐痛！

八

我来时是冬季的下午，北风照往常一样凛冽，而斜阳却舒缓地照耀着，似要给八里桥几缕温暖。

桥下河水近乎干涸了，不再有“舳舻蔽水”的壮观，也不再有“长桥印月”的诗意，就是那阔阔的桥面，也铺设了现代的沥青，黑黑地覆盖了长条石砌筑，且以腰铁镶嵌，浑然一体、坚固异常的古老桥面！

只有那四只戗兽还依然忠诚地守卫着桥栏，只有那四只镇水兽还依然目不转睛地直视着河面。望柱上那些石狮呢，则在北风中无语对着夕阳。

我在桥头伫立，任斜阳慢慢拉长我的身影，与桥影重叠在一起。那流淌至今的瘦瘦的河水，会将身影、桥影随着斜阳流送进通州西门里去。

2010年3月3日草，4日改，5日再改

刊载于2010年5月17日《北京日报》副刊

初识阳曲

盛夏时节，出北京，乘高铁，一路西南，一路绿色。穿太行长长隧道，慢慢变为黄土高坡了，也依然绿着，一直绿到太原，绿到阳曲。

几度山西行迹，都不曾来阳曲，甚至不曾闻说，我实实地孤陋了。翻阅典籍文献，才知西汉时便已置县，且一置就称阳曲，尽管代有更迭，域有变迁，治有所省，甚至隋文帝恶其“曲”字，欲改“阳直”，金口亦非玉言，但是“阳曲”依然延续至今，屈指两千余年了。这与家乡平谷一样，亦西汉置县，名亦未改。东汉应劭尝言：“河千里一曲，当其阳，故曰阳曲。”“河”即黄河，这是从大势所言。应劭距西汉不远，曾集解《汉书》，博览多闻，所言应该足以凭信。

置身阳曲，发现这里不仅有莽莽黄土高坡，亦有连绵群山，且东、西、北三面环山，南部地平。平谷亦如此地貌，只是这里属太行山脉，家乡属燕山山脉。虽各据东西，而究其根底，当燕山连着太行山了。尤其阳曲，坐落在忻定与晋中盆地之间的脊梁地带。也是高处自生凉吧，我身上带着的京城暑热，到这里便尽皆消去，一派清爽、舒适，不由得生发“不辞长作阳曲人”之念了。

我做文物管理多年，积久成习，每到一地，总愿看看当地文物。真没想到，这里竟有三叶虫化石。记得云南有澄江化石地，就发现了三叶虫等，证明 53000 万年前的寒武纪早期，地球生命曾集体爆发。而阳曲这片黄土地上的三叶虫，与此是否有关，又能证明什么？对此我没有研究，一切也就不得而知。更没想到的是这里有阪泉山，相传是黄帝战蚩尤处，不仅有蚩尤坪，还有黄帝沟（后改称黄道沟）、轩辕庙。平谷亦有轩辕台（即黄帝陵）、轩辕庙，《大明一统志》等典籍有记。遥遥千里之外本不相接的两地，怎会一样都有与黄帝相关的遗迹呢？只可惜行也匆匆，未能登得阪泉山，拜谒黄帝统一华夏民族征战地。

走进青龙镇，南北一道狭长的黄土沟，原本一条官道，遂渐聚成村，初名青蒿嘴。“嘴”，当指这道黄土沟敞向河流出口之地，且以其地产青蒿故名。王氏家族独具慧眼，自第 11 代起移居青蒿嘴，经商创业，逐步有成，并注重后辈科举。至第 14 代王绳中时达到鼎盛，依沟就势，建造楼堂、亭院、庙宇、花园，一时闻名乡里，称其为“百万绳中”。而清嘉庆县志记载：“王绳中输西饷一万五千两，议叙州判。又输西饷八千两，议叙知府。”看来这是依清廷筹饷纳捐惯例，即出钱买官，应该并未赴任，仅有其名而无其实了。也是，经商到一定程度，往往就想获取一定政治资本，甭管名实。当然，王氏后人确有科举为官从政者，不再细述。我曾游览祁县乔家大院、灵石王家大院，感觉青龙镇九窑十八洞也好，吉庆堂也好，文昌宫也好，龙王庙也好，其建筑格局、装饰艺术，与之比较不相上下，古色古香地充满着自然质朴、典雅厚重的乡土气息。阳曲若为“晋阳首邑”，青龙镇则无疑是阳曲明珠了。

漫步小城，街头熙熙攘攘的男男女女，茄子、黄瓜、土豆应有尽有，还有大桃以及毛桃。耍小龙，抽汉奸，跳广场舞，也有不紧不慢地走着，迎面招呼的笑脸。这一切与家乡一般无二。听口音似与家乡不尽相同，但词语几乎无甚差异。我在洪洞大槐树下，翻阅《大槐树志》，明确记载有移民平谷者。移民时或许把这里的一切，都带到了平谷，包括村头搭着老鸹窝的大槐树，要不我怎时时处处感觉这么亲切呢？看来我今至此，也是寻根来了！跟前摆着一袋小米，金黄金黄的，主人告诉我是地道的阳曲特产。带上些，回去与家人就着茄子、土豆细细品味。

穿大街，过小巷，随意步入一户人家。老人倚门迎我入屋，得知我写作，便拿出厚厚一沓手稿，原来老人多年研究地方风土人情。在一村头，见一通黑色花岗岩石碑，镌刻着“走西口”三个大字。老人告诉我，“西口”就是朔州的杀虎口，走过去，就奔内蒙古包头了。这我是知道的，追过走西口的电视剧，更听过那曲能随之哼唱的《走西口》民歌：

哥哥你走西口，小妹妹我实在难留。

手拉着哥哥的手，送哥送到大门口。

这一走要去多少时候，盼你也要白了头。

虽有千言万语难叫你回头，只盼哥哥你早回家门口。

这首歌道出了当年山西人背井离乡出外谋生的艰辛，这一走也改变了山西与内蒙古的发展进程。老人笑笑，话锋一转，说还有“走东口”。这我倒闻所未闻。“东口”就是张家口，出张家口大境门，通过张库大道，可直达内蒙古草原甚至俄罗斯。想这东西两“口”，在明代是万里长城沿线两座重要关口，而今这走两“口”早成为遥远的故事，流传于白胡子老人口中了。老人姓杨，自称杨家将后代。我曾看杨令公后人所修《杨氏祖谱》，记述杨延昭，“妣柴氏”。天下柴姓是一家。若此，我与老人算得无需八竿子，也能胡拉着的千年老亲了。

两日行程，转来转去，总一回回转过一座楼阁。询问，道是新阳楼，一座五层重檐十字歇山顶建筑，高大体型，在一片清澈湖水与花草树木映衬下，欣然矗立于黄土高坡上。新阳楼作为博物馆，尽情展示着阳曲悠久深厚的历史文化。一张铺展的阳曲图，远观有如一只振翅的大蝴蝶，正翩翩于绿色的黄土地上，而这座新阳楼堪称阳曲之魂了。回头，再看黄帝征战的阪泉山，再看走西口的黄土地，再看手中金黄的小米，霎时觉得，这不就是中华民族之魂么？

2019年8月13日至22日草，23日改，24日改定于善书斋

刊载于2019年9月20日《北京日报》副刊

我的梅州壶

来到梅州，才知梅州不仅是叶帅故里、世界客都，而且是陶瓷之乡，早已享誉海内外。

近年来，梅州地区已发现西周石正窑、唐代水车窑、宋代瑶上窑、明代余里窑、清代瓦坑窑和民国高陂窑等，三千年来窑火不断，绵延不绝，可见梅州陶瓷历史之悠久，源远之流长了。怎奈我来去匆忙，未能亲至窑址，一探古来窑室、窑床、火道究竟，所生产的青瓷也好，白玉瓷也罢，薄胎瓷也好，厚胎瓷也罢，自是无从知晓。至于青釉、酱釉、釉下青花、釉下五彩，更无缘目睹，只能从前人“白如玉，薄如纸，明如镜，声如磬”及“精巧玲珑”“秀丽典雅”“色彩斑斓”“精巧细腻”的倾尽妙辞的语境里，隔时空想象与欣赏了。而那道由梅江和汀江汇合而成，因韩愈谏迎佛骨被贬至潮州而后改称韩江的河流，就流经梅州。梅州瓷能够远销欧美，与这便利水运实则息息相关。

既是不能探究窑址，我便走进一座陶瓷展馆。展馆坐落在一个大院子里，排排物架，层层叠叠摆放着壶、碗、盘、碟、杯、勺，各颜各色，各种各类，各式各样，大大小小，林林总总，琳琅满目，简直应有尽有，着实令我目不暇接。也是，如若美的东西太多，美的东西太美，一时间往往目茫神迷，真不知该看什么，甚至看什么好了。我就这样迷茫地转来转去，忽见一把不大的茶壶素坯，把儿在右，嘴儿在左，盖儿在上，混沌沌、很传统的那种。一定刚由泥坯制作成壶，还来不及写字、绘画。从未动过笔墨的我，灵机一动，试问：我可以自己写字么？笑容回应可以。说着一双手小心捧起壶坯，水缸里浸浸，小心摆置案头，备好笔墨，就看我了。

我坐壶前，感觉周围立马一圈儿目光。壶坯上直接写画，毕竟不同于纸上，况且众目睽睽之下，不免有些紧张，手便不比平常，捏着毛笔不由自主地微微抖动。也顾不了许多，静静心，几乎未加思索，随手就写了“上善若水”四个字。语出老子《道德经》：“上善若水，水善利万物而不争，处众人之所恶，故几于道。”道家心里，水至善至柔，与人无争，与世无争，而容纳万物，滋养万物。我一落生，先人就为我名之有“善”，由小至大，注定将伴随我一生，故此语谨记于心，并视为座右之铭。写罢端详，总觉字下无物，略显空荡，便勾勒几笔，涂抹出房屋、树木、水与船帆等。根本不懂得用笔用墨，繁简疏密，像与不像三分样罢了。况且下笔前根本没有明确立意，没有缜密构思，更别说具体构图了，一切完全信手涂鸦，率意表达而已。虽说率意，可我也没忘临了在壶另一边落款署名，从此这壶就永远属于我“柴”家了。

画师一直在旁边关注着，这时接过壶，在上方空白角落，恰到好处地补上几笔墨竹，顿现板桥竹风姿气节与删繁就简的况味。翻过来，在壶底画一方竖长小印，写个满框的隶书略带篆意的“柴”字。我想起本家后周皇帝柴荣，曾设御用“柴窑”。后周立世时间很短，而瓷器又为易碎之物，故“柴窑”瓷传世应该极少。我在一收藏者处，曾见个手掌大的瓷瓶，告我“柴窑”瓷，我一时辨识不了真伪，只记得瓶底有方“柴”字印章。冥冥中，我这把梅州壶也因錾上“柴”字，而与千年前的“柴窑”有些关联了。这时，釉师搅拌好缸里釉浆，随即将壶深深揣进去，转一圈儿迅速拎出，釉便均匀着满壶坯，里里外外一派粉白，霎时所有字画全然不见。即是先字画、后釉彩，字画在釉彩之下，无疑这属于釉下彩。一切停当，就等入窑烧制了。

我是等不及出窑了，一会儿就匆匆赶回北方。待快递到我案头，那粉白不见的字画竟清清楚楚、原原本本地显示出来，而且我以黑墨所写，烧制后怎就幻化为青色了呢？对陶瓷我素无研究，道不明其中原委，只记得人家告诉的：这是一把青花瓷壶，就够了。据说，世宗柴荣曾御定，御窑瓷器“雨过天晴云破处，这般颜色做将来”。如此看来，“柴窑”“做将来”的瓷器或是青瓷，与我这青花瓷壶是否有相似处呢？不得而知。其实我也不必一定得知，谁也不可能世事洞明，只管悠然抚玩着瓷壶好了。但觉釉色青莹且温润如玉，而浑圆轮廓怎么看都是流畅的线条，好个梅州热土烧制、凝聚着客家厚重意蕴、又着我个人烙印、世间仅此一品的青花瓷壶！

日后，我不仅以此茶饮，还将以此待客，品味清茶半盏、君子之交、袅袅腾腾云烟今古。尤其此刻，我正爱不释手，撰写几千里外南国梅州瓷壶的文字呢！

2018年2月1日草，2日改，9日再改，10日又改，11日改定于善书斋

刊载于2018年3月15日《北京日报》副刊

一个家族的老宅

一

粤东梅州有座上围古寨，坐落在丰顺县汤南镇新楼村，中国民协授予“中国古村落”称号。

我来梅州，顺路走进寨里，感觉就是罗氏家族祖祖辈辈繁衍生息的一座很大的老宅。

二

罗氏家族先祖罗潮逸本为客家人，南宋末年由福建宁化县石壁村迁至揭阳县。罗潮逸生有三子，长子罗安曾任南雄府沙水镇巡检。宋末元初，战乱之下罗安弃官携眷南下，定居上阳。上阳又称罗家约，今名汤南，罗安即为汤南罗氏始祖。而罗安再生北山、玉罗两子，形成后来罗氏家族两大支脉。作为客家人，起初坚守“宁卖祖宗田，勿忘祖宗言”的祖训，怎奈潜移默化中深受先来潮汕的福建人（简称福佬）影响，以致逐渐遗失客家言语，而被同化为福佬人。

清乾隆三年（公元1738年），置丰顺县，将揭阳县上阳等地划入。民国时所修《丰顺县志》记载：“上阳罗姓，旧称罗家约，自宋代居此，为邑属最久氏族。”罗氏族人因此不愿轻易划出去，《上阳罗氏族谱》有记：“本族数百年来，属潮州揭邑，传统习俗，学子从师，士子科场，习农学艺，商贾买卖，皆趋潮汕。北方崇山峻岭，客家习俗，语言不通。罗氏宗族向来世代簪缨，科甲蝉联，若划归丰顺县，恐仕途闭塞，科甲无望，请求勿划归丰顺县。”最终官府妥协，与之约定：“罗家约划为丰顺县后，五十年内如无殿试科甲，则可重归揭阳县。”不想 36 年后，罗龙光于乾隆甲午科（乾隆三十九年，公元 1774 年）乡试中举，继而乾隆癸丑科（乾隆五十八年，公元 1793 年）殿试再中进士。北京孔庙所立进士题名碑刊刻，此科仅录取进士 81 人，状元即大名鼎鼎的“四朝元老”，官至英武殿大学士、太子太傅的潘世恩。而罗龙光则中第三甲第四十三名，赐同进士出身，罗氏家族至此不言重归，自是永属丰顺县了。

明末清初，社会动荡，兵匪横行，战乱纷纷。汤南罗氏龙上古寨遭围且破，几成断壁残垣。第十三代罗尚文等族人另觅他地，遂迁今址，依照金瓯寨围墙形式，来建造上围古寨。

三

上围古寨，榕江支流北河自寨东由北向南奔流而去，北河以西旧称西门外，罗氏家族徙居于此，故又称西门古寨。一般认为，上围古寨鸠工于清顺治九年（公元 1652 年），讫工于清康熙九年（公元 1670 年），前后历时 18 载！

古寨占地面积 4 万平方米，建筑面积 1.8 万平方米。四周一道 600 余米寨墙，以砂石子、糯米泥掺加贝壳、红糖混合夯筑而成。据说，寨墙 6 米高、6 米长为一段，计有 108 段，以上应三十六天罡、下应七十二地煞星数。寨墙辟有三门，西为正门，南为南安门，北为北平门。另外，据说还有一座东小门，作为后门，人们少有言及，似忽略其存在。寨墙四角各置一座二层角楼，以便平日巡查、瞭望。

这道寨墙，形似我在北方所见的城堡围墙，但没有北方城堡围墙的高大、宽阔，不仅上不可跑马，且没有守卫的垛口。说到底，就是一道寨子的围墙，具有围家护院功用，对打家劫舍的小匪小徒尚可，倘若真的大兵攻寨，就是再高大些，恐也难以抵挡。

寨墙终归以砂石、泥土夯筑，莫说经历战乱，就是年深日久的风雨蚕食，也会慢慢斑驳、剥落的，细察已有歪闪、倾斜的迹象，应首先注意保护才是。一旦塌毁，即使有能力再建，建得再好，也非原物。毕竟文物损毁了，就不可再生！

四

寨内布局，有道是三街六巷、一祠堂六公厅，呈八卦九宫格局，共480余间大小房屋。

俯瞰寨图，但见四围基本方形，西南与西北略呈弧形抹角，显得东部稍大，西部稍小，是否取风水“藏风聚气”之意呢？围墙内设2米宽通道，环绕整座古寨。祠堂、民居等建筑星布其间，中间一街贯通南北两门，北面另一街与之并排，将整座聚落隔为东、中、西三个部分。南北向看实际也是三个部分，中部建筑更为宽阔，两侧各一条窄巷东西贯通。窄巷两侧各分布着一片建筑群。主要建筑坐东朝西，正门亦设在西侧围墙中间，古寨坐东朝西，且主次分明，布局规整，呈南北对称格局。

这些民居不仅有东正房，还有南北厢房，很像北方四合院。那道封闭的围墙与北方城堡形制类似，故可称为城堡式建筑。当然，也不尽相同，应该结合了地方传统，适应了地方环境。这意味着尽管客家人早已福佬化，可骨子里依然深深烙印着永远抹不去的传承中原的文化基因！

我曾走访了梅州客家的一些围龙屋，两相比较，上围古寨似与之不同，起码没有明显的甭管一围、二围还是多围的“围龙”建筑。可又有些相同，正门前那片空地，就有如围龙屋大门前的禾坪；空地西侧那个池塘，与围龙屋禾坪前的池塘简直一般无二。尤其居住上，亦与围龙屋客家人一样“聚族而居”呢。

因此，中国民协专家考察后，盛赞上围古寨“以宗族血缘为纽带，融合了潮州人文精华和梅州客家传统建筑艺术精髓，凝集着敬祖睦宗、崇文重教的农耕文化思想，具有独特的魅力”，所言极是。

五

罗氏族人一辈辈在寨里生活，鼎盛时达两三千人，可见人丁之兴旺了。寨里除一家家民居外，还先后建造了潜士公祠、未能公祠、淡若公祠、兰友公祠、用章公祠、非饰公祠、智锡公祠七座祠堂，以追思先祖，庇护后人，且成为罗氏家族长久、兴旺的重要标志。

从西门进入古寨，首先映入眼帘的就是潜士公祠，坐东朝西，设仪门、享堂、寝堂，为三进三厅两天井格局。这里属于南国，雨水多，一般向内雨水流入天井，向外雨水流入街巷，总归都流入水沟，再汇入寨前池塘，形成了所谓“四水归堂”。而整座祠堂雕梁画栋，楹联匾额，严谨精美。寝堂供奉着九世祖罗新池的画像，古寨供奉的罗氏家族先祖此为最早。另外，还做后裔议事、举办婚丧嫁娶之所。由此可见，潜士公祠不仅是寨里最大、最早一座祠堂，而且是寨里最为重要的一座祠堂。

其他六座祠堂均为两进厅堂。在潜士公祠东面、一条中轴线上，建有未能公祠、淡若公祠，均坐东朝西，构成中部，也是全寨最主要建筑。南部，兰友公祠在潜士公祠的东面，南部北侧，坐南朝北。北部，用章公祠，在潜士公祠的东面，北部南侧，与兰友公祠相对，坐北朝南；非饰公祠，在未能公祠北侧且南北并排，居南部之中，坐东朝西；智锡公祠，在非饰公祠的东面、淡若公祠的北侧且南北并排，坐东朝西。

非饰公祠纪念的是十三世祖，即上围古寨主持建造者罗尚文。未能公祠纪念的是罗尚文长子、十四世祖罗明伦。据说，明伦三次科考未中，故以“未能”为号，以示自己能力尚浅，须努力读书。建此祠堂，即为纪念明伦，更为激励后人。用章公祠、智锡公祠分别纪念的是十四世祖罗明俊、罗弘猷。

兰友公祠纪念的是十六世祖罗毅直。现有资料，对淡若公祠未说明所纪念的是几世祖，只一再述说祠堂墙上那块镌刻着“康熙七年（公元1668年）制”五字的青砖。我来也匆匆，踏察不很细致，当时随手拍了照片。就照片看，感觉字不似砖坯烧制前所写，倒像后来有人在垒砌好的墙上所刊刻，当然不会是今人所刻。即便后来人所为，也一定是记录了与古寨或与这座祠堂有关联的什么人或事，自然具有重要史料价值了。

西门门楣上镶嵌一方“种玉上围”石额，根据“岁在庚戌”的字迹，人们认定清康熙九年（公元1670年），所说上围古寨历时18载建成亦当源于此。如是，可以肯定这道寨墙当在此年建成了。寨内民居及祠堂则应另行研究。既然寨里人公认，这里的始祖为十三世罗尚文，也就意味着是罗尚文由上龙古寨率先来此，至多带部分族人，开始择地规划建造上围古寨。而大多罗氏族人依然居守故地，才形成那边比这边历史更为久远、至今尚存的上龙古寨。再说，纪念十三世祖的非饰公祠，只能在罗尚文去世后所建。而兰友公祠纪念的则是十六世祖，从十三世祖到十六世祖，前后四世起码要百十年以上。我国向有生不立传、生不建祠的传统，人只有去世了，后人才会为之建造祠堂，况且前人根本不大可能为百年后的人先建祠堂的。因此，上围古寨应该不是一次所建，而是一两百年甚至两三百年间根据族人生活需要陆续建造的，且按街巷总体规划、族人认同的境况下所建，而非胡搭乱建。不然，就没有现在格局完整的古寨。康熙九年以前建造的，应该主要是寨墙、潜士公祠及部分民居。

六

寨前的一片三角形广场，当地人称作门坪，过去可以晒谷、乘凉，也可以举行相关活动。比如，每年正月“游老爷”。这里所游的“老爷”，不是北方的“关公”，而是当地崇祀的“三山国王”，且在庙宇供奉，尊为“护国佑民”的守护神。届时，从族里挑选出青壮男丁，抬着“老爷”神像，游遍村里各个角落。人们纷纷拿出祭品祭祀老爷，俗称“谢神”。而“游老爷”最为惊险的场景，是游神队伍抬着老爷像冲出寨门，跳过门前火篝，又称“跳火堆”。在抬着神像的木轿冲向火堆，腾空越过的刹那，锣鼓喧天，鞭炮齐鸣，欢呼四起，氛围骤然热烈到了极致。同时，人们齐声朗唱民谣：

跳入来，新年发大财；
跳出去，无忧也无虑。
跳过东，粮食吃不空；
跳过西，钱银满厝内。

这首民谣道出了全族人的心声，希望来年更风调雨顺，更五谷丰登，更生活美好！这是人们朴素而善良的愿景，也是“游老爷”活动的根本初衷了。

广场前面紧挨着池塘，足有二十余亩，形如半月。建寨之初，罗尚文一定是看到这里水源充足，毕竟水是生命之源，生存之本。所以，才会在寨前修建池塘，寨南寨北开挖水沟，也就是人们谈及的护城河。水沟与池塘相通，寨里寨外的水顺水沟而源源汇入池塘。这样的池塘可以蓄水，可以防火，可以抗旱。我生长在燕山脚下的一个乡村，村东一个比这个池塘还要大的水坑，村西一个比这个池塘不小的水坑，几条大街的水都流到那两个坑里。在没有自来水的时代，村里人都去那儿洗衣物，夏天村里男人去那儿洗澡，也滤自家养的猪，后来也养鱼、养鸭。那两个水坑是立庄以来村人建造房屋以及养猪垫圈等取土，久而久之挖出来的。推而想之，上围古寨这个池塘大概也是建寨取土慢慢形成的了。

广场西南的池塘东侧有五棵各一两搂粗细的大榕树。树下裸露着根，盘根错节；树上伸展着枝，枝繁叶茂。南北一排，蓊郁壮观，俗称“五丛榕”。据说，清代寨里每中一举即栽一棵榕树，五棵榕树也就意味着寨里曾出五位举人。查阅民国新修《丰顺县志》，记述清乾隆时自罗龙光后所中举人，有乾隆丙午科（乾隆五十一年，公元 1786 年）罗飞熊、嘉庆丁卯科（嘉庆十二年，公元 1807 年）罗应龙、道光癸卯科（道光二十三年，公元 1843 年）罗师灏、光绪辛丑科（光绪二十七年，公元 1901 年）罗焕梅，这四位都明确写着“上阳人”，其他再没有罗姓举人，加上罗龙光恰是五人，倒也吻合了“五丛榕”数，只不知这五人中有无龙上古寨罗氏家族人？无论如何，这五棵高大的榕树，是古往今来寨里“崇文重教”的象征，也是古寨三百载斗转星移、风风雨雨的守护之神，至今还为寨里人津津乐道的！

七

上围古寨的西门门楣之上镶嵌着一方石质匾额，阳刻楷书“种玉上围”四个大字，古寨又称种玉上围。匾额上首，题有“岁在庚戌”四个小字，当为刻匾年代。一般前面往往写明哪个朝代哪位皇帝的年号，比如“大明万历”或“大清乾隆”等，而这里只写了表示纪年的“庚戌”两字。当然，寨里人认为是“康熙庚戌”，即康熙九年（公元 1670 年），应该言而有据。

问题是：为何不写皇帝年号？建寨刻匾如此重大之事，刻之前书写者一定会拟好请主要族人审定，刻之后也一定还会请主要族人验视，直至准确无误，族人满意，才会镶嵌于西门之上的。终归是要千人瞅、万人看，乃至流传后世，实在马虎不得。所以，应该不会随意忘记没写。如有意为之，是为避讳政治么？当时大清王朝已取代大明王朝，定鼎中原。而南方在复明旗帜下，相继有弘光、隆武、鲁监国、永历等小朝廷存在。“清康熙九年”，即是明延平郡王郑经“永历二十四年”，制匾者是顾虑写“大明”抑或“大清”，处于两难境地，故意省而不书么？今已很难探明，罗氏族人那时的真实心境也就不得而知了。

匾额下首落款“王月之吉立”。或曰“王月之”为人名者，则匾为其所立了。或曰“王月”为时间，匾即在此时所立者。就此请教对训诂、对古文字颇有研究的书画家翟德年先生，他谈及《后汉书·马融传》有“春献王鲔，夏荐鳖鼋”语，《周礼》亦有“春献王鲔”说。王鲔是一种鱼，意为周王室御膳礼制注重养生，应合四时之变。借此思之，“王月”或可理解为“春月”，而“春月”即春天，是在康熙九年春天镌刻的匾额，立于上围古寨西门之上了。一孔之见，是否如此，还请研究古代历法专家定夺才是。

八

“种玉上围”匾额上最主要的就是“种玉上围”四个字了，不仅居中，而且字大，无疑为匾额主体。

细看“玉”字，那一点竟点在了上面，成为“玊”字。有研究者据《康熙字典》认为应读“sù”音，指琢玉之人。记得当时陪同者如此解释，旁边的寨里老人摇头，小声说我们就读“yù”。一切瞒不过寨里人，想来他们一辈辈应该就是这么口口相传了。我不懂古文字、古音韵，为此请教翟先生，说“玉”字书法将点写上面、下面均可。我家乡在京东，有座道教圣地丫髻山，山顶为祝康熙皇帝六十大寿建有玉皇阁，康熙五十四年（公元 1715 年）皇帝玄烨亲自撰写碑文，首题“丫髻山玉皇阁碑记”之“玉”字，就点在上面。而后阁下再建鼓楼，镶嵌着“敕建护国玉清宫”匾额，“玉”字也点在上面。这碑和匾与“种玉上围”匾额一样，都在清康熙年间，算得是同时之物了，是否说明清代书写时将点点在上面较为普遍？“玉清宫”即指玉皇阁，玉皇阁供奉的是玉皇大帝。这些“玉”字都读“yù”的，并未因点在上而读其他。

翻阅《辞源》，释“玉”：①美石；②比喻洁白美善；③爱护，帮助；④见“玊”。《辞源》释“玊”：sù，①朽玉；②琢玉之工；③西番国名；④姓。《辞源》在“玉”下详解：“按篆文玉石的‘王’三画距离相等，帝王的‘王’一二两画距离相近。秦汉时‘玉’隶楷承接篆体作‘王’，三画不以距离区分，为别于帝王的‘王’，玉石的‘王’字旁加点作‘玉’。治玉、朽玉及姓的玉与玉石的玉不分，又用加点的位置区分，玉石字点在下方第三画旁，治玉、朽玉及玉姓字点加在上方第二画旁。朽玉义有别体‘琇’（xiù），治玉及王姓字又与玉石字混而不分。”这基本说清了玉字的来龙去脉，尤其说清了玉与王的各自意义与用法。说来说去，最后除“朽玉”义外，其他义与玉字基本不分。这一切也说明“种玉上围”之“王”同“玉”，应读“yù”。

再者，罗潮逸长子罗安定居揭阳县蓝田都上阳，为罗氏族人及社会所公认。明清之际，揭阳县设置十都。所谓“都”，大概为便于管理而对地方的区域划分了。比如龙溪都、霖田都、池美都、蓬洲都、梅岗都等，而蓝田都为其中之一。古人为何起名“蓝田”，我对此没有研究，暂且不论。由“蓝田”之名不由得想起“蓝田种玉”之语，典出晋干宝《搜神记》卷十一记杨伯雍：“公至所种玉田中，得白璧五双，以聘。徐氏大惊，遂以女妻公。”陕西有蓝田县，县东南有蓝田山，产玉。这个故事似与此无关，因为无终山在河北玉田与遵化交界处，春秋时一小国以山名称无终国，汉为县名称无终县。《搜神记》故事还记：“天子闻而异之，拜为大夫。乃于种玉处，四角作大石柱，各一丈，中央一顷地，名曰‘玉田’。”故唐万岁通天元年（公元696年），以杨伯雍无终山种玉故事，改无终县为玉田县。玉田县城北麻山的“古人种玉处”碑至今尚存。又玉田境内有蓝水。据研究，旧志因此又有别称玉田为蓝田者，明《幼学琼林》亦有“蓝田种玉，雍伯之缘”语。所以，故事原指杨伯雍在蓝田无终山种出玉来，得以缔结良姻。在此则借助“蓝田”之名，顺理成章地引申出“种出玉来”之意，以寓对罗氏家族未来的美好希冀。况且，汤南不仅这里称为“种玉”，还有如“种玉新埔”“种玉上龙”等，应该都具此意了。从“种玉”角度说，这“玉”字也应该读“yù”的，起码我这么理解和认为。

九

上围古寨虽历经风雨沧桑，且屡遭匪攻及战火动乱等，可至今保存完整，实属难得。

三百余年间，寨里、寨外不知涌现多少或伟大、或渺小、或雄奇、或平庸的人物，发生多少或欣喜、或悲壮、或生动、或平淡的故事，使古寨充满了神秘与传奇。我真想更详细、更深入、更全面地踏访，可行程紧迫，也只能这般浮光掠影、走马观花了。

他日若能再访梅州，我当重走古寨，再写续篇！

2018 年 2 月 12 日至 19 日草，20 日改，21 日再改，22 日、23 日又改，24 日改定于善书斋

刊载于 2018 年 3 月 9 日《中国文物报》

烟雨迷蒙滕王阁

来南昌，别的可以忽略，滕王阁却不能不看，那是天下名楼。

我来时正值春天，又洒落着江南习以为常的迷蒙烟雨，周遭修竹、绿草、鲜花便格外水灵，映衬着高阁焕发出一种独特魅力。沿着石阶，我一级级走进滕王阁，脚步即使再轻，也踏响了历史悠悠的回声。想那李元婴，贵为唐高祖李渊二十二子，秦王李世民登基后，封其为滕王。只因他政治颓唐，行为不检，侄儿皇帝李治毫不留情地将他一贬再贬，一直贬至偏僻、荒凉的洪州（今南昌市）。贬了也是皇叔，天高皇帝远，声色犬马，为所欲为，根本无须顾忌。为游乐宴集，滕王竟心血来潮，灵机一动，于赣江岸边的荒丘之上，大兴土木，精心建构一座阁楼，并以封名而名。滕王整天在阁中饮酒、歌舞作乐，以致荒废了政事。怎奈物极必反，赏心乐事不长，便被削去食邑，再贬安徽滁州，进而又千里迢迢地贬到更为荒凉的四川隆州去了。人去阁空，王勃对此发问："阁中帝子今何在？"不在了，自然就"佩玉鸣鸾罢歌舞"，冷寂得只有"槛外长江空自流"了。

冷寂也就冷寂了，区区一阁而已。要知滕王到隆州后，依然旧习不改，我行我素，宏修衙宇，建造滕王亭。隆州再荒凉，也荒凉不了一个大唐皇叔，而他也一定非常在意自己这顶封号，不然为什么每有所建，总要打上"滕王"的印记呢？怎奈这印记无补于世，因为滕王亭与滕王一起，早湮没于历史尘埃中了。洪州滕王阁呢，虽因滕王离去而一时冷落，却独存至今，且名扬天下，大概为滕王所始料未及。应该说，因滕王而有滕王阁，而使滕王阁声名鹊起，则因王勃一序！江山再好，毕竟还须文章相助。那王勃 6 岁作文，10 岁精通六经，14岁应举及第，可谓神童早慧。只可惜英年早逝，南海探父，溺水受惊而死，时年26岁。如天假其年，或许不让李杜。莫说“海内存知己，天涯若比邻”诗，单就一篇《滕王阁序》，不仅流传千秋，而且成就了滕王阁。相传，他探父途中，乘船受阻，水神以风相助，日行七百余里，赶至洪州。这未免有些神话演绎，但王勃九九重阳到达洪都府，想必是真的。那时阎都督盛宴遍请名儒，为帝子阁作文。王勃酒酣之下，文思泉涌，笔走龙蛇，一挥而就，顿惊群儒，争相传诵，“物华天宝”“人杰地灵”“落霞与孤鹜齐飞，秋水共长天一色”。奇文不胫而走，传诵至今。仿佛王勃就为滕王阁而生，要不怎么作罢《滕王阁序》，就溺水归天了呢？序也就成了绝笔。序文传至宫中，高宗李治连称“罕世奇才”。记起曾因《檄英王斗鸡文》而错逐了他，便问王勃今在何处，当得知已逝，不禁喟然长叹！叹什么呢？自古大才难为用，连天都不假其年！想王勃有此一文传世，也足慰平生了！

从此，登临高阁，把酒临风，相与酬唱应和。滕王阁自有王勃作序后，就别是人间翰墨场了。韩愈、白居易、辛弃疾、王安石等历代文豪都先后留下文心墨迹，连明太祖朱元璋也曾在阁中大宴文臣武将，犒赏三军，滕王阁风光至极。高阁千余年来，随朝代更迭、世事变迁，再高大、瑰伟、绝特，也经不得屡屡兵燹。其后屡废屡兴，屡兴屡废，兴兴废废、废废兴兴竟达28次，连阁址也六次迁徙，曾几何时，滕王阁早已不可复识了。每每复兴之际，总有序文以志，唐时继王勃之后，又有王绪、王仲舒的《滕王阁赋》《滕王阁记》，时称“三王”。而韩愈文起八代之衰，为唐宋古文八大家之首，曾奉御史之命，作《新修滕王阁记》，念及“滕王阁昔日已有三王之闻名海内，于今我亦能载名其上，词列三王之次”，也觉“荣耀之至”，可见其影响了。当然，韩愈无论文才，抑或官爵，都当仁不让，所以欣然受命。韩愈时年52岁，应该阅历丰富，文笔精道，故后人认为韩文应列于王勃序文之先，也曾人为列先了，可不久还是实事求是的又列回了，高下自在人心，绝不以个人意志为转移。至于另外二王之文，并不因韩愈推崇而经久，早已失传，未曾留下片言只字。莫道“三王之后岂无文”，其实王勃之后就已经无文了。说是江山代有才人出，可始终独领风骚者只有王勃。苏东坡才高八斗，也曾登临，大概自知眼前有景道不得了，只匆匆给后人留下一幅王勃序文墨迹，便悄悄走了。作为一代大家，难得有自知之明。而对于韩愈之文，人们也只记得一句：“江南多临观之美，而滕王阁独为第一。”这一言也为天下法。所以，如果说李白属于黄河，苏轼属于长江，那么，王勃无疑属于滕王阁！滕王阁有王勃一序，已然前无古人、后无来者了。

“半是半非君莫问，西山长在水长流。”对于滕王，历经高祖等五代皇帝，而得以善终，恐怕并非用“一无是处”所能论定，其功过是非，历史自有评说。但文以阁成，阁以文传，承传至今。设若滕王阁没有这多沧桑，这多兴废，也许就没有这多诗文，这多内涵，这多底蕴，这多魅力了。“临帝子之长洲，得仙人之旧馆。层台耸翠，上出重霄。飞阁流丹，下临无地。”王勃生花妙笔，描绘了滕王阁的雄伟、壮观。而纵观阁运，与国运何曾可分，几乎逢乱世则废，遇治世则兴，一部高阁兴衰史，就是有唐以来朝代更迭、兴替之缩影！而滕王阁最后一次毁灭，是 1926 年 9 月，军阀纵火南昌章江门一带，江岸一片火海，大火延烧三日，街巷尽成焦土，千年古阁顿时化为灰烬！日寇铁蹄践踏中国，竟将滕王阁址辟作养马之所！国人奔走呼号，恳请修复古阁。梁思成先生率弟子查阅资料，绘制滕王阁图纸。时值抗日战争，国难当头，难成现实。“不见斯楼，情无所倚，魂何以安？”海内外中华儿女痛心疾首。直至五十余年后，滕王阁作为中华民族文化遗产的瑰宝，终于重新屹立江南，且盛况空前，远胜前朝，终于使几代人的梦想成真！今日我来，也才可登临，不然只能向遗迹怅然凭吊了。面对滕王阁，我们忘怀不了王勃，其实也不可能忘却滕王，滕王所作所为尽管声名狼藉，但是他却开了滕派蝶画先河。元婴善丹青，尤喜画蝶，“能巧之外，曲尽情理”，以致“滕王蛱蝶江都马，一纸千金不当价”了。滕派蝶画一直为宫廷之画，工笔重彩，使蝴蝶纤毫毕现，栩栩如生。后人以为其画早已失传，不曾想世间竟有传人，且蝶画就悬于阁中！此为滕王之幸，中国艺术之幸。

且看新阁，避开旧址，不因旧循，另辟蹊径，填江而筑，大势上依然飞阁流丹，下临无地。江上远观，滕王阁如巨大山字，屹立于天地之间。而空中下眺，滕王阁端坐于古磐之上，宛若鲲鹏展翅，欲凌波飞去。谁人匠心独运？当然既有昔日梁思成先生之功，更有今日设计者之绩了。历史上的滕王阁，为登临抒怀之处，接诏拜官之所，歌舞宴集之地，人文荟萃，名副其实一座文化名楼。而新阁集雄伟、瑰丽、典雅于一体，既有宋代楼阁之制，又有唐代建筑之风。沿阶缓缓而上，但见阁有三层回廊、四层檐口，形成“明三暗四”的格局。既是艺术殿堂，便充分利用阁壁空间，铺排两幅气势磅礴的壁画，一幅描绘了自秦汉以来各领风骚的江西名人，如陶渊明、欧阳修、王安石、曾巩、黄庭坚、杨万里、朱熹、文天祥、汤显祖、宋应星、八大山人等等。这些在中国文化史上占有极其重要位置的人物，都出自江西。他们所处的不同时代，具有的不同性格，穿戴不同服饰，产生的不同影响，都被画家统一于一幅画中，以各自情态，在滕王阁来一次超越时空的聚会与对话！另一幅则描绘了“南粤雄关”大庾岭、革命圣地井冈山、我国第一淡水湖鄱阳湖、位居四大名山的庐山，江西名山大川横陈眼底，敬请江山入座了。真可谓俊彩星驰、钟灵毓秀，一句话人杰地灵。所见是江西人文风采，自然精华；所感则是华夏雄风，五千年神韵！更有大书法家董其昌及康熙皇帝的墨迹润色，重建的滕王阁怎能不是集古今之大成的一座文化艺术殿堂呢！

滕王阁在章江门外，襟三江而带五湖。向城临江，濒临南浦，面对西山，充分体现了王勃《滕王阁序》的意境。我真想于十月金秋，一个太阳将落未落的傍晚，好好感怀秋水长天一色、落霞孤鹜齐飞的情景。可惜我来时是春天，登临阁顶，极目远眺，也只见一片迷蒙烟雨，一切只有凭空想象了。也好，独自凭栏，既然不能视通万里，那就思接千载吧，无论如何，烟雨是迷蒙不了悠悠情思的。

2003年5月10日，2010年11月17日再改，23日晚又改于昌平凤山温泉度假村迎宾楼5537房间

刊载于2004年7月9日《中国文物报》副刊、2004年7月10日《人民日报》（海外版）副刊

婺水源头一小村

婺源因是婺水源头之地而得名，处于皖浙赣三省交界处，群山连绵起伏。再连绵起伏也属丘陵，且是黄山天目山余脉，自是少了几分北方之山的高大、雄伟。正是如此，才格外透着江南的隽永与灵秀。婺源素有“中国最美的乡村”之誉，众多古代民居留存至今，大概是这“最美”中的最美了。千里迢迢，山河飞越，其实我就为这“最美”而来。想那江湾、延村等等，各有其名，各具特色，我不能都去，索性就沿着一条不太宽阔的路走去，尽头竟是李坑了。

应该说，这是一座不大的村子，说不大，也不是北方山里羊肠小路拴着的三五户人家，而是成攒成片于一遭群山环抱里。登山眺望，因雨后初晴，云还在村边树梢流连，待清风一吹，云就丝丝缕缕地飘到山后去了。顿时满眼空明、澄澈，山便分外的青，水便分外的秀，覆盖的那一方天呢，也水汪汪的蓝了。下瞰，山麓水畔，古木幽篁之间，黑白相间的一户户人家，参差错落，门与门对，墙与墙接，甚至廊与廊通，院可以大小，堂屋可以三间式、四合式、大厅式及穿堂式，却一水儿的粉墙黛瓦，高出青瓦坡顶的马头山墙，一派优雅古典，虽在江西，却充满徽派建筑文化的底蕴，毕竟婺源古属徽州呢。与北方民居截然两样，当然没有京城皇宫的气派豪奢了。好作一比，皇宫贵为天子，而这民居无疑是天然、清纯的江南少女。北京皇宫有北京皇宫的辉煌，江南民居则有江南民居的风采，各具千秋。

循着青石板路走进村去。太阳出得云中，一时还不是很热，千百年因踩踏而磨光的青石板上，雨就一汪一汪的遗留着，走起来便不时地溅起踢踢踏踏的水声。而街巷非同北方的成横成竖纵横交织，全由溪水贯通，简直十弯九曲，一宅一院就陈列在溪水两旁，连同那蓝天、白云都影影绰绰地倒映在溪水潺潺的流淌里。家家门前铺着窄窄的石阶，一直铺向小溪。而身着细碎花朵衣衫的女人在溪边洗衣、濯菜，对游客的过往浑然不顾，大概习以为常了。谁家小舟停靠阶前，少女抚着木桨，天虽不雨，却擎一把极漂亮的花伞，静静地等待什么呢？一座座石砌的桥、砖垒的桥、木架的桥，恰到好处地横陈在需要的地方，沟连着溪水两旁的人家。此时此刻，脱口而出的，描画此情此景的经典绝句，只能是元人马致远的那句“小桥流水人家”了。

这些民居多为明清建筑。明代建筑雍容大方，清代建筑繁复玲珑，随之砖雕木刻，或疏朗淡雅，或细密精美。一个时代自有一个时代的特色，可以从这细微的文化气息中体现出来，决不会简单的重复，就像历史不可重复一样。也不知都是谁家的庭院，梁枋、斗拱、门楣、窗棂、门楼、门罩、门墩、柱础，纷纷刻满花草、树木、人物、动物，如鹿与“禄”同，鹤合“寿”意，麒麟喻“送子”，蝙蝠海浪无疑是“福如东海”了，“喜鹊含梅”“万象更新”“连年有余”等等，不一而同，琳琅满目。这些雕刻手法各异，技艺高超，生动传神，民间匠人实在不“民间”呢。有的还置一照壁，即常说的“萧墙”，与大门相对，特书一个“福”字，无论主人，还是客人，自然开门见“福”了。“曲之本色，在能入众。”凡此种种，无不是艺术与日常生活的巧妙结合，无不寄寓着主人美好的希冀与憧憬，当然也是主人心底积淀的中国传统文化的折射与外化。因而小到一花一物，大到一墙一壁，看似寻常，实则含蓄、隽永，寓意深刻。站庭院天井中，抬眼即可望天，夜观星斗，晨沐朝霞，道是天人合一。而雨水从天井流下来，汇入“明塘”而排出户外，称作“四水归堂”。总之这是“招财进宝”“天降洪福”“财水不流外人田”，解释得有理，亦合理，其实就是一种朴素的心意。说到底，天井为通风、透气、晒太阳，外加排泄屋顶流水，也许更实在些，可这样不免就乏味了。

村里人一直以为自豪的，是据传南宋时村里曾出一位武状元，村里人多为状元后代。这么说，李坑所以叫李坑，也是村中以李姓聚居为主而得名了。

武状元名为李知诚，想南宋九代皇帝二十二个年号，不晓得他是哪代皇帝哪个年号间的武状元。村里人没说，我也就不得而知了。听说他当年修建的后花园还在，我去看，似乎没有原来的建筑了，难怪，历经八百载春秋风雨沧桑，就是铁铸的也该锈蚀了。状元一定是功成名就，衣锦还乡，光宗耀祖，大兴土木，营造府第。其实不仅状元了，多少村里人也曾读书，梦想及第，但终归是梦，只好走出小村，经商天下。那时，婺源“十户之内，经商外埠者家之三”，李坑亦当如此。腰囊鼓了，便回返故乡，修祠堂，建宅院，尽家底所能，尽工匠所艺，将荣耀、将家产、将财富留给后人，一辈辈就这样延续到今天，才有今天古色古香的李坑村！说古色古香，也并非为最初原貌，盛败兴衰，况且时代也在发展，不免要除旧布新，顺应潮流。像那状元府第是看不见了，仅存的后花园，还有一方石砌的活水鱼塘是原物，溪水常流，经这里流向院外。一株紫薇只剩半边扭曲的树干，是战火？是雷劈？还是其他人力所为？没人知道，只道为状元亲手所植，老而不朽，枯树新枝，年年满树红花，花期可达百天，堪称生命奇迹了。“谁道花无百日红，紫薇长放半年花。”这是活的文物。有人好奇，伸手抓挠那半边苍老的树干，说枝头会痒痒得颤动。莫伸手，那是八百岁的树老人，怎能随便戏耍呢？

出来，经过申明亭，想这名字当源于“申明大义”了。婺源为程朱理学集大成者朱熹的故里，“儒风独茂”“十家之村，不废诵读”“以才入仕，以文垂世者”甚多，可见先贤对故里影响深远。而见贤思齐，明晓事理，正是淳朴乡风民俗的体现。亭建于明末，翼角飞翘，小巧玲珑，江南的亭就应该是这样的。这里是昔日用于申明道义、惩办违反村规者。那是过去家族统治的时代。现在地方有村委会，申明亭的作用自然消失了，也就成了街头一景。这时天又阴了，真不知江南的天是分外热情，还是爱耍性情，怎么说阴就阴，而且飘洒着江南才有的蒙蒙烟雨。我深一脚、浅一脚地走在石板街上，就不能不随时注意脚下，竟发现一块块残损的碑刻，有的甚至是完整的，看年号，起码是明清的，就那么与普通青石一起铺垫着街巷宽宽窄窄的路，无数来来往往的脚践踏着，本已漫漶不堪的字迹被彻底磨平了。村里不少人家为了旅游，建造着仿古的新屋，而几百年的真文物为什么不好好保护起来，却任意踩于地下呢？若不便立于谁家门前，集中起来建个碑林也好，那就是石头刻写的历史！管不了这许多，雨越飘洒越细密了。村头一株樟树，两三人合抱不来，粗壮、茂密的枝杈擎举着一片树冠的绿云。婺源多古樟，当地人对樟树也很有感情，往往视为树神，一如北方的古槐了。我是在樟树下避了一阵雨的。避雨时曾想，李坑的"坑"作何意？婺源好像有不少这么称谓的，如占坑、理坑、田坑、坑头，不及细问，也就不明个中原委了，但肯定是一种文化现象，也许与北方的"张各庄""李各庄"相类似吧。

挽住遐思，车已连续鸣笛召唤呢。而回顾来路，江南乡村确实很美，只是这美中略有不足，遗憾了。

2003 年 5 月 15 日

刊载于 2004 年 9 月 24 日《中国文物报》副刊

沈园不了情

绍兴沈园，南宋时一座私家园林，以主人沈姓而得名。清乾隆年间《绍兴府志》记载："府城禹迹寺南，会稽地，宋时池台极盛。""池台"大概无非是园林习以为常的假山池塘、楼台亭榭、花草树木之物，这些可以"极盛"于一时，却不能永远，在八百余载的历史沧桑中，斗转星移，人事代谢，沈园早几易其主。据说最初占地70余亩，很宽敞、宏大，至20世纪40年代末，仅存4亩大小，而现在真正称得上宋时原物者，只有一眼水井、一座土山及一个葫芦池了。面对沈园，说物是人非都不贴切，因为"物"都不是旧物了。

其实，不管沈园如何变化，如何易主，最终还要叫沈园。究其根本，不能不与南宋著名诗人陆游息息相关！陆游生活于金兵南犯的离乱之世，做官几十年，不屈于奸佞，力主抗金，以收复中原，怎奈壮志虽雄，也只得一生"功名塞外心空壮"，关河梦断，"心在天山，身老沧州"了。一腔痛楚，难以言说，以致辞世时，还恋恋地示儿："死去原知万事空，但悲不见九州同。王师北定中原日，家祭毋忘告乃翁！"临终绝笔，壮怀激愤，语重心长，洋溢着深沉而强烈的情感，遂成千古绝唱。

可以说，陆游的一生在做着一个大梦，即收复中原，其所作所为都笼罩在这个梦境里。而在大梦中，陆游还复有一个小梦，那就是表妹唐琬，也就直接关联着沈园了。

陆游20岁那年，娶唐琬为妻。夫妻感情甚笃，可陆母偏偏不喜欢唐氏，自然也容不得唐氏，陆游难违母意，只好"执手相看泪眼"，休"逐"唐琬，生生离别，可心灵深处，对唐琬充满爱恋。后陆游再娶，唐琬再嫁。10年后，陆游春游沈园，与唐琬不期而遇，两人相望无语。唐琬遣人送酒肴致意，使陆游怅然久之，内心痛楚无从倾诉，化作一阕《钗头凤》，题于园壁：

红酥手，黄縢酒，满城春色宫墙柳。东风恶，欢情薄，一怀愁绪，

几年离索。错、错、错！

春如旧，人空瘦，泪痕红浥鲛绡透。桃花落，闲池阁。山盟虽在，

锦书难托。莫、莫、莫！

不事雕琢，不劳文饰，而哀婉缠绵，凄楚绝伦，简直字字血泪！唐琬看后，柔肠百转，感慨万端，遂和一阙：

世情薄，人情恶，雨送黄昏花易落。晓风干，泪痕残，欲笺心事，

独语斜栏。难、难、难！

人成各，今非昨，病魂常似秋千索。角声寒，夜阑珊，怕人寻问，

咽泪装欢。瞒、瞒、瞒！

瞒什么呢？瞒得了别人，瞒不了自己，唐琬终因极度哀怨，在不可解脱的痛苦中过早地离开人世。

与唐琬相遇时，陆游 31 岁。此后，陆游北上，辗转川蜀，而沈园一直是其魂萦梦绕之地，不因人去而情绝，内心伤痛愈发随时间推移而凄切。陆游 66 岁时，结束了数十年宦海浮沉的生涯，回山阴老家，便一而再，再而三地踏进沈园，一而再，再而三地咏叹沈园。即使垂暮之年，对往事、对沈园也依然念念而不能相忘，又作《沈园》诗二首：“城上斜阳画角哀，沈园无复旧

池台。伤心桥下春波绿，疑是惊鸿照影来。”“梦断香消四十年，沈园柳老不飞绵。此身行作稽山土，犹吊遗踪一泫然。”直至85岁那年春天，陆游颤抖地写下最后一首沈园诗：“沈家园里花如锦，半是当年识放翁。也信美人终作土，不堪幽梦太匆匆。”不久，陆游就带着幽梦溘然长逝了。

陆游对沈园，心之所系，情之所牵，梦之所萦，魂之所绕。让陆游如此眷恋的沈园，当初也许不像人们说得那么宏大，因为陆游在《剑南诗稿》中称作“沈氏小园”。民间所言与诗家所言，孰是孰非，孰非孰是，已然这样延续下来，也就不必深究了，恐怕也究不出所以然。而当我置身园中，记忆最深的，是那眼古井，井口不大，上筑六角小亭，亭顶六角形中空，正对古井。古井深深，井水幽幽，幽幽映出一片六角形的蓝天。当年陆游是否在井旁流连？那井水是否幽幽照过陆游相望的眼睛？井水不语，一切也就不得而知。园中的其他亭台、楼榭多为近年所造，至多是仿一下宋代风格，而且处处围绕着陆游的生平事迹。如孤鹤轩翘角飞檐，四面无墙，一面临水，陆游曾以孤鹤自比，以隐喻事业报国无门，生活失去爱妻；园门处有“断云石”，石中间断裂，可断而又连，昭示着陆游与唐琬的婚姻悲剧。还有许多，包括东部“鹊桥传情”的情侣园等，陆游眼中的沈氏之园，一定没有的，完全为今人所随心演绎。

我品味着陆游，品味着沈园，慢慢驻足“残壁”前。壁上镶嵌着两方碑刻，一是陆游的《钗头凤》，一是唐琬的《钗头凤》，我感受着两篇《钗头凤》中的情境，也许一阕《钗头凤》挽不回陆游与唐琬的爱情，却不妨碍它遂成千古绝唱，在历史的长空里哀婉、缠绵不绝如缕地回荡。遥想陆游题壁，在沈园保存了几十年，而随着沈园的兴衰终不复存在。现在的题壁已是现代人以现代意识所设计。尽管如此，这题壁应该是沈园的点睛之笔，没有题壁，何以有沈园！小而言之，是陆游的一首《钗头凤》成就了沈园；大而言之，是陆游一生的精神与人格在支撑着沈园！旧时有以“诗文造园”之说，即园赖诗文以存世，沈园堪称典范。

陆游大梦幽幽，小梦幽幽，一生始终执著于梦中。如果说，是封建礼教摧毁了陆游与唐琬爱情的小梦，那么，又是什么摧毁了陆游报国的大梦呢？不消说了，陆游反正是在梦中不能解脱，也不愿解脱，更不去解脱！正由于这份执著，尤其这份执著的不可得，熔铸成近万首灿烂华章，才使陆游伟大而不朽，也使沈园永远存留于人世间，以负载陆游的不了之情。

2007年12月12日草，13日改，14日再改

刊载于2008年2月29日《中国文物报》副刊、2009年12月4日《人民日报》（海外版）副刊

品读桂林

一

桂林，一本大书，古朴，厚重，隽永。

尽管我是重游，很想仔细品读，怎奈行程匆忙，没有充裕时间，只得随手翻阅几页，而且是一目十行、囫囵吞枣、浮光掠影地一览，唯恐辜负了殷勤的桂林山水。

清人曾吟咏：“桂林山水天下无，青罗碧玉色色殊。突兀一峰冲天衢，万笏千笋平空铺。”读来字工句琢，可不免有些空泛，有些平平，缺少一点个性与灵气。还是唐代韩愈的“江作青罗带，山如碧玉簪”之语形象、清新，毕竟一代文学大家，大笔一挥就文起八代之衰，自是不同凡响。

二

漓江奔流中一转身，便善解人意地环绕桂林城了，我登江船慢慢游览。

一座座山岸边耸立，不甚高大，常常一峰独矗，显示桂林山水特有的神韵。漓江清澈见底，伏波山、叠彩山、南溪山、七星岩竞相倒映江中。随着江水波动，山也不由自主地粼粼波动，以致我与游船也粼粼地波动了。

波动中，一山露出一弯透亮的缝隙，渐渐愈来透亮愈大，最后透至极致，竟形如满月，无疑是象山了，名副其形。真不知造山运动中，地球是怎么独出心裁，灵光乍现，鬼斧神工出这番形象，让人类凭着智慧从头至尾地欣赏，欣赏不足，还异想天开地附会上玉皇神象的神话，也不管玉皇大帝那儿有没有神象。

其实，地球独出心裁，人类异想天开，全在此洞，不然，与普通山冈无异。上次我来，曾岸上近观，洞中江水流过，洞影如月，便称水月洞了。古往今来多少文人雅士纷至沓来，就连没来过的南宋大诗人陆游，给桂林友人七首《诗札》，也被好心地镌刻洞壁，以壮文色。

与陆游同时的张孝祥是亲自来了，且做了安抚史。安抚之余，洞旁筑朝阳亭，更以亭名而名洞。我不知因何而名，有何寓意，猜想他一定意得志满地刻石而去。孰料，范成大步其后尘而来，总觉“水月洞剜漓江之麓，梁空踞江，春水时至，湍流贯之，石门正圆，如满月涌，光景穿暎，望之皎然，名宾其实旧矣”，故在其刻石对面再题刻《复水月洞铭》。终归仁者见仁、智者见智，两位诗人给象山留下一段佳话。

说到底，桂林多山，象山尤以天然洞穴而独领风骚，当仁不让地做了桂林城标志，以形象代言，别山无以取代。

三

独秀峰，顾名思义，一峰独秀，横竖没有连绵起伏，也没有来龙去脉，孤零零状若一株粗大的春笋。只是亿万年来独一笋就是了，且心安理得地笋立于这方天地。

正因独秀，很容易引人遐想，遐想好了便题刻石上，以为不朽。如“昆仑天柱山”“冲天砥柱”，比比皆是。尤其“南天一柱”四个字，磅礴榜书，辟削大片山石，镌刻出笔锋墨韵，字划间充盈着独秀峰巍峨、峭拔、擎天、立地之概。记不得书者何人，若胸中无万丈豪气，大概难挥如椽巨笔。

近年，在岩壁钟乳覆盖处，发现一方刻石，为南宋桂林知府王正功的《劝驾诗》。所谓劝驾非规劝皇帝，而是礼贤下士，是一首“鹿鸣宴诗”。“共醉生前有限杯，浇我胸中今与古。早知富贵如浮云，三叹归田不能赋。”诗人年近古稀，历经人生坎坷，官场险恶，回顾苍茫来路，不觉心底生发无限惆怅与愁怀。就在诗中，慨然写下“桂林山水甲天下”句，流传至今，成为咏叹桂林的绝笔，不是广告的广告，当为诗人始料未及。

更多石刻似乎没有如此幸运，禁不得风雨与时光的蚕食，早已漫漶不清了。就是独秀峰下堂堂的靖江王府，虽为明太祖朱元璋所封侄孙藩王的府第，以“屏藩帝室”，四百余间宫殿建筑极尽奢华，至今也只残存些雕花栏柱与基石柱础，完全物是人非了。

朗朗乾坤下，真正独然而秀者，只巍然一峰！

四

自桂林至阳朔，百余里漓江水路，乘船半日即可到达。之所以弃车而行船，皆因两岸青山连绵不绝，夸奇竞秀，咸不相让，也让我相顾不及，目不暇接。古人所言“遍行天下者，惟是得之”，不为过。

确实，那些山混混沌沌，全然不似北方山的高大粗犷，虽也有大小、高矮、胖瘦之状，却在婀娜多姿中，带几分空灵、几分俊秀。世人每以自己所见所闻、所感所知，为山赋予各式各样、各具特色的名字，甚至编织出美丽的传说故事，着实令我心醉神驰。转念，看云中神、雾中仙，神姿仙态漓江山，总以为这旖旎风光出自哪位大家的手笔，可古今中外谁又有如此襟怀、如此气魄、如此笔力，能敷色彩绘出这百里画廊呢?

常理，山有水则活，无水则枯，桂林自然也不例外。但见奇峰峭壁夹峙着这道漓江，碧绿如玉，清澈如镜，即使一条小鱼游动，也会留下清影。江中小鱼无拘无束，怡然自得，根本不理会游船这一庞然大物，一切早习以为常了。怡然自得够了，小鱼便摇头摆尾，倏然远逝，没有搅乱青山倒影，我与游船不经意就在青山顶上行了。

漓江如幻似梦，岸上竹树丛生，翠绿着一条条山石小路，通向一片片山里人家。谁道“愿作桂林人，不愿做神仙”，那就留步吧，没见凤尾竹下，哪家少女正挥动着花袖频频相招呢！

五

一棵树，长成一片树林。

这不是浪漫诗句，而是实景，就在阳朔。上次来时，导游远远一指，说竹子遮挡着的就是。回头之时，眼睁睁看着它离我远去。这次再来，不管行程如何，我趁空隙自行前往。想人之一生，同一条河都不能两次踏进，又会有多少时机能故地重游呢？

这是棵大榕树。说大，并非溢美、夸张，确实足有三四层楼高，枝杈遮蔽方圆近两亩。我虽多次留迹江南，所见榕树可谓多矣，而如此庞大者，却平生所未见。榕下细观，无数枝干纵横四方，上下交叠，在各自的空间自由舒展，共同托举着茂密的枝杈，枝杈上蓬勃着生机盎然的绿叶，使大榕树终年蓊郁不衰。

榕树枝干粗细不等，粗者或许过于沉重，需以立木支撑，那立木也非人力所置，而是一条气根垂下，扎入泥土，天然生成，无枝无杈，光溜溜随枝干与日俱壮，做了一个恰到好处的支点。一条主干，长达数十米，没有直直地耸向空中，而是苍虬般俯卧，只是未曾俯地，临地处有气根抱石相撑。不知主干是因过于高大被风摧之，还是始终就长成这般模样？就不是我这过客匆匆间所能深入探究的了。

榕树真正的老干在主干底部，三五人合抱不拢，或许过于负重了，显得很低矮，犹如操劳年迈的母亲；树根隆起于地，盘根错节，宛若母亲手上暴突的青筋，苍老中透着一脉苍劲。正是这些老根与气根及树叶一起，共同汲取着天地精华，榕树才得以繁茂。

我静静地享受着树下阴凉，一阵微风拂过，叶子沙沙作响，似向我娓娓倾诉着经历的千百年风雨。而叶子底下，结出一颗颗豆粒大的圆硕的果实，是榕树的种子。最初这棵榕树就由这样一粒种子慢慢长成的么？

应该是，一粒种子长出一棵树，一棵树长成一片树林，一片树林就成为一道永远的风景。当地人给榕树拴挂了不少红布条或红纸条，以祈求幸福。就像北方乡村往往被孩子认作干妈的老槐树一样，大榕树早成了庇护一方、令人敬畏的神灵之树。

六

如果说，大榕树在桂林城南阳朔，那么，龙脊就在桂林城北，那个地方叫龙胜。

龙脊，说白了就是梯田。北方也有梯田，多在山脚及山腰，而龙脊竟一直修至山顶。当然，并非北方人不勤劳，而是北方山多贫瘠、土薄且缺水之故，真修到山顶，也不会生长什么，毕竟没有水就不会有任何生物。龙脊呢，位于很南的南方，山多高水多高，梯田间铺设就地取材的竹管，从上往下自自在在地淙淙流泉。

那些梯田不去整齐划一，完全随弯就直，随高就低，随起就伏，随长就短，随宽就窄，随坡就坎，根本没有一条相同形状的梯田，更没有一条大小相等的梯田。观其大者不过两三亩，小者仅插一秧稻谷。这些梯田簇拥着七尊鼓凸的山包和一弯清亮亮的水田，当地人虔诚地称作“七星伴月”。星月下，梯田纵横，装点得村寨四周如诗如画。我来时已初秋，每一块梯田中种植的稻子都绿中泛黄了，微风悠然吹过，满山便涌动着稻浪的馨香。这时，太阳下轻盈盈浮来一片云，不雷不闪地就洒落一阵雨。不及躲避，雨骤然又停歇了，而云却淡淡地四散开来，瞬间弥漫了整个山川，犹如仙境了。

修造梯田，绝非一朝一夕之功。相传五六百年前，一些壮族人及瑶族人相继迁徙而来，面对荒无人烟而又树木葱郁、溪涧奔流、土壤肥沃的山川，他们毅然落下脚，一代代人以原始和简陋的工具，一天天、一年年以愚公挖山不止的精神，进行前所未有的拓荒造田。也许他们不知何为愚公，可他们默默里就做了现实的、活生生的愚公！只是他们不去移山，而是齐心协力造田绣山，由下造到上，由里造到外，在胼手胝足的艰苦劳动中磨硬了层层老茧，淌下的汗水更冲出满脸一道道深深的皱纹。终于有一天，他们造到山顶，欣然直起劳累的腰杆，胸膛酝酿太久的浩气，顿时化作惊天动地的一声长啸，刹那间满山满谷的梯田在长啸中一下生长出绿油油的稻谷，生长出子子孙孙的富足，也生长出举世震惊的田园奇观！

我凭栏吊脚楼头，摄下奇观一角，想带回并悄然铺展于北方，也许无需多久，那里也会繁盛出一片壮瑶女子般俊俏、水灵的仙境奇观！

2010年10月27日草，28日改，29日再改，30日改定

刊载于2011年1月14日《人民日报》副刊、2011年3月号山西《小品文选刊》转载

收入2011年12月延边教育出版社出版的《新时文·物语卷·大地上的欢歌》

秦时明月

陕西，古为秦地。放眼八百里秦川，耳听青铜韵味的秦腔之后，最终落脚点还是秦岭支脉——骊山。

周幽王烽火戏诸侯的烽火台、杨贵妃温泉水滑洗凝脂的华清池以及“西安事变”的兵谏亭，擦肩而过了。一步步走进秦始皇兵马俑，那不是一个两个，而是成行成排，足以数千计。或方形阵，战车与步兵相间排列，手持武器，严阵以待；或曲形阵，弩兵、战车、骑兵结合一起，自成体系，又相互呼应；或幕府，有武将军吏，却未见主帅。主帅也许还没有任命，也许秦始皇就是主帅，探问兵马俑，默然不语，只以一成不变的姿势，各自展示在那里，权当我是无端猜测。遥想当年，秦王御千军万马，灭韩、赵、魏、楚、燕、齐，统一全国，结束了春秋战国以来诸侯割据、战乱频仍的局面。“秦王扫六合，虎视何雄哉。挥剑决浮云，诸侯尽西来。”何等气概，兵马俑不过一个缩影而已！既是诸侯西来，向秦王拱手臣服，那么，兵马俑们便要唯秦王马首是瞻，面向东方，雄视天下了。

看兵马俑，气宇不凡，形神兼备，而且千人千面，无一雷同，连向来不被注意的鞋底针脚，也因脚着地时摩擦轻重而疏密不同，刻画得一丝不苟，令人惊叹。尤其最近彩俑的发现，更让人一睹两千年前的艺术风采。其实，那形那神，何尝不是工匠自画像呢？从全国各地把他们强行征调而来，或许一开始，就明白今生是有来无回了，便将全部情感融注进了兵马俑，末了，还要刻上自己的名字，当然不是为名传后世，而是待监工者验查。难为他们了，形如真人，如今以现代化手段复制一尊，尚且不易，两千多年前又如何制作的呢？这已无法考究了。应该说，自从远古人类学会制陶以来，到秦代兵马俑，达到高峰，技艺已炉火纯青，前人难以企及，后人亦不可追步。虽然地下埋藏了太久的岁月，但是一旦重见天日，哪怕精美绝伦的彩绘剥落，也是当惊世界殊，一时间誉为“世界奇迹”。可怜这“奇迹”，当年即遭火焚，秦始皇既要为自己制作，就不可能自己再去毁灭。记得秦朝末年，项羽入关，阿房宫覆压三百余里，竟一炬而化为焦土，那火就不会蔓延到这里么？战乱动荡的社会，只能使人民受难，玉石俱焚！

走近铜车马。两辆，前称立车，后称安车，双轮单辕，前驾四马，各有御官一人，与真实的车马一般无二，仅是缩小了一半。那方舆、圆盖及三十根车辐，恰吻合了“轮辐三十，以像日月”“舆方法地，盖圆象天”之说。那马耳若削竹，目似悬铃，头方肚圆，脊干平整，胸肌隆突，四腿细长，是典型的骏马之态。若举策扬鞭，四马并驰，十六只蹄花翻飞，铜车定是风驰电掣了。而“君子一言，驷马难追”成语，是否由此而得呢？但见御官身着长襦，头戴鹖冠，腰间佩剑，全神贯注，平视前方。前方是大路、小路？平坦、坎坷？御驾者充满自信，乘坐者一定安然了。这些御官俑体现了秦代艺术家深刻的观察力和极高的表现力。每辆铜车都由三千多个零部件组成，出土时已散乱不堪，考古人员历时两年精心修复，才得以再现本来面貌。20 世纪 70 年代，意大利曾发现两尊中国青铜武士像，轰动整个欧洲，而中国铜车马则是 20 世纪考古史上发现的结构最复杂、形体最庞大的古代青铜器，当之无愧的“青铜之冠”！秦始皇多次出游天下，文武百官前呼后拥，车马仪仗次第相随，浩浩荡荡，威风凛凛。为游山玩水？为安定天下？还是为寻求长生不老？这没有明文记述。只知秦始皇乘坐金银车，六马挽驾，随行车队以五行配色，“秦王骑虎游八极，剑光照空天自碧。”不单是诗人大胆的想象，也是现实生活的一种反映。直惹得项羽好生羡慕，手一指：“吾将取而代之。”刘邦也感慨万端：“大丈夫当如此也。”

如此威风不可一世的秦始皇，一次东巡至博浪沙，张良所派刺客怒将重百二十斤铁锥投去，结果误中副车。后人有诗写道：“一击中车胆气豪，祖龙社稷已动摇。如何十二金人外，犹有民间铁未销。”秦始皇为防止天下人民反抗，曾收缴天下兵器，铸了十二金人，可没有想到仍然遭到大铁锥袭击。这一锥够使他惊魂动魄的了，不然，就不会紧急下令搜捕刺客，搜了十天，结果连个影子也未搜到。如果当时秦始皇死于铁锥之下，历史将另写一笔了。不过，秦始皇最终还是病逝于出巡途中，以臭鱼覆盖其上。他本欲让扶苏继位，怎奈被胡亥所篡，秦始皇以为自己的江山可传千世万世，怎料却二世而亡。秦人不暇自哀，而让后人哀之。

走向秦始皇陵。当地人指着一座小山一样的大土堆，告诉我那就是秦始皇陵。人尝言秦始皇是吕不韦私生子，庄襄王驾崩，吕不韦拥立13岁嬴政作了国王，22岁举行冠礼亲政。随后，嬴政果断平息了嫪毐之乱，乘机削除了吕不韦权力。他以15年时间，“奋六世之余烈，振长策而御宇内”，兵不解甲，马不停蹄，一鼓作气，扫平割据，海内为一，从而建立了中国历史上第一个统一的多民族的封建中央集权制国家。自以为“德兼三皇，功过五帝”，故称“皇帝”，这是中国历史上第一位皇帝。在中央实行三公九卿制，在地方废除分封制，实行郡县制，在全国统一货币、统一度量衡、统一文字。从历史发展进程看，这无疑是一种大胆的革新和创造，不仅改变了割据状态的政治和文化，而且促进了封建经济的发展。这些举措影响了整个中国封建社会，甚至影响着今天，所谓“百代皆行秦政事”。

同时，秦始皇大兴土木，在全国各地修建众多离宫、别馆，竟达“关内三百，关外四百余”之多。为抵御北方匈奴南犯，修葺秦、赵、燕三国旧长城，连接成举世闻名的万里长城。当时全国约2000万人口，征调劳役达200余万人，严重影响了社会经济的发展，造成“男子力耕不足粮饷，女子纺绩不足帷幕”的局面。特别是他13岁便开始为自己营造陵墓，造了38年，直至农民起义风起云涌，仍未修完，无奈，只好临时为修陵人员（大多为刑徒）配发武器，仓促应战，结果被项羽军队打得落花流水、一败涂地。

看秦陵，南有骊山，北有渭水，确是风水宝地。古人向来认为，人死而灵魂不灭，奉行“事死如事生”习俗。所以，死者生前享用之物，死后要供奉在坟墓中，因而陵园的整体设计、建造均仿照秦始皇所住咸阳宫。《史记》记载："穿三泉，下铜而致椁，宫观百官奇器珍怪徙藏满之。令匠作机弩矢，有所穿近者辄射之。以水银为百川江河大海，机相灌输，上具天文，下具地理。以人鱼膏为烛，度不灭者久之。"我相信司马迁笔下应该是真实的，历经两千年风雨沧桑，如今只剩一堆封土，早无昔日富丽堂皇、雄伟壮观了。对于秦始皇陵，我是边走边想，最后远远驻足而观，根本没有走到跟前，连那复制的陵园模型，也没有去看，或许保持内心的一点神秘，一个尚未破译的谜更好。

秦始皇，一个开创伟业的千古一帝也好，一个残酷暴虐的万恶之君也罢，我没有更深研究，也不想过多评论。回望我走进的兵马俑，走近的铜车马，均为陵园陪葬物。而整座陵园到底如何，有待明天的发现。不过，现在秦始皇陵已成为全世界人类共同的文化遗产。原本由人民所创造，包括万里长城在内，早失去了战争的含义，成为中国古老文明的象征，赋予了一种中华民族的精神。当我慢慢走过骊山，走出秦川，抬头仰望，深邃的夜空悬着一轮月亮。我想，那不是别的，应该是秦时的明月。

2003 年 3 月 5 日改

相继发表于《中国文物报》《人民日报》(海外版)

关中七月谒乾陵

一

我曾两次来陕西，先后瞻仰了延安宝塔、朝圣了黄帝陵寝、登临了华山险峰、欣赏了西安碑林、游览了秦始皇兵马俑，博大、悠久、深厚的历史文化底蕴深深地震撼了我。同时，也感到些许缺憾，行程匆匆，一直未能拜谒乾陵。

当我第三次来陕西，终于出西安向西北一拐，便夙愿以尝了。

二

乾陵在乾县那个地方。

乾县是小县，不知是面积小抑或人口少，当地人没说，我也不便再问。有乾陵在，怎么能小呢？况且当初称奉天县，为奉乾陵而诏置。

西行路边，一座座土堆闪过去，那是些汉墓，当地人称“土疙瘩”。其实，到了陕西，满眼都是先秦、汉唐遗迹，随便一跺脚，兴许就能跺出什么国宝来。

三

乾陵为唐高宗李治与女皇武则天合葬墓。

李治与武则天既是一对夫妻，更是两位皇帝。武则天曾是才人，掌管太宗起居等事的，深得太宗宠爱。太子李治一见倾心，继位后，将已遣送感业寺削发为尼的武则天接回宫内，三年后封为皇后。武则天时年32岁，从此开始了政治生涯。论辈分武则天当为李治庶母，我们却不能简单以封建理念认为李治“乱伦”，像后来唐玄宗李隆基还娶子妃杨玉环呢，只能说大唐社会风气开放，尚未形成后来的贞节伦理观念，况且李氏原为北朝拓跋鲜卑之后，具有婚姻不计行辈的收继婚俗遗风。

且说李治驾崩于洛阳，据说想就葬洛阳。洛阳作为九朝古都，自是千秋宝地，而武则天则坚持运回长安。李治生前处理朝政，事事皆依武则天，又怎管得了身后事呢？终归是当地人口口相传。其实，李治临终曾言：“天地神祇若延吾一两月之命，得还长安，死亦无恨。”明确表示葬回关中。尽管一些大臣极力反对，但是武则天还是命睿宗护送高宗灵柩西返，葬于乾陵，也是遵从高宗遗愿了。

民间传闻，武则天派两位大臣寻找墓地，一拿铁钉，一拿铜钱。两人不约而同寻找到这里，铜钱落在了铁钉上。铁钉寓意什么，铜钱寓意什么，两者相合更不知有何深意，也就无从考究。且看这里，居长安西北，八卦属于乾方。而“乾为天，坤为地”，李治百年后被谥为天皇大帝，武则天自然是天皇之后了。因此，称作乾陵是于时于世、于情于理都顺理成章的，再恰当不过了。

四

乾陵建于梁山间。

梁山卓立而不孤，高峻而不险，尤其南面双峰对峙，浑圆挺秀，形如双乳。站咸阳塬上远眺，当地人道是“睡美人”。人本来善于生发联想，何况乾陵不仅埋葬着李治，更埋葬着“媚娘”武则天！至于当初造陵时，堪舆家就看出“大有利于女主”，甚至认为是武则天一心想当女皇的佐证，未免有牵强附会之嫌。

乾陵并非明清时那样山前平地起陵，而是沿袭、完善了唐太宗李世民依山为陵的形制。而依山为陵也非自太宗始，今发现西汉中山靖王刘胜墓即如此，只是没有唐代帝陵雄伟、宏大罢了。依山谈何容易，要以整座梁山为陵冢，需山中凿洞作玄宫。“山陵穿复必资徒役，率癯弊之众，兴数万之军，调发近畿，督扶稚老，铲山背石，驱以就功。”

唐弘道元年（公元683年）安葬了高宗，而陵并未竣工，直至神龙二年（公元706年），重启玄宫，合葬武则天，后又继迁十七座太子、公主、王公、大臣等墓陪葬，前后经武则天、中宗、睿宗，可谓工程浩大！

五

陵园营造，仿长安格局，分皇城、宫城及外廓城，竟周八十里！内城置青龙、白虎、朱雀、玄武四门，城内建献殿、偏房、回廊、阙楼等，应该是鳞次栉比、规模宏大、雄伟富丽、金碧辉煌。生前九五之尊端坐龙庭，九泉之下亦奢华享用。

那时，正值盛唐，国力充盈，天下安定，有心境、有能力营造这一切，营造好这一切！

后来，虽几经修葺、甚至重建，怎奈再雄伟、富丽，也经不得朝代一次次更迭，经不得战火一次次吞噬，经不得人为一次次毁损，经不得风雨一次次侵蚀，使这一切荡然无存！如金人所咏：“今日阿婆心力尽，乾陵秃似老僧头。”所以，除去后人为保护乾陵而栽植的满眼葱绿，就是依山为陵的三座山峰了。

六

再怎样“老僧头”，也是赫赫乾陵。

通向山陵的是一条长长的司马道，道两旁侍立着一尊尊石雕像，比如石马，身生双翼，高达三四米，体态雄壮，鼻孔扩张，鬃毛成绺，尤其双翼饰卷云纹浮雕图案，紧贴马肩向后飘逸，使马潇洒自如、英姿勃发，令我想起甘肃武威“马踏飞燕”的天马。而这石马仿佛正待主人一声令下，便嘶鸣着乘长风而去！

那石人又称翁仲。翁仲本秦时大将，威震夷狄，死后秦始皇铸铜像置咸阳宫门前，匈奴见之，犹以为生而遁去。后代帝王相沿成习，至明清依然如此。这些石人宽袍大袖，束腰拄剑，恭立而注视前方。石人为直阁将军或中郎将，唐时皇帝侍卫官，忠心耿耿，不因时代、不因风雨而擅离职守。“行人欲问前朝事，翁仲无言对夕阳。”他们经历了太多的沧桑，对后世能说什么，又从何说起呢？！

人道汉唐艺术磅礴大气，从乾陵司马道石刻可见一斑，后世欲步其后尘而远远不及。

七

道旁土阙遗址后，侍立着蕃臣石像。

石像真人大小，多着圆领紧袖武士袍，双手拢袖持笏于胸前，毕恭毕敬。一些石像背后镌刻着族别、官职、衔爵及名姓等，如朱俱半国王斯陀勒、于阗王尉迟璥、吐火罗王子特勒羯达犍、故大可汗骠骑大将军行左卫大将军昆陵都护阿史那弥射。仔细辨识，石像背后都有这样的字迹，只是被老去的时间悄然漫漶了。朱俱半国即今新疆叶城一带，吐火罗国即今阿富汗。在旧时典籍中，有相关记载，甚至石像名字也实有其人。可以说，这些石像是为高宗、武则天朝侍立过的蕃臣形象，他们为民族友好与和亲而来到京师。

石像横竖 61 尊，东部 29 尊，西部 32 尊。我国传统建筑文化理念讲究对称，不知东部为何少了 3 尊。或毁于一旦，或移至他处？毁了多少会留些蛛丝马迹，而移走怎不一起迁移？当然也不排除被盗，毕竟乾陵发生多次盗掘，尽管没能得手。既然盗不了陵墓，顺手盗个石像也未可知。这是我一时猜想，也许根本什么都没有发生，就是朝前侍立的61位蕃臣！

再看石像，几乎都没有头颅，仅有两尊残存半个头部，也难以看出本来面貌了。这就奇了，大唐皇帝陵寝前，侍立一堆无头石像成何体统！仔细观察，石像的脖颈隐约可见残损的痕迹，看来当初不是无头！人言关中大地震，震倒石像，相互碰撞所致。碰撞掉一两个是可能的，怎巧偏偏都碰撞掉头部呢？不足信也。而唐宋以来，关中战事频仍，乾陵很难幸免。所以，当人为毁损，而非自然之力。

无论如何，61尊石像侍立于陵前，象征大唐王朝“四夷宾服”，以此“夸耀后世”！唐太宗李世民昭陵前也有14尊刻具衔名的蕃臣像，乾陵自是承袭前制并有所发展了。

八

朱雀门外，司马道旁有两通碑，一通在西，称“述圣纪碑”，一通在东，称“无字碑”。

“述圣纪碑”为武则天撰文，中宗李显书丹，主要是颂扬高宗李治文治武功。据说，唐时将碑文直接书于石上，依此镌刻。那需要功夫，五六千言碑文，一笔一划，一字一句，一丝不苟地向碑书写，实在难为这位新登基的皇帝了。大概写完不久，总共做了两个月的皇帝，还没能施展抱负，就被武则天废为庐陵王了。

毫无疑问，“述圣纪碑”是高宗驾崩后，武则天与李显所立，也就是后人为前人树碑，而树碑根本为立传。

“无字碑”呢，就争议颇多了。没有争议的是其形制：一方完整巨石雕成，高达8米，雕刻着螭龙、狮马，线条流畅，刀法娴熟。只因唐人未刻一字，也就留给后人无尽的猜测、揣度、研究、探讨。终究武则天是一位政治家，具有远见卓识，说她“功过由后人评说”，这种心境应该会有。临终时又遗诏“去帝号，称则天大圣帝后”，归政于李显。而李显力排众议，再启玄宫，将母后与父皇合葬！

既然碑一般为后人所立，那么这通无字碑如果不是武则天与“述圣纪碑”一起为高宗所立，就应是中宗李显在将母后与父皇合葬时所立。李显两次登基做了五年皇帝，有能力将母后葬在乾陵，立通碑还不是寻常之事？我倒想，李显心底或有难言之隐，大概在于是称武则天为母后呢，还是皇帝？称皇帝是改唐为周，不是一脉相承的正宗；称母后吧，武则天确实做过皇帝，抹不去的一段历史。当然，最终李显力主将武则天与李治合葬，客观表明认同武则天为母后，只是两难境地难以明白落笔。今人考察，发现碑阳布满 4.5 厘米大方格，说明当初已拟好碑文，格据碑文字数划定，以便书写、镌刻。为何准备刻而没有刻，且碑文亦未留传后世，中间有何变故，文献无考，遂成为千古之谜。

世人或道武则天德高望重，无法可书，或言其自知罪孽深重，无颜立传，这只是后人猜度而已。武则天终归一代女皇，执掌朝政近半个世纪，发展科举，奖励农桑，扶植寒弱，打击豪门，破除门阀观念，不拘一格任用贤才，从而使社会安定、经济发展，继贞观之治，启开元盛世。作为女人也罢，皇帝也罢，无论如何不可能十全十美，但瑕不掩瑜、过不蔽功。那通无字碑也就注定要随着武则天，任后人评说了。

至于碑身的宋明以降的题刻，自有其存在的价值，但也说明自古以来，就注重人过留名，到此一游的涂抹之风并非今日始了。

九

神路长长，引我一步步朝前走去，渐渐步入山上。我明白，这就是依山为陵的梁山。

山间显露着嶙峋的石头，石头间生长着树木，不仅有松柏，还有其他树木，一起蓊郁着，即使我来恰值 7 月，蓊郁得我也不觉火热。唐代大诗人白居易写道：“陵上有老柏，柯叶寒苍苍。”诗人曾朝中为官，卒于 846 年，距建陵已一百余年了，因此诗中所写应该是诗人眼中所见，而非艺术夸张或想象，但苍苍老柏也经不得千年沧桑，像离离原上草一样，早不知几枯几荣了。所以，今日树木已非唐时之物，人世还有代谢呢，何况一秋草木！

草木可以枯荣，乾陵依然是唐时的乾陵，陵中安葬的依然是李治与武则天皇帝夫妇！“其门以石闭塞，其石缝隙，铸铁以固其中。”墓壁当绘满与两位生平有关的壁画，墓中当陪葬具有唐代特点的三彩、金银器物等等。从已发掘的三座太子、公主墓，可推测其大略。

梁山的海拔有一千余米，我不知不觉登临绝顶，举目四望，不知哪座是太白山、终南山，哪座是九嵕山、五峰山以及翠屏山，只觉周遭群山连绵，唯梁山孤峰隆起，壮观于天地之间！

想千百年来，乾陵多次有人图谋盗掘而未果，近年似掘声又起。如果仅为一方旅游，仅为发现点珍宝，仅为破解乾陵本身之谜或证明一些历史悬案，实在是得不偿失！不为别的，我们挖掘的财力虽可以达到，但挖掘后根本无力保护出土文物。建国初期发掘明定陵，多少璀璨、华丽的丝织品等一时化为乌有，近年挖掘秦皇兵马俑，鲜艳彩绘出土的刹那便黯然消失，就是先例。毁了就难以复生，风雨沧桑中保存至今的乾陵，切不可轻易再掘，还是留与子孙吧！

2009年10月13日草，15日至19日改定

刊载于2010年1月12日《中国文物报》副刊、2010年9月3日《人民日报》（海外版）副刊

河东走笔

题记：2011 年 7 月，应北岳文艺出版社之邀，参加著名散文家梁衡牵头组织的“厚重山西——当代著名作家看山西”大型文化散文采风活动。我虽多次走进山西，但处于黄河拐弯处的永济却未曾到得，故此，在地方人员陪同下，我游历了鹳雀楼、蒲州古城、黄河铁牛及普济寺。回返太原，又闻悉蒙山有大佛，便冒雨而往。回后，静下心来，就整理出了这些文字。

永远的鹳雀楼

我和罗哲文先生编写《中华名楼大观》时，发现相关图书中很少收录鹳雀楼。究其原因，大概与其早已焚毁且湮埋于地下有关。为切实了解鹳雀楼，我专程来到晋西南。这里今为永济，古称蒲州。华山巍然于西南，中条山屹立于东南，当黄河自壶口由北向南滚滚而来，至此顺势一拐又折而向东，便从两山脚下经三门峡直奔大海滔滔而去了。

我来时偏偏昨夜有雨，也许阴云尚未散尽，天总雾蒙蒙的，即使太阳晃出来，也是白白的一轮亮而无光。蒙蒙中访谈乡人，出乎意料，蒲州古城竟遗迹尚存！前去踏察，这座明嘉靖时在唐代故城基址上建造的古城，已坍塌为一抡残墙，钟楼及四面城门楼仅剩城台及门洞，满眼杂草丛生、蝗虫乱飞，一切早物是人非了。我在西门洞前徘徊，但见上嵌一方石额，镌刻“蒲津”两个字。想唐代蒲州为河中府，府城西门外即蒲津渡口，一道铁索连舟浮桥浮连两岸，鹳雀楼就坐落于黄河东岸府城西南。故《蒲州府志》《梦溪笔谈》等典籍有鹳雀楼在河中府，城西河洲渚上，“前瞻中条，下瞰大河”语，所记当实。

应该说，盛唐时鹳雀楼与南昌滕王阁、武昌黄鹤楼及洞庭岳阳楼所谓“江南三楼”一起，各以诗文名重天下。那“江南三楼”，说“落霞与孤鹜齐飞，秋水共长天一色”也好，说“昔人已乘黄鹤去，此地空余黄鹤楼”也罢，抑或是“昔闻洞庭水，今上岳阳楼。吴楚东南坼，乾坤日夜浮”等等，大家一言而为天下法，使后人反复吟咏着步其后尘跟着登临，这些无须说了。只说鹳雀楼，与“江南三楼”比，是唯一属于北方的楼，距长安、洛阳不远，又为州府所在地，所以唐人题咏甚多，昭宗时李翰有《河中鹳雀楼集序》，可见那时就将描写鹳雀楼诗结为一集了。

记得北宋沈括曾言，诸多写鹳雀楼者，唯李益、王之涣、畅当三篇能状其景。仔细读来，终觉李、畅之诗略逊一筹，还是《登鹳雀楼》一诗独领风骚。“白日依山尽，黄河入海流。欲穷千里目，更上一层楼。”诗人心与景接而神游物外，将景、情、理融为一诗，语言质朴如话，意境雄浑壮阔，大有“尺幅千里之势”。而诗中焕发出积极进取的探索精神，更折射出盛唐气象，堪称千古绝唱。此诗也许不是题咏鹳雀楼的第一首诗，但是唐以后名流显宦、文人雅士登临者，甚至楼毁后凭吊遗址者不少，纷纷吟诵、酬唱之。但真的是此诗一出，名句千秋，不仅超越前人，后人也委实难以超越了。不然，千百年来鹳雀楼诗何止十首百首，又哪首流传了呢？即使片言只字也好，注定鹳雀楼属于王之涣了！

王之涣“本家晋阳，宦徙绛郡”，大致从其五世祖任后魏绛州刺史起而举家移居绛州，后虽历代为官，也不过县令之类小官。至之涣，聪颖好学，少有侠气，终不仕于科举。虽做得衡水县主簿，却受不得诬陷拂衣而去。居家十五年，“雅淡珪爵，酷嗜闲放”。晚年曾做文安县尉，55 岁卒于官舍，也是壮年早殇了。20 世纪 30 年代洛阳出土王之涣墓志，称其“慷慨有大略，倜傥有异才”，可惜生前不为世所用。诗人与高适、王昌龄等齐名，诗以善于描写边塞风光著称。《全唐诗》仅收其六首，最著名者除《登鹳雀楼》外，还有《凉州词》的“黄河远上白云间”，苍凉、悲壮，被誉为唐代绝句压卷之作。如此成就一定写作了大半生，不知为何大量诗作未曾传世？更不知为何《旧唐书》《新唐书》均未为之立传？这值得探究。无论如何，一首《登鹳雀楼》诗使鹳雀楼名满天下，自是名楼长借好诗传了！

闲来曾读《全唐诗简编》，编中有“朱斌”一名，其《登楼》目下赫然为“白日依山尽”诗，很是诧异。所不同者，将“层”改作“重”了，仅一字之差。再看“朱斌”后别无他语，仅两字“处士”，意谓有德才却隐而不仕者。其实，唐玄宗李隆基曾命大学士芮挺章编选盛唐诗集《国秀集》，集中就有朱斌与《登楼》诗，当然也辑选了王之涣《凉州词》等三首。两个人同时辑选，应该有所本。《国秀集》辑于天宝三年，而王之涣逝于天宝元年，相差两年。芮与王算得同时代人，辑选中不大可能张冠李戴。唐河东人薛用弱所著《集异记》，道王之涣、高适与王昌龄至旗亭饮酒，恰遇十余伶官会宴唱曲，其中最佳者所唱便是“黄河远上白云间”。这也说明王之涣诗确实“传乎乐章，布在人口”。而《登楼》诗都入了大学士法眼，怎能不传唱在伶官之间？伶官一定会唱完《凉州词》，再唱《登楼》诗的，尤其在诗人面前一定不会落这个缺。至于在《登楼》中加“鹳雀”及改作王之涣，是宋以后了。自此，一朝朝书书相印、一代代口口相传，传印至今，已然举世皆知、妇孺成诵了，就尊重现实吧！

古人尝言：“非山水环异者不为胜，山水非有楼观登览者不为显，楼观非有文字称记者不为久，文字非出于雄才巨卿者不成著。”所言极是。我就是因《登鹳雀楼》诗而知鹳雀楼，为写鹳雀楼又千里迢迢追寻而来。来了，才知鹳雀楼始建于北周，为大冢宰宇文护所建造。李翰《序》述：“宇文护镇河外之地，筑为层楼，遐标碧空，影倒横流，二百余载……代为胜概。”蒲州城中无山，建此楼阁以为军事瞭望，规模一定非同小可。后经大唐盛世，军事作用渐失，遂为文人雅士登高望远、吟诗作赋之所了。金元之际，元兵争夺城池，金人“夜半攻城以登，焚楼、橹，火照城中”，鹳雀楼化为废墟。元至元时，王恽由御史里行来官晋府，“按事此州，遂获登故基，徙倚盘桓，逸情云上，虽杰观委地，昔人已非，而河山之伟，风烟之胜，不殊于往古”。故址明初尚在，因河水泛滥，黄河改道，就无处觅寻了。以致旧志载，“后尽泯灭，或欲存其迹，以西城楼寄名曰‘鹳雀’”。前人出于好意，将蒲州西门城楼权作鹳雀楼了，且挂了额匾。世人也就将错就错，一些书中也就有鹳雀楼在永济西南古蒲州城上之说了，且贻误至今，或源于此吧。

随着20世纪40年代末蒲州古城毁弃，西城楼亦不复存在，但黄河依旧，黄河两边的山依旧，依山的白日依旧，鹳雀楼诗依旧。诵斯诗，览斯景，而不见斯楼，登无所临，情无所倚，思无所寄，怎不令人怅然？过去多少大小楼阁都湮没于历史烟云里了，独鹳雀楼因那首登楼诗，而永远矗立于华夏儿女心中。也是遭乱世则废，逢治世则兴，国人便奔走呼吁修复古楼。斗转星移七百余载后，鹳雀楼终又再现于黄河岸畔，只是非原来“城西河洲渚上”了。毕竟“三十年河东，三十年河西”，黄河距蒲州古城已西移数里，就随之另辟新址了，况且若再依古城而建，远离黄河，又如何眺望？世事难以两全，包括形制，清乾隆时府志所载“鹳雀楼图”，楼在府城西南角楼外，下为石砌基座，四面中间筑垂带踏跺。楼为木构，三层四檐，檐下施斗拱，每层槅扇门窗带回廊，二三层出平台，置勾栏，以便登临眺览。面阔进深各三间，上下层楼略有缩减。顶作十字脊歇山式，十字脊交叉处饰宝顶。顶与檐面覆筒瓦，每层檐角悬挂风铃，一旦风动则铃响，铃声伴着黄河水韵，一定清脆、悠远。此图也许清志传承于前志，但作为木构建筑，在古代算得魁伟、高大的了。就这形制，一定是李翰眼中的“层楼”么？而李翰眼中的“层楼”，一定是宇文护所造之楼么？李翰晚于宇文护三百余年，如何见得？所谓“遐标碧空”，不过是李翰所见之景罢了。

历史当随时代而演进，复建鹳雀楼自不必拘泥于旧址，罗哲文先生为当今古建泰斗，参与了论证，且认同今址。新楼仿唐风格，是一座高台楼阁式建筑。高大台座上，黑瓦朱楹，斗拱飞檐，雕梁画栋，歇山顶，通高达73.9米。因过于高大，便面阔七间，进深五间，倘若再三开间，势必瘦削而不协调了。尽管新楼有所出新，但是也是出新于我国传统建筑文化基础上，且形制外观依然是三层四檐，是参照了府志旧图样式的。楼内以木制彩塑《中都蒲坂繁盛图》，再现盛唐时期蒲州城的繁荣景象。陈列着宇文护“筑楼戍边”、王之涣“旗亭画壁”及舜、禹等历史故事传说，人文之脉绵延不绝，河东原是华夏文明发祥地之一呢！站楼头，欲放眼黄河，怎奈蒙蒙云雾遮望眼。无妨，登楼临空，已使我思接千载、视通万里了。

我慢慢下得楼来，远远回望，新楼壮观无比，远胜于前。忽念罗先生今已 87 岁高龄，那年来时，闻悉鹳雀楼将兴，特赋诗一首：“胜迹凋残八百秋，黄河入海依旧流。群英共议重兴计，指日相携更上楼。”欣然之意溢于字里行间。如果先生“指日”登临，晚生我一定陪先生“相携更上楼”的。而将鹳雀楼收入名楼书中，赋予其历史应有的位置，也是了却先生心愿了。

至此，还说什么呢？如果旧时鹳雀因楼毁弃而四散去，那么，今楼复成，就请归来重栖其上吧！

长与蒲津作胜游

为寻访鹳雀楼，我千里迢迢来到永济。不曾想，这里是最偏远的晋西南，一望，黄河那边就是陕西。而未到鹳雀楼，先经过一片城址，询问当地人，道是蒲州古城。由于研究文物多年，一见心早悠然挂上城头了。

蒲州先人傍黄河而居，旧有“舜都蒲坂”之语，是说尧传位于舜，舜定都于蒲州。如此说来，蒲州亦是中华文明发祥地呢。随着部族的发展与壮大，慢慢修筑了城池。直至战国时，这里始称蒲邑，秦汉时名蒲坂，北周才改作蒲州，沿用至今。那时，大冢宰宇文护一定是在坚固的城池基础上，而建鹳雀楼以为戍楼的。不然，孤零零一座木构楼阁，再高大、魁伟，又怎能坚守，经得一次次刀光剑影呢？而蒲州与关中为表里，控据关河，山川要会。当大唐王朝统一了天下，自知其战略位置举足轻重，所以才设河中府，进而置中都，与西京长安、东京洛阳相鼎立。如今，鹳雀楼展陈《中都蒲坂繁盛图》，就再现了唐时蒲州城的盛景。即是畿辅重镇，必为兵家必争之地，以致金元之际，元兵攻河中府，金将以兵少力不能守，于城中筑一道土垣，退而守其半，再夸耀“城临大河，楼堞完固”，兵燹下最终也未能保全。

明时在唐城基址重筑城垣，号称周长九里，城高三丈八，砖裹堞，建四门，城四角筑角楼。西城外据黄河天险，其余三面掘一丈五尺深护城河，一时巍然于天下。翻阅清乾隆时《蒲州府志》所绘“鹳雀楼图”，明显可见府城西南角楼，为重檐歇山式。此等角楼，尽管难与结构精巧、装饰绚丽，素有“九梁十八柱七十二条脊”之称的北京紫禁城角楼媲美，也堪称巍峨、壮观了。而今安在？高大、厚重的城垣已坍塌为一抡残墙，莫说角楼，就是四面城楼也仅剩城台及门洞。奓胆走进门洞，阳光透过薄云淡淡的辉映洞口一头，四五丈深的门洞便显得有些清幽。也许平日鲜有人迹，我一走去，栖息的鸟儿就扑啦啦惊飞而去。

当年位居城中央的鼓楼尚可寻得，残破得只存楼台了。楼台有两层楼高矮，券拱形四门窑洞宽阔、高敞，或许考虑保护与安全，门洞已封砌。但可以想见，鼓楼为十字形券洞，相互贯通，四门正对蒲州城的东南西北四条主街。各门楣上分别镶嵌一方石额，如南门石额镌刻着“迎薰解愠”四个楷体大字，额边砖雕纹饰，虽经数百年风雨沧桑，仍掩饰不住雕刻的精美。记得舜帝曾作《南风歌》，如《史记》所载：“舜弹五弦之琴，歌《南风》之诗，而天下治。”歌有“南风之薰兮，可以解吾民之愠兮”句，大意是南风和暖啊，可以解我臣民的怨恨忧愁。“迎薰解愠”概出于此，以点睛蒲州文化底蕴之深厚历史渊源之悠久。

鼓楼早消逝了震撼天际的鼓声，甚至连鼓也不知下落了。也是，黄河一再改道，居民四散迁徙，终使城池毁弃、瓦砾遍地、蝗虫振羽、杂草丛生，一切早物是人非了。就在瓦砾中，我随手拾起一块残砖，背面竟有一只手印，是唐人抑或明人不得而知，但一定是造城时制砖坯者有意所为。手印粗大，我展开书生之手与之相比，瘦弱了一遭儿。这是一只劳动且创造了世界的手，如获至宝，本想带回摆置书案，转念蒲州古城是珍贵的文物遗址，便悄然放回原处。

我独自在西城门前徘徊，但见门额书“蒲津”两个字。想唐代蒲州为河中府，府城西门外即蒲津渡口。河中之地，黄河北来，东倚中条山，南倚太华山。有学者考证，“中华”一词即由此而来，也许一家之言吧。而划断中条、太华的黄河，流过蒲州城，向东一拐就奔流到海不复回了。滚滚黄河应该有数不清的大小渡口，仅河东一带，就有大禹渡、茅津渡、风陵渡，而蒲津渡自古以来就是秦晋交通要冲。《春秋左传》载，昭公元年秦公子鍼奔晋，造舟于河。唐人徐坚《初学记》释义：“公子鍼造舟处在蒲坂夏阳津，今蒲津浮桥是也。”这当是见诸文字记载的黄河上的第一座浮桥，时在2500余年前，堪称世界第一。

当然，这桥或许临时所置，随后便拆去了。秦晋人依然隔河相望，阻于一道不可逾越、望而生畏且却步的“天堑”。后又多次建造，如东魏齐献武王高欢、西魏大冢宰宇文泰、隋文帝杨坚都以浮桥而过往。至唐玄宗李隆基时，浮桥已由临时固定于木桩笮索了。兵部尚书张说言及：“河上有三桥，蒲津是其一。隔秦称塞，临晋名关，关西之要冲，河东之辐辏，必由是也。其旧制横絙百丈，连舰千艘，辫修笮以维之，系围木以距之。”终归是竹索浮桥，不耐久，不坚固，每冬冰未合，春沍初解，流澌峥嵘，塞川而下，绠断航破，无岁不有。一旦绠断航破，必影响京师之路。故此，张说受玄宗诏命，重建蒲津浮桥，易笮索为铁索，改木桩为铁牛。几道铁索连系着百十条浮舟，上搭踏板，任凭风颠浪簸，一桥飞架东西，何等壮观。“一桥锁三城，连接秦与晋。”从此，自蒲坂达于京师，相属于路，昼夜不绝，永功而无极。怎奈金元之交，蒲州城争战，城池及鹳雀楼毁于战火，蒲津浮桥也随之一炬而焚绝。明初，大将军徐达至河中，会诸将造河桥取陕西。尔后，河道迁徙不定，终有一日蒲津浮桥彻底从河上消失。

人尝言“三十年河东，三十年河西”，寓意世事变化、盛衰无常。可当地人告诉我，这句话指的就是这里。黄河频频改道，原来地属河东，转眼可能就变为河西了。20世纪40年代，河水漫过堤岸，从西城墙外流过，枯水季节，下水还可摸到牛角，甚至行船时牛角曾刮破船底。50 年代河水西撤，河床淤积，铁牛沉湮于淤泥下，再无人问津。

四十余载日月轮回江河行地，河水向西离古城已六七里远近，古城也不复为古城。静下心来展开府志“铁牛图”：府城西门旁，四尊铁牛伏卧于地，尾后各横一根铁轴；四位铁人策牛于侧，中间两座铁山，一根穿孔铁墩；前面一座四柱三楼木牌坊，坊额写有“长云”等字迹。铁牛与牌坊之间有一道护城石堤，堤下小溪一般流水，架一座三孔拱桥；后面几根铁柱树立，一通石碑圆首龟趺，大禹庙垂柳掩映。应是当时情景，只是不见铁索与浮舟了。明代顾炎武曾有诗前小序：“蒲州西门外铁牛，唐时所造，以系浮桥者，今河徙十余里矣。”或许黄河明时改道，清时尚未改回，浅浅溪流权作应景吧。

黄河是浩瀚的西去了，铁牛呢？记得北宋时，某年因暴雨致河水大涨，河中府浮梁断绝，牵牛没于河中。典籍记载：“真定僧怀丙以二大舟实土，夹牛维之。用大木为权衡状钩牛，徐去其土，舟浮牛出。”一牛且数万斤，河北正定僧人怀丙巧妙运用浮力，随两船沉下去土而浮出，顺势将铁牛带出。如此聪慧，使龙颜大悦，赏赐紫衣，一时传为佳话。后人因建怀丙亭，以作纪念。这是以往，而今呢？当人们依记忆寻觅，发现铁牛仍伏于原地，并未随河水而去。一点点、一层层清理去几十年的淤积，完全如图中所绘，东岸四尊铁牛重见天日！

四尊铁牛就伏卧于府城西门旁，头向黄河，眼睛暴突，直视河水。铁牛不仅是浮桥挚缆的地锚，更是雕塑艺术的杰作。今天，我们以为铁牛体现了自强不息、厚德载物的中华民族精神，当时或如《易经》卦辞“牛象坤，坤为土，土胜水”所示，而以此镇水吧。尾后所横铁轴，当束铁索之用。旧时淤泥、流沙地带，每每打木桩以固地基。这里为黄河岸边，故每尊铁牛下部，不仅连铸厚重铁座，座下再铸六根铁柱，以作铁桩，且充分考虑铁索拉动向河心受力，特将铁柱插入地下丈余，并向尾部倾斜。如此苦心思虑，铁牛怎还会被拉掉河里，况且本身不就具“厌胜”水患之功么？究其实，数万斤铁牛对于人类已是庞然大物，而对于水患，铺天盖地、排山倒海、汹涌而来，铁牛也不过区区玩物而已。大自然面前，人显得实在渺小，大自然更不会依人的意志为转移。再看策牛铁人肌肉鼓凸、服饰各异、表情不一，却都忠于职守、始终如一。中间两座铁山，一根穿孔铁墩，当铁索束于铁轴，经铁山而绕于铁墩，横杠串入铁墩之孔，推杠而铁墩转动，就会抻拽横陈河上的铁索或松或紧，以使浮桥平稳、畅通。

那通圆首碑身已失，仅剩残损的龟趺。碑都没了，勒石记事也难以传世不朽。木牌坊、垂柳与大禹庙皆了无踪迹，倒是那道护城石堤依旧，石头没因湮埋地下而腐朽风化。假若不是人为毁损，看来石头不会轻易风化，风化的只是老去的时间。而所立七根铁柱，呈北斗七星状，便给人留下想象的空间。也无非是以今人意识，或说渡口泊船以系绳缆，或说以此象征上天。试想，真拴缆绳为何不离石堤再近些且作一排，岂不更便利？至于以星斗象征苍天，或许有此寓意，可其他又寓意什么？确切的只有问唐人了。不过，那七根铁柱即呈北斗星状，又把南勺北，是否为过往航船及行人指南示北？甚至铁柱上灯笼高挂，指引夜航船及夜行过桥人呢？作用如同导航灯塔。如果那样，远远望去，七盏灯笼真的就是地上的北斗七星了。联系我随后所看新绛三楼，戏楼前的石墁坡道上，也有以圆石布列的北斗七星图案。要知新绛古城保存的衙署花园，为隋代所建，也是经历了盛唐的。两者有无内在联系，是否为河东一带的一种民间习俗？无论如何，七根铁柱那般树立与排列，不会是随意一摆，一定有其文化内涵与现实作用，值得进一步研究。

铁牛究竟铸造于何时？《新唐书》“蒲津关”下记载：“开元十三年，铸八牛，牛有一人策之。牛下有山，皆铁也。夹岸维浮梁。”正史所记与方志图绘一致，与出土实物吻合。难以想象，当年铸牛之时，两岸须垒砌多少炼炉，同时点火冶铁浇铸。那时，不说是千军万马，也得数千百人，两岸昼夜火光冲天，铁水飞溅。真个飞廉煽碳，祝融理炉，是炼是烹，亦错亦锻，结而为连索，熔而为伏牛。想那数万斤铁牛一定一次浇铸而成，而非分段组装。因为每尊铁牛都是浑然整体，除有模范痕迹，绝无焊铆之处。脊背留一个圆孔，应是浇铸端口了。至于铁牛、铁座及铁柱三位一体，上下高低当一步到位。

就那时的生产力水平，如此重物是很难以人力起吊、挪移的。实在是一个奇迹，一个倾国力而创造的奇迹，一个让后世惊叹、唯我独尊、永世无价的奇迹，而这奇迹正是盛唐开放开化的强大气度与精神的外化！

我观览之余，情不自禁地以手抚摸铁牛。据说手掌润泽下，铁牛会越来越亮泽。铁牛出土时，大概骤然暴于露天，风吹、日晒、雨淋，竟氧化出厚厚一层铁锈。想起本家后周皇帝柴荣之时，沧州开元寺曾铸铁狮，为“文殊狮子普贤像”，或是文殊菩萨坐骑了。而沧州人又称“镇海吼”，道古时沧州一带濒临沧海，以镇水患。我更倾向于前者，因铁狮背上是有莲花座的。姑且不论。沧州铁狮晚于蒲州铁牛，而且一直在光天化日下光亮、润泽，好心者欲善意保护，以致铁狮生锈，很难恢复从前了。由此看来，铁物不便保护，是一直未曾解决的世界性难题。当地人告诉我，铁牛那层厚厚的铁锈已完全剥去，且做了防锈处理。犹如剥了一层皮，铁牛原本的形神自是消去了几分。因此，原西岸曾被僧人打捞的铁牛，尽管明知就在西侧三四百米处，但是却没有再行挖掘。明智之举，在无力保护的境况下，埋于地下不动就是最好的保护。毕竟文物一旦毁了就不可再生，切莫急功近利，愧对先人与后世子孙。

归根结底，蒲州人因黄河而筑城，因城而造桥，因桥而铸铁牛。无论朝代如何兴衰更迭，世事如何纷纭变幻，千百年来黄河改道了还是黄河，尤其还是那么一拐的蒲州的黄河。所以，蒲州城头哪怕长了三千丈的蒲草，蒲州浮桥哪怕断为一万节的铁索，蒲州铁牛哪怕锈下五万斤的皮表，也是“独留巧思传千古，长与蒲津作胜游”了。作胜游也不会改变初衷：既然这一切为黄河所筑就，那就默默一心守候着黄河，直到沧海桑田、地老天荒！

蒙山大佛断想

一

天下蒙山多矣，有大佛者仅晋阳蒙山。

春秋晋国赵氏曾建晋阳城，位于晋南蒲州一带，秦时再置晋阳城，已北迁太原，至今古城遗迹尚存。这里所说，自是太原晋阳了。

晋阳多山，西部之山统称西山，连绵逶迤，逶迤中挺拔出诸多峰岭，蒙山即诸峰之一，海拔竟达 1300 余米，无愧吕梁余脉。

我来时天有些阴沉，不雷不闪就飘零起蒙蒙细雨，满眼便水灵灵葱翠了。

二

一般而言，先有寺庙，而后有佛像，对于蒙山也不例外。

寺初名并州大岩寺，因寺后一座巨大山岩而得名。开山住持是何方高僧已不得而知，只知建寺不久，即北齐天保二年（公元 551 年），依大岩而开凿佛像。为方便观瞻，又在南里许再建一寺，称作前寺。大岩寺尽管建造在先，但是因其所处位置只得屈居为后寺。

佛教自东汉初年传入我国，经三国两晋，至南北朝时，已建造许多寺院，如唐代诗人所咏“南朝四百八十寺，多少楼台烟雨中”诗句，就是生动写照。这一切应该与统治者大力提倡、推动与身先信奉有关。天保时北齐皇帝高洋就赐额开化寺，以取代大岩寺。皇帝赐额也是管得了生前，管不了身后，所以历代多有毁建，名也几经更改。好在改来改去，最终还称开化寺，高皇地下有知，也该欣慰呢。

宋时在大佛北山梁上，重建“杭州天目山祖师峰彻禅师塔”，俗称千层塔。当地有“倒了千层塔，砸了后寺院”之语，且流传至今。在言宝塔之高吧，未免有些夸张。要知后寺与宝塔相距半里远近，岂能轻易砸得！我使劲向那方眺望，细雨中也没能望到，不晓得千层塔是否还屹立着，是楼阁式塔还是密檐式塔，是可登临观览的空心塔还是不可登临的实心塔，一切只有心存顾念了。

这暂且不论。当年山脚一座小村，聚居寺庙底下，人们一定没有太多去想，随口就称寺底村了。现在砌一堵古村标志墙，我就从标志墙前向蒙山走去。

三

北魏年间，拓跋氏热衷于佛教，可说是视佛教为国教，以至陆续开凿了大同云冈石窟和洛阳龙门石窟。而北齐高氏接掌北魏之后的东魏江山，距两大石窟开凿不过数十年光景，工程远未结束。北魏信佛热潮，开凿石窟壮举，尤其高氏本身就曾是北魏臣民，这一切不可能不影响到高氏，不然高洋不会一登大宝，就立即为寺院赐额。

开凿大佛谈何容易，想云冈石窟凿了70年，龙门石窟凿了400余年，就是唐时乐山大佛也凿了近百年。蒙山大佛同样如是，自文宣帝高洋起，简直举全国之力，前后历经5帝26年，几乎凿了整个北齐王朝。

如何开凿，史志少有记述。隋唐时李大师、李延寿父子所编《北史》载：“凿晋阳西山为大佛像，一夜燃油万盆，光照宫内。”后晋苏禹珪所撰《重修蒙山开化庄严阁记》载：“北齐文宣帝天保末年，凿石通蹊，依山刻像，式扬震德，用镇乾方。”

虽语焉不详，但从中约略看出，当时是集中天下能工巧匠，依山雕凿大佛。二十余年间，无论晴和日暖，还是雨雪风霜，一锤锤，一钎钎，夜以继日，昼夜不停。所谓“夜则以火照作，寒则以汤为泥。百工困穷，无时休息”。一夜之间燃油达万盆，油灯竟照亮十余里外的晋阳宫。一尊大佛累及千家万户，甚至多少人为此付出性命！这般造佛从根本上说，不仅仅在于皇家信奉，更重要的为镇高家天下，以永传后世。不曾想，二十余载高氏王朝比走马灯还频繁地不等唱罢就登场，最终大佛雕成日，竟是高氏王朝覆灭时。可惜高氏用心良苦而雕凿的大佛，还不曾敬香礼拜，就改朝换代留与了后人。

四

无数后人顶礼膜拜，被记得者大概只有两人。

一是李渊。相传，隋末李渊留守太原，前去参拜大佛。瞻礼回，夜梦“化佛满空，毫光数丈”，以为祥瑞，从而率子李世民等起兵反隋，一举开创了大唐天下。当然，李渊父子久有“四方之志”，不过借夜梦以示顺应神意罢了。

一是武则天。显庆五年（公元 660 年），皇后武则天与皇帝李治巡幸并州，至开化寺大佛，“礼敬瞻睹，嗟叹稀奇，大舍珍宝财物衣服”，且令并州“速庄严备饰圣容”“开拓龛前地，务令宽广”。武则天回到长安，内宫耗时两年制袈裟，饰以金银珠宝，派专使驰送开化寺。大佛赐披袈裟日，“从旦至暮，放五色光，流照崖岩，洞烛山川”“道俗瞻睹，数千万众”，一时盛况空前，轰动并州。

其实，武则天与佛教似有不解之缘，莫说出家感业寺当尼姑，就是做了皇后，也曾向长安扶风法门寺施舍绣裙，向洛阳龙门石窟奉先寺捐助两万贯脂粉之资，才有参照其容貌雕刻卢舍那大佛的传言。那时，确是一个轰轰烈烈造佛信佛的时代，而蒙山大佛受皇家如此礼遇，香火自然旺盛了，开化寺俨然成了皇家寺院。

五

大佛初凿时，暴露于光天化日之下。

隋仁寿年间，得造庄严阁以庇护大佛。谁料唐会昌时，武宗李炎“灭佛”“敕并省天下佛事……拆寺四千六百余所”，开化寺大概亦在其中，遭“敕废大阁”。庆幸大佛未毁，只是又露尊像，任凭雨淋风摧了。唐乾宁二年（公元 895 年），晋王李克用集资数百千万，日夜施工，“盖成大阁，兼妆佛像”。百余年后，五代后晋北平王刘知远镇守晋阳，“暇日游西山，至开化寺焚香，见阁宇倾攲，佛像崩缺”“遂舍俸钱重修”“是荐阁五层，一百三十间，并添换瓦木，文彩贲饰及阁内尊像。”

前后三建大阁，尤其第三次最为隆重。毕竟佛是一座山，五层木构楼阁，层层依山建筑，起码五六十米高矮，多达一百三十间，梁斗吻合，檐牙高啄，彩绘绚丽，巍峨雄伟，远视如入凌云。就是现存的敦煌莫高窟九层楼，其恢宏、壮观似乎也无法与之相比。可惜如此杰作，元末毁于战火，其后再未构建。

六

就在大阁焚毁之时，大佛头部随之崩落，瓦砾及山体泥石刹那间将其覆盖湮埋了。千凿万击二十余载，怎奈轰然毁于一旦！又几经风雨，几经春夏，草生木长，这里渐渐与他山无异，大佛也就慢慢罄消身隐、鲜为人知了。只留下一个名字“大肚崖”，寺底村人一辈辈口口相传。

相传至今，一位有心人对照典籍的记载，寻得山前，霎时激情难抑，俯伏于地，涕泗横流。所谓“大肚崖”，原来就是大佛之躯，只是在草木下显得朦朦胧胧、影影绰绰了。寻觅千山万岭，消逝人间数百年的大佛，敢情就在这里！消息不翼而飞，震动了寺底村人，震动了晋阳人，更震动了天下人！

我就是闻悉而前来，在早已清理的遗址上，可见柱础、板瓦、门槛、门墩石等建筑构件，而石上浮雕着狮、龙、莲花等图案，形象逼真、传神，雕工精巧、细致。这些都是大阁遗物，仔细查看，似有烧烤痕迹。阁两侧山石间凿有大小不等的槽孔，或为搭架大阁所用。阁前有残损的龟趺，随地散碎着残碑。左砌石阶登道，可通半山。当初大阁应前面辟门，阁内为容纳大佛雕像，依山而造成空井形状。一侧置木梯，盘旋至顶层。而左侧石阶连通大阁附属建筑，进而连接大阁。阁两侧依山建相关建筑，前置抱厦回廊，使大阁更雄伟、壮观。

再雄伟、壮观，大阁也荡然无存了，而大佛如今就端坐前方！

七

“山是一尊佛，佛是一座山。”对着大佛，当地人对我如是说。记得这是当代诗人戈壁舟描写乐山大佛的诗句，移植来形容蒙山大佛，倒也贴切。

大佛旧称“高二百尺”，也许是笼统的概说，现在实测通高 42 米，连同新补修的佛头。我曾拜谒乐山，那尊大佛高 71 米，当之无愧的世界第一，蒙山大佛只能甘居第二。其实，天下事不可能全做第一，全第一也就没一了。况且，蒙山大佛比乐山大佛早开凿 160 余年，堪称世界最早的露天摩崖石刻大佛，也是各有千秋呢！

也许元末战火实在猛烈，烧毁大阁的同时，也使大佛不仅头部崩落，而且周身贴金、彩绘及珠宝饰物尽为乌有，只剩裸身石佛了。况且又湮埋山石、泥土里，发掘时，已被岁月蚕食得形体混沌，但还隐约可见流畅的纹饰，硕大的手脚及盘坐的双腿，尤其那庞大需仰视的身躯，确与蒙山连为一体。当年身披武则天所赐的袈裟，大佛尽享人间香火，而一朝战火便是“销却金衣变草衣”，沧桑得旧貌难寻了。

尽管如此，依然是那尊依山开凿的蒙山大佛，依然是极具历史、宗教、艺术价值，举世罕见且世人顶礼膜拜的大佛！

八

佛教与基督教、伊斯兰教并称世界三大宗教，而佛教创始人为释迦牟尼。佛教传入我国时分汉传佛教和南传上座部佛教，汉地主要流传汉传佛教，随后发展为不同流派。佛本身除释迦牟尼外，有多种化身。

佛教诸多流派中，有一派为净土宗。交城玄中寺为净土宗发祥地，且远播日本。文献记载，净土宗创始人昙鸾及弟子道绰等一代高僧，都曾在开化寺弘扬佛法，开化寺从而成为净土宗早期道场，逐渐为海内外所认同。

所谓净土，意为西方极乐世界，教主阿弥陀佛。玄中寺大雄宝殿内供奉有阿弥陀佛立身像，而开化寺蒙山大佛则以结跏趺坐式，双手叠置足上，是阿弥陀佛的另一典型形象，表示接引众生之意。只是掌中应有一莲台，或许战火中失落了吧。下置须弥座，束腰处设十洞小龛，供奉菩萨、护法金刚等雕像，多已毁损。

开化寺坐落在西山，西山坐落在晋阳西方，所以典籍记载大佛为晋阳西山大佛，是否也隐喻西方极乐世界呢？

九

雨越来越细密了，一时没有住的意思。大佛虽然没了武则天赐予的袈裟，但是仍岿然不动，为众生默默承受雨的洗礼。

雨中我瞻仰大佛，当地人跟着且撑开一把雨伞。尽管这样，斜风细雨还是打湿了衣衫。我随当地人沿一条石阶路朝东南走去，树木掩映着一片塔林，其间的北宋连理塔是两座相连的花塔，几分沧桑中透出几分端庄、秀丽，尚具唐与五代遗风，全国实不多见。

塔林不远处，近年复建了一些殿堂，还保存一些柱石基址，我才想起，应是当年开化寺前寺了。回身，大佛果然端坐于蒙山细雨葱茏间，一派慈祥、安然。我不由得两手合十，虔诚地遥敬一缕心香。

2011 年 7 月 31 日至 9 月 7 日写于善书斋

收入梁衡主编的《厚重山西——当代著名作家看山西》

江边看佛

天下哪条江边有佛我说不清，看佛也不一定就在江边。而到了四川岷江岸边，乐山大佛是一定要看的了。

记得多年前，我读戈壁舟的一首小诗：“山是一尊佛，佛是一座山。带领群山来，挺立大江边。”便以为世间哪里会有如此大佛呢？不过是诗人的奇思妙想吧。后来做文物工作，才得知四川乐山确实有这么一尊大佛，诗人所言不谬，总想有机会前去瞻仰。直至去年秋天入川，才一了心愿。

乐山古称嘉州，“天下山水之观在蜀，蜀之胜曰嘉州，州之胜曰凌云”。大佛就在凌云山凌云寺，只是不在寺院中，况且山大的一尊佛一般殿宇也难以容身。因此，我先拜谒了寺院，并一再咏诵山门联语：“大江东去，佛法西来。”不知此联何人所撰，简直可以涵天盖地，气象非凡，只有如此联语，才能与大佛相称，使我未见大佛而先闻其势了。佛教原本起源于古印度，相传东汉永平年间传入我国，并逐步与我国传统文化融合，进而传播开来，历史上虽然几经灭佛，终究灭而复兴，且影响至今，大佛的存在就是明证。

我随着涌动的人流，走下陡峭的栈道。下栈道前，见很多人争先恐后地伸着一只手臂照相，问旁人，道是与佛留影，原来大佛就在眼前了，而且佛头高出地面许多。细看，所谓地面根本不是地，而是开山所平，探身下眺，滚滚江水，百丈悬崖。沿栈道盘旋而下，至大佛脚下，抬头，但见大佛背负九顶山，脚踏三江水，70余米高矮，眉毛长5.6米，耳朵长7米，手指长8米，脚背宽8.5米。真不敢想象，人与其相比还够不着脚跟呢！其实佛再大，也为人类所造，是人类精神的产物、人类自己的异化。据说，阿富汗的帕米昂大佛，高 55 米，号称世界之最，在乐山大佛下，也只能屈居其次了。

如此大佛，谁人所造？宋范成大《吴船录》载：“唐开元中，浮屠海通始凿山为弥勒佛像”。而唐代《嘉州凌云大像记》更有明确记述。海通为贵州高僧，路经嘉州过访凌云寺，见涸崖下波涛“突怒哮吼，雷霆百里，萦激触崖”。本来，这里是大渡河、青衣江、岷江三江合流处，水势湍急，浩荡东去，以致“舟随波去，人亦不予”的惨剧时常发生。为普济众生，海通发下宏愿，要“夺天险以慈力，易暴浪为安流”，开山造佛。谈何容易，为募化资金，海通足迹遍及江湖淮海。而郡吏见钱眼开，贪婪勒索。海通严词拒绝：“自目可剜，佛财难得！”说罢，举刀“自抉其目，捧盘致之”。郡吏见状悔而惊走。海通“专诚一意，至忘其身”，终于在开元初年主持开工，从此一项耗时近一个世纪且历经几代人的浩大造佛运动开始了！

造什么佛呢？唐代虽有武宗灭佛，但总的说来是崇奉佛门的，是一个造佛的时代，龙门石窟奉天寺卢舍那佛，可称我国佛教艺术的登峰造极之作，其丰颐秀目，据说以武则天容貌为样本雕凿而成。而武则天自称弥勒降世，在民间有广泛影响。海通造佛，距武则天在世仅十余年，受此影响，造弥勒大佛就很正常了。另外，弥勒佛为未来佛，以此寓意未来的安宁，符合海通江边造佛的本意。开凿前，先做一尊“小样”，直至四百余年后，南宋陆游任嘉州监郡时还在：“能仁院前有石像，高丈余，盖做大佛像时式也。”而开山凿佛时，“万夫竞力，千锤齐奋。大石雷坠，伏螭潜骇。巨谷将盈，水怪易空”。如此场景一直持续几年，“而圣容俨然，”怎奈大佛“全身未毕，禅师去世”，工程一时搁浅。后经剑南节度使章仇兼琼、剑南西川节度使韦皋前后相继而完成，已是唐贞元十九年（公元 803 年），历经四位皇帝，所经三人之手了。世上工程大概很少有历经百年者，所以开凿大佛的过程堪称奇迹。如此大佛，即使以今天的现代科技手段，也非易事，何况千余年前，一锤锤、一錾錾开凿！应该说，没有大佛，这山不过是江边极平常的一座小山，不峻不险，过往行船一定是匆匆而过，没人流连忘返了。开凿成了大佛，大佛自此就为山河壮色了。大佛旁石壁其实还雕有侍立的二天王及无数小佛，范成大游历时亲眼所见：“凌云九顶，即大石佛处，初登山时，岩壁上悉为小佛，不知其数。”至今，二天王依然忠实守护着大佛，小佛多已无迹可寻，想必早风化了。

大佛是屹立江边了，说脚多大、手多长、肩多宽，那是大得恰当、长得规矩、宽得匀称，任何部位绝没有头重脚轻、比例失调之感。大佛并非出自一时一人之手，谁若随心所欲，变其一点，定牵连全身，除非对整座雕像进行改造，那就非同小可了。大佛如此完美，按佛教“三十二相”“八十种好”之教义，是相好具而形神出。尤其那双手抚膝的坐姿，总让人生发一种“心注一境，正审思虑”之意，给过往行船以搏击风浪的鼓舞与勇气。当然，开山时将半座山凿下，山石填于江中，险滩得以治理，从此三江之流化险为夷，再不樯倾楫摧，使舟船畅通了。大佛造成之时，曾通体施色贴金，以庄严其身，并构建十三层高阁覆盖，不致风吹、日晒、雨淋。佛阁几经兴废，终毁于战火，致使大佛露于光天化日之下，任风雨沧桑，“可怜世历风霜古，销却金衣变草衣”了。现存1914年法国摄影家所拍照片，大佛身上丛生藤蔓、杂草，印证了明代诗人并非夸大其词、异想天开。由此看来，大佛历千年风雨与战火，一定漫漶了许多，甚至被风雨蚕食得愈来愈矮小了，而坐姿及手印、容貌，应该保留了唐人开凿的基本面貌。为了更好地保护这尊世界文化遗产，我们能否以今人之力复建一阁，既给大佛遮风避雨，又再现昔日辉煌呢？

我这么想着也就离开了，不及“苏东坡载酒时游处”。苏东坡眉山老家离此不远，他曾吟有“生不愿封万户侯，亦不愿识韩荆州。但愿身为汉嘉守，载酒时作凌云游”的诗章。汉嘉守东坡没能做，凌云一定是游了，而且来到嘉州，大佛一定要看的。我无缘相逢，不然，定陪东坡一同游览，哪怕给他斟酒也好，在一旁听他谈论诗文，谈论人生。至于隔江而望，由乌尤山与凌云山组成的天然卧佛，眉目清晰，形神具现，坐佛恰在卧佛心中。这一切不会是古人刻意安排，我也就不必从古人那儿寻章摘句的揣摩了。当今世风下，人们似乎到处在寻找，如河北清西陵前所谓“少女像”，山东泰山所谓“盘古像”，江西庐山所谓“领袖像”等。毕竟是以今人目光，在更大的环境里观照，并附会以古人、今人传说而形成。世间原本不缺少美，多一些发现于时于世终究是好事。

2003年2月14日，2010年11月25日又改

刊载于2003年8月15日《中国文物报》副刊、2007年12月21日《人民日报》(海外版)副刊

大漠写意

高山攀援了，大海踏浪了，蓝天翱游了，草原徜徉了，唯独没去过沙漠，见人家带着大漠风尘归来，侃侃而谈，心底不由得滋生一种怅怅的缺憾。这天，穿过锡林郭勒草原之后，骤然绿草消失了，起起伏伏、错错落落的尽是黄褐的沙丘，不需打探，凭直觉判断，大漠无疑了。一直苦苦萦念的，怎么毫无思想准备，不经意间就走进了呢?

我不知撒哈拉沙漠是不是也这样，但觉混混沌沌，一片茫然，根本无法辨别东西南北，这里似乎一直就没有方位概念，本来那就是人为规范约定俗成的。举头眺望天空那轮太阳，无遮无掩，踽踽独行。以太阳为坐标，才晓得头为上、脚为下，应该没错。随意走向一座沙丘，踩出一行浅浅的脚印，不及回头欣赏，就随即被风抹去，平展如初，仿佛根本没人来过，如远古洪荒，尽管此时我就站在沙丘上，驻足着两个新印。

不再留恋，我径直走上丘顶。手半握如杯，举至唇边，想大漠临风把盏，当别是一番滋味，可惜无酒。无酒，却有一柱树桩，顺着风向，几根枝杈胡乱地斜掩沙中，扒出，轻轻一触即断为几节。原来早已枯朽，徒有木形，如此境况，真不知默默沧桑多少岁月了。我不敢继续扒了，担心再扒下去是否会扒出一座楼兰一样掩埋的古城，扒出一段木乃伊一样风干的历史。谁敢说千万年前，大漠下不是车辚辚、马萧萧的大道，不是牧童遥指杏花村的田园？而今满目黄沙，连唯一的那棵树也倒下了。但是，不倒的是残存的树桩，那庞大根系早已扎入大漠深处，只要地不老、天不荒，就会永远挺立，昭示着过去，昭示着未来，昭示着天地间生命的永恒！

当初，或许是哪只鸟儿从哪里衔来一粒种子，一语啼鸣的刹那，种子带着鸟的口水飘然滑落，日月经天，冬去春来，艰难地拱出沙层，终于长成一棵树，长成茫茫大漠间一尊绿色雕塑。或许是在一场天昏地暗的风暴中，树一阵坚忍不拔的抗拒之后，石破天惊般地轰然倒地，被黄沙无情地掩埋了，默默地枯朽。我有心浇水，也无济于事，何况大漠无水，即使真钻上一井，拧开龙头，喷涌而出的也一定是滚滚黄沙！同在一个地球上，同在一片蓝天下，这里为什么竟是生命的荒原呢?！

心底不由得滋生几分惆怅，举目远方，天空与大地的连接处，仿佛点染着一丛、两丛诱人的绿色。也许那是真的，也许那是海市蜃楼，但我想，只要一步步往前走去，就一定能够走出沙漠尽头……

2003年6月11日改

刊载于2005年12月11日《工人日报》

近华浦里大观楼

我来春城，只身大观楼。或许游人全蜂拥石林了，这里自然没有摩肩接踵，显得几分清幽，正让我静静地登临。

大观楼，滨于滇池，隔水相望太华山，故称近华浦。进门不远，便有一亭，就以近华浦名，上书“曾经沧海难为水，欲上高楼且泊舟”。联语应该写实，当年滇池水漫大观楼边，欲登楼须先停船上岸。这“当年”当至何时？徐霞客游历太华山：“出省城，西南二里下舟，两岸平畴夹水。十里田尽，萑苇满泽，舟行深绿间，不复知为滇池巨流，是为草海。”可知明朝末年，这里尚且池水汪洋、苇草丛生，一派水乡泽国。康熙年间，僧人云游至此，“始创一庵”，讲经说法。不晓得经年几何，至今已杳然无迹了。继之地方巡抚起造二层楼阁，挖池填堤，垒轩构亭，格局恢弘，渐为大观。道光时增至三层，始具今日规模。

人道大观楼，“与岳阳黄鹤相衡，一样雄奇，各有大名垂宇宙”。想湖南岳阳楼，有北宋范仲淹《岳阳楼记》，一句“先天下之忧而忧，后天下之乐而乐”，传诵千秋，激励一代代志士仁人；湖北黄鹤楼，有盛唐崔颢《黄鹤楼》诗，“黄鹤一去不复返，白云千载空悠悠”，令诗仙李白“眼前有景道不得”，郁郁的掷笔而去。大观楼呢，成之也晚，既无崔颢之诗，也无范仲淹之文，但有孙髯翁一联，便后来居上了！中国可谓是楹联国度，无论寺庙，无论园林，无论名胜，无论家院，上至皇宫王府，下至山间茅舍，何处无楹联？千百年来，天下名联浩如烟海，区区孙氏一联，奇在哪里，妙在何方？怎使一座楼阁名扬海内？

孙髯翁生活于康乾之际，祖籍陕西三原，能诗擅画，博学多识，但性情耿直狷介，因不愿受科考搜身之辱，竟终身不仕，布衣一生。也就不能金榜题名，做不得崔颢的尚书司勋员外郎，更做不得范仲淹的参知政事了。先生随父来滇，院植梅花，自诩“万树梅花一布衣”。说万树或许是诗人的夸张，而喜爱梅花一定是真，尤其喜爱梅花不逐流俗、清新高雅的品格吧。先生常来大观楼，与文人骚客聚会赋诗。大约乾隆年间，他再一次登览大观楼，忽有所触，顿觉思接千载、视通万里，遂挥毫疾书：

> 五百里滇池奔来眼底，披襟岸帻，喜茫茫空阔无边。看东骧神骏，西翥灵仪，北走蜿蜒，南翔缟素。高人韵士，何妨选胜登临。趁蟹屿螺州，梳裹就风鬟雾鬓；更蘋天苇地，点缀些翠羽丹霞。莫孤负四周香稻，万顷晴沙，九夏芙蓉，三春杨柳。
>
> 数千年往事注到心头，把酒凌虚，叹滚滚英雄何在？想汉习楼船，唐标铁柱，宋挥玉斧，元跨革囊。伟烈丰功，费尽移山心力。尽珠帘画栋，卷不及暮雨朝云；便断碣残碑，都付与苍烟落照。只赢得几杵疏钟，半江渔火，两行秋雁，一枕清霜。

这联不再拘泥于陈规，长达一百八十字，前所未有，开长联先河。虽洋洋洒洒，却字句凝练，浑然一体，气势豪迈，超凡脱俗，引经据典，写景叙事，函今盖古，意境深远。尤其下联，写历代统治者，为“伟烈丰功”“费尽移山力”，却只剩下“断竭残碑”于“苍烟落照”里，读来大有“白茫茫一片大地真干净”之意蕴，堪步雪芹《红楼》！后人故言，谁若读懂长联，就能了解春城及中国历史，不免带有广告用语，但终不为过。可以说，髯翁满腹经纶，皆熔铸于一联。千里奔波，客居昆明，清贫一世，以致晚年卖卦为生，这一切似乎就为这一联。“揽尽昆池胜，登临壮大观”，无此联，就不会有今日大观楼，毕竟天下如此楼阁多矣！

此联一出，“闻者莫不兴起，冀一登临为快”，且不胫而走，誉作“海内第一长联”。舞文弄墨者，争相或效仿，或抄袭，或活剥，或化用，甚至篡改，虽不甘拜下风，实终难匹敌与超越。记得山西晋祠三台阁有“胜迹拓蓬莱，凭栏向远，只赢得几点落花，数声鸟啼；名山开图画，把酒凌虚，莫辜负四周香稻，万顷鸥沙”句，明显脱胎于此，只是略加点化，且词序稍加变化而已。当然，也不失为一副好联，否则，就不必悬之于众了。

无论如何，孙髯翁一联成就了大观楼，我以景仰之心趋步而来。来时才发现，大观楼不只一楼，而是一园，水上一座石拱桥，称浦桥，大概水面还有荷花，又称浦桥风荷了。既有水，就不能没有山，拢不来真山于怀，就乱石堆砌座假山，以应景点缀，而且尽量堆得高低错落、孔隙杂生、玲珑剔透，美其名曰彩云崖。还有琵琶岛、挹爽楼、揽胜阁、涌月亭、牧梦亭、催耕馆，当然不止这些，我只是匆匆间一掠而过，包括东园、西园、楼外楼在内，无非是大观楼陪衬，有意拉长些游人目光，为登临做一番铺垫罢了。

树木掩映中，几语鸟声里，我终于走近大观楼，但见一匾：“真大观也”，并撰“千秋怀抱三杯酒，万里云山一水楼”，看完才知，不是髯翁长联，但气概很经天纬地，值得玩味再三。原来，这是大观楼后门，意在示我：大观楼到了。我慢慢绕过去，一座石基，树以石栏，围护着大观楼。楼高三层，翘角飞檐，顶覆黄琉璃瓦。黄琉璃瓦为皇家所用，孙氏之联名气再大，名声再高，大清王朝下，谁敢擅自越制，那将是掉头或灭族之罪！且看二层楼头，高悬“拔浪千层”四个字。道是咸丰帝曾询问滇池形势，得知“大观情形”，遂御赐。御笔高悬，如君驾临，黄瓦覆顶，也就顺理成章而无可厚非了。就手边所有资料，翻阅几处，御笔皆为“拔”字，当时举目而未及细看，何谓“拔浪”？思之难以理喻，是否应“拨浪千层”？即拨开滇池千层浪，也是我行文至此灵机一动，还以“御笔”为准，不可妄猜帝王之心。况且“拔”“拨”简体近似，繁体并不一样，春城人不可能识错。

皇帝匾额在上，髯翁长联在下，我驻足反复诵读之后，才轻步走上楼去，楼上陈列着大观楼的历史与文化。20 世纪 50 年代，毛泽东主席阅览《楹联丛话》，十分欣赏大观楼长联，咏诵如流，感觉意犹未尽，提笔批语：“从古未有，别创一格。”毛泽东终归传统文化底蕴深厚，评价中肯得当。进而写到，“近人康有为于西湖作一联，仿此联而较短，颇可喜。”康氏仿作，能得毛泽东认可，实属不易，想必确实仿的不错。只是不知是西湖哪副联，内容如何了。从此也可见髯翁长联影响之一斑。

我登临中四望，一层有一层视野，一层有一层境界，当登临得不能再登，便觉亭台楼阁、山水桥廊，尽收眼底。我想极目远眺，怎奈蒙蒙薄雾，笼罩着春城的天地，也笼罩着滇池的浩瀚。其实，即使不笼罩，三百载日月轮回，风风雨雨，人世代谢，不仅大观楼几多沧桑，而且滇池也不复髯翁当年景致了。

2006年2月3日草，4日改，5日又改

刊载于2006年4月7日《中国文物报》副刊

登了半个盘山

盘山坐落在京津交界处，确切地，山阳在天津蓟县，山阴则在北京平谷——我的故乡了。自故乡小城向东南而望，盘山不过一望的距离。就这一望之遥，还是二十几年前，正青春年少时徒步跋涉而去的呢。斗转星移、世事沧桑，以为近在咫尺、举步之劳，不料，事情往往是越在身旁，越无暇顾及，总想来日方长，便日推一日。直至放下手头一切，下决心再次登临历史上与泰山、黄山一起并列中国十五大名山的盘山，已是人到中年，鬓生华发了。

绕路山南，从莲花岭起步，迎面矗一块巨石，上刻“此地有崇山峻岭怪石奇松”字迹。未曾进山，先以广告式语句，吊起游人胃口。不过“广告”为古人所写，今人仅涂上些油彩而已。盘山之石，叽里咕噜满山满岭全是，仿佛雨后松树下拱出的蘑菇。心有灵犀，才想到雨，雨就真的来了，因是秋天，不可能倾盆地下，只是三点五点，很随便地滴洒石上，洇润了几片苔痕。大石，屋般大；小石，拳头小。其实，小石原为大石所分化，大石又为山所分化，只是分化过程极其缓慢，绝非眼前瞬间可见。且看那石与石相叠，宛若乌龟驮石。那是大肚弥勒佛了，有人鼻子、眼睛的一一指点，我横看、竖看，咋看咋是石头。都说世上缺少的是发现，人家指点我还看不出呢，发现更谈何容易！再看那石悬空，谁家孩子灵机一动，钻到石下，双手擎举，大叫：“我是葫芦娃！”孩子以孩子的眼睛打量这块石头，打量这个世界。我记起当年曾见一块巨石，仅以一土柱支撑，似乎风一吹就会滚落。左寻右觅，没有觅得。我想，石头一定不会吹落的，关键两次走的不是一条线路，上次是山阴羊群踏出的崎岖小路，这次则是山阳条石铺砌的宽绰大路。对于将军石、晾甲石、燕子石等有名的怪石，因众人皆知，我便不再赘述。

盘山不仅石奇，松也奇。路盘千嶂入，人在万松间。“迎客松”“进士松”“凤翅松”“挂钟松”，按图索骥，需耐心寻找。而随处可见的，或立或卧或俯或仰，或纵身云崖，或倒悬绝壁，令人目不暇接。那松抱石而生，石沉重下压，松鼎力相抵，石压一分，松斜一分，年深日久，石棱已嵌入松中。担心终有一天松不堪重负，石就会如野马脱缰，轰然滚下山去！石是坚硬的，但绝不是坚不可破的。瞧这松，扭曲着身躯，顽强地将虬龙般的根须深深扎进岩石，毅然将石撑裂。裂开的刹那，一定是石破天惊，就为这生命的顽强与伟大！本来没有泥土，最初那粒种子选择了这里，竟把岩石权当泥土了。盘山，上是松，下是松，近是松，远是松，一时间，觉得天下之松皆集中于此了。季已清秋，草已色衰，而松依然苍翠，“岁寒然后知松柏之后凋”，此言极是。想山风如果呼啸着掠过，伴随而来的，一定是滚滚松涛，震撼山岳。可惜无风，“风生万壑振空林”的胜境，是不能领略了，那就苍翠间看萦绕的雾气、听不绝的鸟啼。

人誉盘山三胜，上盘松胜，中盘石胜，下盘水胜。石助松长，松倚石生，别开生面。而水在何处？“盘山七十二佛寺，寺寺落花流水中。”“素湍浩然，颓波历溪，沿流而下。”但见诗文记载，未闻淙淙水声。四方寻找，才在山脚下，隐隐发现一汪小水库，道是“盘山湖”，算是应一下景致。非文人笔下不实，是生态环境变化所致，长此以往，终有一日水会从盘山消失。盘山素有“东五台山”之誉，七十二座庙宇，大多毁于战乱，荡然无存。天成寺为近年所修复。出寺门，拾级而上，可至山顶。盘山本为燕山余脉，海拔仅八百余米。终是人到中年，只得登一程、歇一程。可也不敢久歇，日已偏西，前路尚远。我一步步、一阶阶登临绝顶，回首，才发觉只顾匆匆赶路，自来峰、紫盖峰、九华峰、舞剑峰等，都踏在脚下了。且看峰峦竞秀、万壑腾云，怪不得乾隆皇帝当年慨叹：“要知有盘山，何必下江南。”而乾隆皇帝或许也站在我现在的地方，转身北望，见山下一座座“粮仓”拔地而起：“何愁天下不富足！”侍臣忙道：“陛下，那不是粮仓，是百姓的茅屋。”乾隆皇帝一惊，天子脚下，怎能如此穷困？用手一指：“盘山前不收，后不收，要给安固、稻地留碗粥。”我极目巡视，雾气里，怎么也分不清哪两个村庄是受皇封的安固、稻地，但见影影绰绰的故乡小城。

我该下山了，回顾来路，游于漫山松石之间，感悟一路人生况味。美中不足，松也罢，石也罢，寺也罢，尽在山阳。同是一座山，同在一片蓝天下，同为大自然所造化，山阴也应该怪石一般嶙峋、松柏一般苍翠。故乡人为什么不拓宽那条小路，铲除崎岖，开拓盘山另一面风景？殊途同归，一样的登临挂月峰绝顶，一样的纵览“何必下江南”的宜人风光。而眼下，我不得不驱车绕路，舍近求远大半日，也只登了半个盘山，留下另一半深深的遗憾。

2003年4月19日改

刊载于1998年12月号《青年文学》杂志、1999年4月号天津《散文》杂志

一支塔影认黄龙

因访友而来农安。

农安本为长春之郊，属松辽平原。当纵车其间，但觉无遮无碍，一马平川，坦荡无垠。以致车进长白山，友人油然慨叹：如此多山，移一小座至农安也好！倘若能移当然好，以人家之多余而补自己之短缺。可世间之事，往往很难尽如人意，也就顺其自然，想想罢了。

闲情少叙，且说农安。一踏上这片土地，就感觉很古老，究竟古到何时？如果不是友人述说，真不敢相信七千年前的新石器时代，这里就有先人繁衍生息，随意留下些石斧、陶罐，展示柜前，让我一看再看，最后看得简直难以理解：那时人类应该还未脱离野蛮与蒙昧，可又何等聪明与智慧，其智商一定不比现代人低，只不过没有现代人的知识积累及文化传承，尽管窗外的太阳就是当年照耀先人的同一轮！

日月经天，江河行地，几千载时光沧桑变化。当这片土地不再仅仅聚落着原始氏族部落，终于出现一方奴隶制“国家”，号称“夫余”。至于何谓夫余，何时夫余，夫余何来，众说纷纭，一时难有定论。其他暂且不论，作为方国，起码汉时已经存在，司马迁《史记》有燕“北邻乌桓、夫余”之说，不然，凭空是无法想象，更无法臆造的。其实，农安这片土地不仅隶属于夫余国，而且夫余后期索性把国都也迁将过来。在外族入侵下，夫余“部落衰散，西徙近燕”，可见是被迫迁都了。征讨、掳掠别人，或被别人所征讨、掳掠，一个方域不甚广、人不甚众之国，根本经不起无休止征伐的。

说到底，作为百姓，芸芸众生，需要休养生息，需要安宁稳定，需要过踏踏实实日子。也许这只是百姓的一厢情愿，根本左右不了统治者，而只能被统治者所左右，甚至驱使、奴役。再驱使、奴役，也是成于兴，败于衰，古今一理，概莫能外。所以，由盛而衰，无力御内，更无力御外，夫余终被周边强族所灭。直至亡国两百年后，渤海国乘势而立，在原夫余国都设置扶余府。中原这时正值大唐王朝，我国封建社会进入了鼎盛时期。而夫余前后立国数百年，一朝覆灭，便灰飞烟灭，翻遍典籍，很难找到翔实、具体的记述，即使偶尔发现断简残篇，片言只语，也不能鲜活再现一段真实的历史。

渤海国驻兵扶余府，以防契丹，怎奈防不胜防，尤其防不住辽太祖耶律阿保机的远见卓识。有勇有谋的太祖亲率大军东征，力拔扶余城，攻灭渤海国战役由此开始。谁料天有不测风云，就在太祖雄心勃勃一举平定渤海国，班师途中，竟病逝扶余府。不知是附会，还是幻觉抑或实情，太祖归天时竟有黄龙显现空中，遂改名黄龙府。黄龙府作为东北重镇，在政治、经济、军事上无疑具有重要地位。

想大辽帝国与北宋并存，幅员万里，历九位皇帝，存国两百余载，曾创造了优秀文化与文明，可如今何处寻觅？就这黄龙府，当年一定是城楼高筑，垣墙厚垒，河水绕流，雄踞一方。而今映入我眼帘的，只有一块不大的石刻标志碑，简略地说明着过去的兴盛，而一道近千米残存的墙基，隐约可见层面的夯土以及掩埋土里的破碎瓦砾。黄龙府已成遗址而掩埋于地下了，记得南宋抗金名将岳飞曾动员部属：“直抵黄龙府，与诸将痛饮尔！”时也？势也？命也？可惜岳飞不及“痛饮”，就遇难风波亭！当然这“黄龙府”既指此地，又泛指金朝大本营，毕竟金时这里不再称黄龙府，而改为隆安府了。怎么改，也是青山依旧在，几度夕阳红。古今多少事，可惜我与友人来不及笑谈，就匆匆离开了，因为苍天在一道不及反应的电光下，落起了细密的雨滴。回身的刹那，但见风雨中一棵粗大的树木，摇曳着水淋淋的枝条，挺立在古城边，默默守候着残存的一切，守候着风雨里的古往今来。而枝叶间的鸟儿，兴奋地啾啾啾不住啼鸣，似在不厌其烦、不厌其细、不厌其劳地嘀咕，只因雨意使得喉咙略带几分清亮亮水音儿。

恕我孤陋，我因友人而知农安，到农安而领略了黄龙府遗迹。一定不只我，终究天下人还是知农安者少，而知黄龙府者众，或者说，可能不知道农安，但不会不知道黄龙府，这就是文化的作用。于是我建议友人：何不改农安为黄龙，这不止一名之差，而是一块金字招牌，正史、野史、传说，黄龙府的历史文化底蕴太深厚了，远非那片遗址所能负载！而雨或许晓得我从燕山脚下千里迢迢而来，便敷衍了事地下了片刻，就消歇了。雨后蓝天里，空气顿时分外清新与凉爽。凉爽之余，我想起刚才在遗址边看见有偷偷取土的痕迹，当地人竟不知很好地珍惜、很好地保护，长此以往，“黄龙府”就会“蚕食”殆尽了！我正为之遗憾，不想高楼林立的农安城，忽然一闪，亮出一片空阔，一塔巍峨耸立，这就是赫赫有名的我国现存最北的辽塔！放眼望去，典型的密檐建筑，八角十三层，巨大塔座承托着高大塔身与塔刹，庄严、雄伟的造型尽现辽代建筑艺术风格，这应该是一座佛塔。佛塔与佛教一起于东汉永平年间自印度传入我国。塔原是埋藏佛舍利的，后与我国古代传统建筑结合，发展成为除佛塔外，还有风水塔、瞭望塔、导航塔等，其形式有楼阁式、密檐式、亭阁式、覆钵式、金刚宝座式等，不一而同，丰富多彩。此塔既是佛家之塔，当初没有庙宇么？一般塔在寺外，塔与寺随，著名的潭柘寺、少林寺就是明证。而辽时笃信佛教，塔寺一时风靡于北方大地。

我查阅相关典籍，未见庙宇的记载。或许辽代有时建塔而不建庙宇也未可知，辽代寺塔虽受中原文化影响，但又不能完全以中原寺院规制来机械地框套，那不免太形而上学了，比如同建于辽代的呼和浩特万部华严经塔，也没有庙宇。而这座塔建于辽圣宗年间，距今近千年了。圣宗即耶律隆绪，辽第六代皇帝，在位 48 年，为辽在位时间最长者。圣宗锐意于治，才使辽鼎盛于时，与北宋签下“澶渊之盟”，征服回纥、乌古诸部，迫使高丽拱手纳贡。关于此塔，民间有“牛拉塔”“金马驹”“压龙脉”等说法，其中说圣宗为保江山王位，虔诚礼佛。某天，一高僧进言：主上为真龙天子，德昭天下，但诸邦并起，尤其大辽将有土龙出世，与主争夺王位。主上可在黄龙府东北六十里处修造一塔，以镇龙脉，使天下太平。圣宗听其言，从其计，谁知建造时塔旁突涌数丈高喷泉，使前功尽弃。圣宗惊惧，召问僧人，早不知去向，倒是监工军师委婉解劝：定是土龙惧怕我主皇威，借泉水河遁逃黄龙府了！一句得体的“奉承”，圣宗化惊惧而镇定，土龙焉敢遁逃？诏命黄龙府再造一塔，这就是耸立至今的农安古塔。

传说有因也好，无端也罢，总之平添了几多神秘与情趣。而千年古塔自20世纪50年代以来曾两次大规模整修，才耸立至今。不然，早破败不堪，甚至荡然无存了。整修时，塔内曾发现砌有砖室，室内摆以木制小房，房内藏有佛祖及观音的铜像，看来地上不建庙宇，竟将佛像悄然供奉于此，不仅心中有佛，且塔中亦有佛了！无论如何，古塔阅尽人间春秋而依然耸立，我才可以轻而易举地走近前去。但见一层设置四个龛门及四个形同虚设的哑门，才知塔为实心，根本不可能从里面攀援上去。那就仰而望之，塔尖直指云天，每层檐角悬有风铃，每待风来，则上下纷然摇动，叮咚作响，袅袅余音，怡心悦耳，更传扬天外！

古城人塔边流连漫步，以塔为中心，周遭辟一片广场。这时，夕阳浑圆、满天彩霞辉映着古塔，而柔和的余晖则把塔影悠长地投映在广场上。

2006年7月23日草并改，24日晨又改，25日再改

刊载于2006年9月8日《中国文物报》副刊

崇圣三塔映大理

我最早得知大理，不是风花雪月，不是蝴蝶泉，也不是茶马古道，而是天南海北所见的黑白纹饰的大理石。当我置身其境，才知这石不过一方物产，真正能够代表大理历史文化，并成为其标志者，是崇圣三塔。

三塔依苍山而向洱海，巍然于天地之间。千寻塔居中，两座小塔相伴左右。大塔近 70 米之高，喻千寻虽略显夸张，却不为过。小塔越 40 米之矮，屈居大塔之下，不矮也矮了。看去，大塔方形，典型唐代密檐建筑风格。小塔八角，虽也密檐，却呈锥形轮廓，具宋代风韵了。不是唐人意识超前，造出宋代之物，三塔实非一时所建，大塔建于南诏国时，小塔则建于大理国时。作为地方政权，唐王朝册封南诏，时在中晚唐；大理继南诏而立国，已北宋年间，前后相隔数百载春秋了。这里尽管为边陲僻地，但是非蛮荒之地，中原文明与少数民族文明相互影响与交流，由三塔可见一斑。

想中原古塔，一般为奇数，最高 13 层，而三塔却不然，大塔 16 层，小塔 10 层，竟为偶数，迥异于中原。在大理，其实不止三塔，崇尚偶数较为普遍。偶数属阴，这里崇拜女性，崇拜女神，崇拜佛母，如距此不远处剑川石钟山石窟，就雕刻着“阿姎白”，即女性生殖器，附近州县青年男女，尤其妇女多去朝拜。所以，塔级建作偶数或许是一种民族文化在塔中具体物化了。

塔本为佛教之物，佛教起源于印度，东汉初年传入我国。寺院最早即以塔为中心，四周建造殿堂。晋唐以后，殿堂逐渐为主，塔便移于寺外。而功能也由埋藏舍利，逐渐发展为登高远眺、瞭望敌情、导航引渡、装点河山等。

三塔既然建于唐宋时期，也必然位于寺门之外。那寺即名崇圣寺，号称三阁七楼九殿，有八百余间屋舍。尤其大理国时，佛教盛行，家家设佛堂，人人执念珠，处处香烟缭绕，梵音不绝，誉作“庙香之国”，以致九位国王不念江山，纵使缘由不一，总之摘去王冠，住持崇圣寺。至于是否都青灯黄卷、潜心参佛，也就无需究探，反正禅位为僧是实。

因此，崇圣寺实非寻常之寺，鼎盛一方便很自然了，故有“南中梵刹之胜在苍山洱水，苍山洱水之胜在崇圣一寺”之说。其宏大格局，明时仍在，徐霞客“天下奇胜无不游”，至此时，目睹“寺前三塔鼎立，……塔四旁皆高松参天，其西由山门而入，有钟楼与三塔对，势极雄壮……楼中有钟极大，径可丈余，而厚及尺……其声闻可八十里。楼后为正殿，殿后罗列诸碑……其后为雨珠观音殿，乃立像铸铜而成者，高三丈……其左右回廊诸像亦甚整，而廊倾不能蔽焉”。如今这一切早不复存在，所见钟楼、观音殿等也为近年所复建，而非旧物了。我想，既然已毁，也就大可不必大殿小宇一一重建，不如择其重点，复建一二，留些遗址，让人凭吊过去，从而愈加珍惜今日，岂不更好？

千余年来，三塔历经数十次地震天灾与人为祸患，至今独存，实为不幸之幸了。明正德年间地震，大理古城大部倒塌，千寻塔也“拆裂几颓，旬日后复合如故”。民国初年大地震，城乡屋舍几夷为平地，千寻塔晃了几晃，也只震落塔刹而已，塔身安然无恙，堪称奇迹了。终归经不得风雨蚕食，三塔不仅龙钟，而且垂垂老矣！直至20世纪80年代，重修三塔，才再现昔日风貌。塔内竟发现众多宝物，其中的大鹏金翅鸟，银质，因镏金而金光灿灿，因镶宝珠而熠熠生辉了。金翅鸟昂首展翅，立于莲花座上，就佛教而言，此鸟为“天龙八部”之一，相传住在须弥山下，以龙蛇为食。明李元阳《云南通志》也曾记述，崇圣寺三塔“各铸金为顶，顶有金鹏。世传龙性敬塔而畏鹏，大理旧为龙泽，故以此镇之”。看来大理过去水患频仍，百姓朴素之心，冀以金鹏降龙治水了。

三塔前，明人所书“永镇山川”四个字仍在，苍劲雄浑。而今人，依样铸就大鹏金翅鸟，雄峙大理街头。古人今人，想必心心相印，皆为祈求天下安康了。毫无疑问，一定是人同此心、心同此理。当然，若真正实现安康，还需天下人共同努力与奋斗，毕竟天下是天下人的。

早闻悉大理多风，况且时已初冬，塔旁徐霞客眼中的参天高松已荡然无存，代之后人所植其他树木，我不曾细观为何树种，笼统地但见叶黄而未落。正当我凝神眺望古塔，一阵清凉且拂不落帽的风不失时机地吹来，纷纷黄叶便豪壮地告别枝头，漫天翻飞。记起唐人“落叶满长安”诗句，借用于此情此景，说“落叶满大理”，颇觉恰到好处。我就在这“恰好”中，离别了三塔。

回首的刹那，忽然想起徐霞客，当年只说“钟楼后为正殿”，却未写正殿供奉什么，不经意间疏忽了么？纵观从南诏大理国时代直至现在，观音始终为当地所顶礼膜拜，大理白族干脆将观音奉作本主神，甚至虔诚地称之为“观音老爹”。我便想，这堂堂崇圣寺大概供奉的就是观音吧，所谓崇圣，即崇拜观音之意了。

我走马观花，也是一时之念，实属臆断，霞客有知莫嗔怪才是。

刊载于2006年11月10日《中国文物报》副刊、2010年12月23日《人民日报》（海外版）副刊

三看丽江

丽江，不是一条江，而是一座古城，深藏于滇西北高原上。

我来时已近黄昏，高原虽然很高，但是也不能托住太阳，况且古城周遭群山连绵，太阳一落山那边，天就过早地昏暗了。终归借着山光，尚能看清眼前一切，我便在山光里走进古城。

古城时不我待，只匆匆看了三眼。

一看流水。

从玉龙桥起步，迎面就是那架日夜转动的水车，车出的水涓涓地流向了城里。当然，水车本身没有水，远远望去，水源自玉龙雪山，因冰雪融化而一路清亮亮淌来。到古城打个旋儿，便随渠就道地一水为三、三水为六，继而化作无数细流，穿街绕巷，进院过屋，滋润了整座古城。如果说，古城形如一片硕大的叶子，那么，古城河水就是叶脉，叶脉充盈，古城自然生机勃勃了。

我沿水缓缓而行。古城是顺水而进，逆水而出，无须问路。我便流连信步，忽见丛丛河草随水柔柔地拂动，而草间有鱼，因没有日光，也就很难下澈，更不能影布石上了，但无论一二形单，抑或三五成群，皆悠游自在，并未因我贸然前来而惊扰，毕竟游人日众，鱼们可谓“阅世”多矣！谁河边放灯，顺水摇曳而下，天越来越暗，河灯摇向何方？不管怎样，放一盏河灯，也是放一个心愿吧。

信步中，我看到不止一棵古树下，有一溜三塘，以石围成方形或半月形。古城自古以来约定俗成，一塘泉水，人所饮用，甚至放置一瓢，如路人想喝自舀；二塘渐低，水从一塘流来，专作濯菜；三塘流经菜水略一沉淀，便浣洗衣物了。古城人何等精明，一水竟得以如此充分利用！

二看街巷。

古城依水而建，街道处处流水，简直比江南还江南。尽管如此，晴日也好，雨天也罢，古城并不泥泞，就在于道道宽街、条条窄巷，无一不以五彩石铺砌，日月轮回，春秋几度，人踩马踏，石头虽然磨砺得凸凹不平，但是清亮光洁。况且古城人每每于夜深人静，以漫溢河水，冲洗街道，随着一轮旭日东升，古城也日日新了。历经近千年世事，古城竟看不到飘落的千年灰尘，全被古城人勤劳地清洗去了。

这些街巷随山就势，绝没有北京长安街的笔直坦荡，但它们都曲曲折折汇聚到一个叫四方街的地方。四方街是一个不大的方形广场，相传当年土司仿形于“知府大印”而建，以“权镇四方”，不免多少有些附会。多少年来，古城人在这里买卖，茶马古道在这里集散，可谓商市喧嚣、行人摩肩，宛若清明上河图景。而今，每至夜晚，古城人自发聚集于此，尤其纳西女人着纳西族特有的“披星戴月”传统装束，围着篝火“打跳”，不仅为游人，更为古城人自己，在那轻快有力的脚步下，把四方街跳成了古城的心脏。

街巷往两旁延伸的是一座座古桥，连接起傍河的大街、临水的小巷、向溪的屋舍，小到随便横搭一两块木板或石条，简朴且实用，大到精心营造的石拱桥，艺术且延年。如那座大石桥名副其实，真的就以大石垒砌，桥栏也是没雕没凿、混混沌沌的石头，因桥正对玉龙雪山，站桥上便可观雪山倒影。我在桥头站立片刻，即使河水真能映照，此时此刻，我什么也看不到了。终究夜晚渐沉，水波黯黯早无力映照了。无须细述，一座座大桥、小桥、长桥、短桥、高桥、矮桥，街巷里到处横陈着，哪座桥不是千人踩、万人踏，踩踏出一段段美丽的传说和动人的故事呢！

三看民居。

古城世代居住着纳西儿女，因时因地以土木而构建屋舍，层叠错落，以致无统一布局。若置身其间，又觉无论狭仄、宽绰，纷繁中常现一种格局，即“三坊一照壁”：正房居高，面对照壁，为长者所居。东西厢稍低，天井围成庭院，临街辟作铺面。类似京城三合院或四合院，但又不尽相同。我走进一院，门前朦胧可见“茶马古道大户李家大院”字迹，应是一座年深日久的院落了，想必在茶马古道上曾发挥重要作用，不然，谁敢轻易这么招摇呢？

李家院内灯火通明，地上以五彩石镶嵌出“寿”字图案，木柱、柁架、门窗都雕饰了“双凤朝阳”“二云抱日”“孔雀牡丹”“春兰秋菊”等图案，仿佛古城人是天生的雕刻家，一笔笔、一划划，雕得形象传神，雕出了古城人独有的艺术禀赋，更雕出了古城人心灵的美好与圣洁。古城有狮子山万古楼，可惜我来不及登临，一览古城在远山、蓝天、白云映衬下，黛瓦白墙鳞次栉比的壮观全貌。那就站在李家最高处，来一番眺望吧，终究天完全黑了，看到的只是一派影影绰绰、绰绰影影、如梦如幻。不知不觉里，街两旁人家屋檐下，串串灯笼高挑，装点着古城的夜色。

古城有元时兵寨、明时牌楼、清时街坊，而最具规模、最有特色的建筑当属木氏土司府邸。即使土司曾进京觐见皇帝，那也够斗胆，竟然仿制紫禁城，设金水桥、三大殿，还有“御苑”狮子山，令有幸进入木府的徐霞客惊叹：“宫室之丽，拟于王者”。说来话长，但简短截说，纳西人为羌人之后，在这片古老的土地上繁衍生息，创造了自己独特的文明，世界上唯一活着的东巴象形文字就是其代表。古城兴于宋末元初，忽必烈渡金沙江征服大理国，设置丽江宣抚司。而后朱元璋大兵压境，迫土司归顺，被赐“木”姓，授予“子孙世袭土官知府”。木氏遂大兴土木，建造署衙。因东方属木，太阳和木为纳西东巴教崇拜物，于是一改“坐北朝南”的中原习俗，而“坐西朝东”，怎奈“楼阁极盛，多僭制，故不予此见客”。悄悄建了也就建了，岂敢再张扬，那是杀身，甚至灭门之祸！木府自知深浅，谨而又慎，煞费心机地在御音楼前塑一尊玉皇大帝，并名“玉皇阁”，看去亦宫亦庙。就这样，木府才得以传承下来，但也是历尽沧桑，几经兴废了。

伴着不绝如缕的纳西古乐，我出得古城。灯火里灿然回望，发现古城竟没有城墙，所为何来？思谋再三，纳西人流传父子联名，类似汉语修辞“顶针”格。朱元璋兵到时的首领名阿甲阿得，既是赐姓为木，就改作木得，自此结束了联名。而城墙如框，木在中央，不就成“困”字了么？困住了木府，困住了古城人，还如何兴旺发达？我想这或许是后人望文生义吧，要知纳西族原本崇尚自然，崇尚文明，兼容并蓄，很富于创造性开放性，一道区区围墙怎能拦挡得住呢！

2006年10月8日写

刊载于2007年11月23日《中国文物报》副刊、2011年1月14日《人民日报》（海外版）副刊

酒泉胜迹壮河山

一

那天，我随政协委员来祖国西部考察文物，从兰州启程，过武威、张掖，直至敦煌，所走的无疑就是河西走廊了。

一路上，时有花草树木、村落炊烟、蓝天白云，但更多映现的是茫茫戈壁。裸露的戈壁滩除去沙砾，似乎很难有更多生机。

当我于茫茫戈壁中置身酒泉，面对那汪流淌两千年、清澈两千年而不干涸的泉水，不能不感到天地造化的神秘、神妙与神奇。

二

所谓酒泉胜迹，说到底就是一眼泉。可我走到这里，才发现当代人竟不厌其烦地搞了许多高高矮矮的建筑，如朱雀门、西汉版图、汉武广场、神明衢桥、盛世丝路，或矗立于空间，或铺展于地面，无非是营造一种氛围、再现一种情境，使游人至此，即可步入大汉雄风的境界中去。

用意不错，可我总觉有些人为的多余，甚至觉得过于豪奢了，毕竟有些东西有时“无”是胜于“有”的。起码我这么认为。

我还是喜欢那张旧照片上的“早期的汉古酒泉”：一遭石栏板矮矮地围护着泉水，挺拔着几株树木。就那么原本、那么朴实、那么清幽，我很想静静地走进去，又深知不可能，失去的就永远失去了。

三

我站在“望阙”前，张开目力眺望，怎奈目光实在短浅，在这些林立的现代建筑里，没有望见大汉王朝的强悍，没有望见汉武帝的雄才，也没有望见霍去病的神勇。倒是在我抬眼的刹那，望见一座近在咫尺、远在天边的雄伟、巍峨的大山，那就是祁连山！

这是只在地理书中见过的山，在历史典籍中读过的山，如果不来，是做梦都梦不到的山。不经意间，就在太阳辉映下，蓝幽幽地赫然雄峙在目力所及的地平线上了。

祁连山从远古至今，就屏障于河西走廊南部。“祁连”本为古代匈奴语，意为“天山”，极言其高。古人对“祁连”是几多敬崇、几多敬仰、几多敬畏，不然，就不会称其为“父亲之山”了。

山顶皑皑的不是飘落的白云，而是亘古不化的积雪，这积雪滋润着整个河西走廊，自然也是“酒泉”之源，尽管“酒泉”与祁连山有很远的距离，可“潜通南山之积雪，暗泽肃州之园田”。如此说来，“酒泉”虽细小，但亦源远流长呢！

前人吟有“天山雪峰染蓝天，金泉碧波流黄金”一句，对仗尚欠工整，且有些匠气，仅仅存录于地方典籍中了。其实，我最喜欢的还是这八个字：“青山不老，为雪白头。”我不知谁人所写，是否为祁连山所写，但觉富有才华、富有意蕴，实乃大家手笔。想我已知天命，华发悄然而生，莫非我也为雪而白头么？

四

纵览天下，有名无名之泉简直无法悉数，“泉”前冠一“酒”字，便特指“这一个”了。

当年，汉武帝派军西征，据玉门、阳关两关，列武威、酒泉、张掖、敦煌四郡，从而通西域，降匈奴，开拓了汉家江山。其间，年轻将领骠骑将军霍去病六下河西，公元前121年一战，迫使匈奴浑邪王率三四万众归降，匈奴从此退出祁连山，缩回漠北。汉武帝闻“河西大捷”，特遣使赐御酒一坛，以作犒劳。霍去病以为功在三军将士，乃将御酒倾倒泉中，与将士取而共饮，“酒泉”由此得名。

千百年来，西域一些小得不能再小的“国家”都掩埋于黄沙里了，后人一再地考古都难以寻觅，而区区一泉却清澈流淌至今，堪称奇迹。其实，所流淌的不仅仅是一泓泉水，更是一段历史、一缕文脉。“天若不爱酒，酒星不在天。地若不爱酒，地应无酒泉。”“汝阳三斗始朝天，道逢曲车口流涎，恨不移封向酒泉。”“酒泉酒美泉香，雪山雪白山苍。多少名王名将，几番回首，白头醉卧沙场。”李白也罢，杜甫也罢，于右任也罢，古今文人多有吟咏，才使酒泉名扬于世。

只可惜创造了“酒泉”美好故事的一代名将，竟天不假年，24岁便英年早逝，令英雄扼腕，世人叹息。留下“匈奴未灭，何以家为”的豪言，而永远震烁于历史长空！

五

一棵棵树木，护持与荫凉着酒泉，其中有一棵柳树，很粗大，三四人搂抱不来，树皮皴裂，枝杈虬张，人称“左公柳”。

“左公”，清代名臣左宗棠，曾任陕甘总督，后升迁军机大臣，先后转战陕甘地区十五载。曾讨平新疆阿古柏叛军，开拓甘新大道，功勋卓著，彪炳青史。左公为湖湘人，家乡四季常青，面对茫茫戈壁、莽莽黄沙，未免触发乡思，所到之处，便命军民沿路植树造林，称为“道柳”。我想，左公一定无力绿化戈壁为江南，但力所能及地栽植些树木，让荒凉的戈壁多一点绿色，“引得春风度玉关”，于时于世，总是好事。

左公讨伐叛军并驻扎肃州（今酒泉）后，号令城中人在每条街道栽种杨柳。他从新疆返回肃州时，竟发现所栽杨柳大多枯死。微服察访见很多树皮被剥，原来是乡人将杨柳作拴驴木桩，毛驴随口啃噬所致。左公下令斩毛驴示众，告诫城人："若再有驴毁坏树木，驴及主人同罪！"诫令一出，肃州人从此爱树护树、敬树若神，因久成习，使树木成荫。栽树的同时，左公也顺便浚酒泉为湖、环堤种花树、构亭于湖心，遂为肃州添一胜概。据说，泉旁的这棵柳树，即为左公亲手所植。终究是七月，天很热，我走近树下，倚着树干静静地乘了一会儿凉。

"昔我往矣，杨柳依依。"这依依杨柳早已成为粗壮大树，成为酒泉城中一景。后来整修街道，为一时之便，竟将老柳伐去。尝言十年树木，何况这百余年者，尤其茫茫戈壁小城，成长如此谈何容易。纵使今人再殷勤植补，又几时能长到那般粗壮？即使长到那般粗壮也不是"左公柳"了。有些东西，一旦毁弃便难以复生，当珍惜才是！

六

如果说，酒泉源于祁连山，那么"左公柳"就枝繁叶茂于酒泉潜移默化的滋润中。酒泉、祁连山与"左公柳"构成了一幅深远而凝重的风景，横亘于茫茫戈壁，接受着人们的瞻仰与礼赞。

我凭栏俯视，任凭映过汉时明月的酒泉无声地涌动。我没有掬一捧入口，尽管"甘或如醴"，但是不胜酒量的我也是会醉的，我不能像古人那样醉卧沙场；我更没有随手将硬币抛入泉中，不仅硬币上有象征祖国的国徽，不能闲抛闲掷，而且对酒泉也是一种亵渎。

就这样，我望一眼酒泉，挥挥手走了，走向河西更西处，更雄奇的风景等待着我呢！

2008年4月27日草，28日改，29日又改，30日再改

刊载于2008年7月4日《中国文物报》副刊、2011年9月23日《人民日报》（海外版）副刊

天马行空

一

走进武威，才知有座雷台观。

那道略显粗犷、略显厚重、略显古拙的仿汉式大门，我轻盈一步就迈入了。不曾想，迎面高大台基上擎举着“马踏飞燕”雕像，我顿时明白，早已声名赫赫、如雷贯耳，只是未见其真、未详其实的“奔马”，原来就出土于此。

二

武威是汉武帝开辟河西所列四郡之一，号称“天马”故乡。

自古以来，武威“畜牧为天下饶”，而汉武帝为寻马，竟发兵西征，获得乌孙、大宛等西域良马，名为“天马”。其实，汉武帝寻求好马，主要为军事所需。毕竟马为“兵之甲也”，古代战争所不可或缺。“天马徕，从西极。涉流沙，九夷服。”汉武帝曾作《天马歌》，恰说明寻马的真正目的，就为臣服“九夷”。历代西域良马多在此繁养，现仍存多处军马场遗址。

武威又称凉州。魏晋之时，中原有“凉州大马，横行天下”的民谣，可见“天马”如何的誉满天下、天下人又如何的钦慕天马。

三

既是天马之乡，就不能没有庇护的马神，中国本来就善于造神。所以，当地相传武威为“马王爷”故里。

据说，马王爷的最初原型为武威人金日磾。汉初，匈奴休屠王占据武威，金日磾为太子。汉武帝派骠骑将军霍去病出陇西击败休屠王，送金日磾入宫中，官拜马监。因其善养良马，遂为马神，民间将其描绘成四臂三目，俗语“马王爷三只眼”即由此而来。

这与道教经典多少有些出入，无妨，道教本是开放体系，增加一位马神自然更好。

四

多年来，武威出土过汉代陶马、木马，似乎一锨下去，就会挖出一匹活生生的马来。当然，作为文物是不许随便挖的。而那件“马踏飞燕”，就发现于“文革”时。

1969年，举国一声号令，全民“备战”挖地道。当地人不由自主地想到了雷台，也不管是否便于军事防御，更不顾是否成为作战“目标”，一切都不管不顾了，只知那是一座很高的土台，便开始挖掘。可巧一挖，就挖出一条长长墓道，内置前室、中室、后室以及侧室，光天化日下，竟露出一座东汉晚期大型砖室墓！

墓顶上方留有不大的盗洞，可见墓早已不止一回被盗了，值钱的金银财宝大概早盗走了，劫掠之余还能留下什么呢？

五

最重要的是一组铜车马仪仗俑，包括铜车14辆、铜马39匹、铜牛1头、铜俑45尊。出土文物当然不止这些，还有一批金、银、铁、玉、骨、石、陶器之物。

铜车分斧车、轺车及辎车。斧车上装有大斧以在前开道，轺车饰以华盖，最大华盖者无疑为主车，其余为属车。每辆车各驾一马，有“御奴”一人，身穿交领服，头戴平顶翻边尖帽，半坐车舆左边，双手拱于胸前，执辔驾驭车马；另有“从婢”两人，头梳双圆髻，身穿长袍，双手臂曲胸前，侍立于旁，随时听候主人使唤。

铜马皆四足伫立，仰首翘尾，造型优美，矫健雄劲。那些铜俑武士则衣冠齐整，左手执辔，右手持矛、戟等兵器，两腿跨坐马鞍上，以待命出发。

仪仗俑威风凛凛、浩浩荡荡，演绎着“车如流水马如龙”的壮观！这一切应该前排后列、左行右伍、主中从偏、尊卑有序。我无意苛责当事人，在那种特殊境况下，能够把生长着茵茵绿锈的铜东西装进麻袋，藏进库房，而没当作“四旧”捣毁，着实功莫大焉！

如此规格的墓葬，究竟主人姓甚名谁，官居几何？墓前没有碑刻，墓内没有墓志，地方典籍没有记述，一切也就无从查考。好在铜马颈上，阴刻着“冀张君”及“守左骑千人张掖长张君”等隶书铭文，多少透露些许墓主人的身份与信息。

六

真正举世瞩目的是那件铜奔马。

奔马或许属于仪仗俑的一部分，且高矮与之相差不多，通高仅三四十公分，相当于真马的四分之一或五分之一。但见马头高扬，三蹄腾空，右后蹄踏在一只飞鸟之上，飞鸟展翅回首。作为造像，着力点系于一蹄，而蹄下展翅的飞鸟，恰到好处的稳定了重心，设计极其巧妙。作为艺术，那鸟在展翅飞翔，而马腾空跨越时，竟然一瞬间超越了飞鸟，一只马蹄不失时机地踏在鸟背上。借助于飞鸟，使奔马腾空凌云、一跃千里之势表现得淋漓尽致。

不知出自何人之手，需要何等大胆、新奇的想象力与创造力！在奔马面前，我可以搜肠刮肚地说出匠心独具、独出心裁、精美绝伦、无与伦比等词语，但总觉呆板乏味、苍白无力，才明白真正的艺术就是艺术，用语言绝对很难传达其风采、神韵。

当然，对于奔马，人们起初并没有足够关注，只是与其他文物一样，由库房搬出送到县上，进而送到省博物馆中。奔马在展柜里没有特殊标志，也没有摆在显要位置。是天马，总要行空，但要等待机遇。大约两年后，考古学家、国家领导人郭沫若先生陪外宾至此。当先生深邃有神的眼睛发现奔马后，就再也没有离开，连连感叹：珍品、艺术珍品，并亲自命名为“马踏飞燕”。

一言而为天下重。从此，奔马由武威走向北京、走向中国、走向世界，以致武威以此作为城标，而中国更以此作为旅游国标。这是奔马的莫大殊荣了，如果那位无名匠师地下有知，亲手制作的奔马虽未能扬名于当世，却享誉于千年之后，也聊以自慰了。

七

我在北京石景山区拜谒过一位汉代燕王之墓，有皇家赏赐的“黄肠题凑”。墓主人还未至王侯之列。也许是一位封疆大吏抑或中吏，但肯定不是小吏，在礼仪制度森严的时代，一区区小吏断不敢擅自越制。所以，墓主人生前一定位高权重，对马极其喜爱，才将铜奔马及那支庞大的仪仗俑随之陪葬。

这只是我一时猜想，自然做不得定论。不过，若以更大的视野察观，这里既是“天马”故乡，发现铜奔马也就不足为奇，甚至顺理成章了。

况且，这一带马文化底蕴深厚，对马的信仰与崇拜久而不衰。上面谈及的军马场遗址及马王爷就是明证。另外，至今延绵不绝的走马比赛、民间社火闹竹马、皮影马战等，绝非三言两语可以说清。

记得为击败匈奴、设置四郡立下汗马功劳的骠骑将军霍去病，英年早逝后，陪葬于陕西汉武帝茂陵之侧。墓前一尊石马雕像，下踏一人，人称“马踏匈奴”，意在表现霍将军戎马征战的丰功伟绩。霍将军是马踏匈奴人未还，而陪葬着“马踏飞燕”的墓主人又当如何？

八

其实，墓上夯筑的土台为雷台，古称灵钧台，大约夯筑于前凉时期，晚于墓葬约两百年。明天顺年间，在台上建雷台观，以祭祀雷神，祈求上苍风调雨顺。专祀雷神者在全国道教宫观中不是唯一，起码不多见。

建雷台也罢，建宫观也罢，是建造者真不知地下有墓葬，还是为保护墓葬而有意建造？这不得而知。出得观来，几株高大古木森然挺拔着，遒劲交横的枝杈间栖落几只紫燕。

紫燕呢喃着守候什么呢？

2008年8月25日草，26日改，27日又改，28日再改，30日改定

刊载于2011年11月11日《人民日报》（海外版）副刊

苍茫戈壁玉门关

出敦煌，继续西行，满眼除去戈壁，还是戈壁，似乎比想象的还空寂、荒凉。直至空寂、荒凉得眼睛有些厌倦，车才善解人意地停下来，一座仿汉阙的大门便豁然敞开了。门前随意摆着几把刀枪，人为营造出一种古代氛围。门两边延伸着简陋的木栅栏，以代替景区常见的花墙。戈壁既是寸草不生，也就不会长出这些栏木的。考察行程匆匆，此刻实在没有时间，也没必要研究这无关紧要的栏木，还是随行走进门去。

抬头，便见阙上悬挂一匾，书写着三个大字：“玉门关”！过去在历史典籍中、在唐宋诗词中屡屡读到的“玉门关”太响、太亮、太如雷贯耳了，可隔着两千年茫茫岁月，怎么不经意间就矗立眼前了呢?

我举目四望，轩堂楼阁，茂林修竹，小桥曲径，方塘流水，这些要去江南寻找，戈壁自然没有，除非海市蜃楼。不过，就在进门不远处，我还是寻找到一抹绿色，映亮了荒寂的戈壁。那不是红柳，红柳比这高大，也不是芨芨草，芨芨草比这矮小。就那么一蓬，丛乱的枝条毫无秩序地向上扎叉着，很吝啬地稀疏着尖细的叶子。我理解，在这里不吝啬不行，适者生存，真像泡桐、白杨那般树干伟岸、叶掌阔大，在戈壁大概早灭绝了，因为那需要充沛的雨水，戈壁没有。若有，戈壁也就不是戈壁，早盎然为绿洲了！

我真想近前抚摸这一抹难得的绿色，也只是一闪念，终究没有抚摸。细叶如刺，若手伸去，“回报”的绝不是温柔！闪念之后，我虔诚地俯身，以最低的视角举起相机，在三五人群的背景里，在石子聚集的戈壁上，在那座方城的映衬下，我不失时机地按动快门，让这“一蓬”绿色很隆重地作了前景，毕竟这是戈壁中生命的奇迹！

走过这“一蓬”绿色，斜楞着一方巨石，人们争先恐后地与巨石合影。如果说，那“一蓬”绿色为大自然所造化，那么，这一方巨石则为人力所造景。巨石混沌沌未经开凿，不知从何处运来，也没筑基础，只随意垫几块小石，就孤零零戳那儿不摇不动，更不仆倒。石一面镌刻着王之涣凉州词：“黄河远上白云间，一片孤城万仞山。羌笛何须怨杨柳，春风不度玉门关。”诗词朴实，造境深远，脍炙人口，流传千古，为诗人赢得了生前身后之名。恐怕不止我，多少人大概都是读了这首诗而知道玉门关的，多少人都是读着这首诗而来玉门关的。王之涣与玉门关紧紧联系在一起，仿佛玉门关就为王之涣而设立。我敢说，没有玉门关就没有王之涣这首诗，没有这首诗就没有王之涣，盛唐从此就少了一位大诗人，边塞诗也会苍白许多！只是石上的书法与诗比，略显逊色，多少有些美中不足。

我不知诗人当年是否来过玉门关，但诗人应该知道，玉门关汉武帝时就设立了，早于诗人几百年。汉武帝实在雄才大略、雄心勃勃，毅然派年仅20岁的骠骑将军霍去病，与强盛的匈奴作战，将匈奴一鼓作气赶出玉门关以外，从此河西地区归入大汉版图。随后，设置酒泉、武威、张掖、敦煌四郡及玉门关、阳关两关，所谓“列四郡，据两关”，这一壮举深远影响了我国的历史。纵观历史长河，也确实需要这样豪气的汉武帝、这样豪气的霍去病。倘若多几分这样的豪气，中华民族五千年的历史长河，就不会这么曲曲折折了，一定比这汹涌、比这浩瀚、比这波澜壮阔许多！

朴素的希望是这样，但简册成二十五史的历史，是不以希望为转移的。那时节，玉门关是通往西域的重要关隘、“丝绸之路”的重要通道。赴西域使者“相望于道”“大者数百，少者百余人”，驼铃相闻，马蹄声脆，繁荣一时。东汉名将班超，经营西域30载，及至古稀之年，上书皇帝：“臣不敢望到酒泉郡，但愿生入玉门关”，饱含着浓烈、炽热的思归之情。这位“投笔从戎”的老将军，最终不仅如愿以偿地生入玉门关，而且欣然回到了洛阳。后来，西域“三通三绝”，尤其隋唐之际，玉门关东迁瓜州晋昌境内，这座老玉门关便渐渐衰落了，致使关口淹没、塌毁，边墙失修，一片断壁残垣。王之涣“春风不度玉门关”诗句是否就指这里呢？这座历史上的著名关隘从此成为遥远与荒凉的代名词。

玉门关早已毁弃一千余年，千余年风雨沧桑至今还留下什么呢？只有一座小方盘城，蒙语称“跌烈半斤”。这座小小城池，四方无顶，全为黄胶土夯筑，西、北两墙各有一门，因墙土剥落而形如土洞，尤其北门下部现已堵塞。土城充其量七八丈见方、三丈左右高矮，真不知当初是从哪里出关，又从哪里入关。而城内东南角一条马道，沿墙可直达顶部。我很想登临上去，来一番城头远眺，也顺便来一番悠然怀古。怎奈一道铁栏围护着残城，拦住了我的脚步。

其实，能够登临又当如何？那三丈高又使我能远望几何？再者，若都想登临，这残城一定不堪承受生命之重，不定哪一时刻就会在众人脚下踏为平地，从此玉门关将在世间不复存在。念此，不登也不觉遗憾。这时，我发现城墙上有几个规则的圆圆的小洞穴，或许为当年建城夯筑时所留存，经风雨蚕食，慢慢裸露出来。就在洞穴中，时有燕子飞进飞出。燕子在难以栖息的浩瀚戈壁上，机智地觅寻到这座人类遗留的城池，那些小小洞穴权做了温馨的巢穴。燕子是自由的，可以毫无顾忌地飞来飞去，根本没有关界。

玉门关旁有一片水草滩，应该不是疏勒河故道，大概是一片当地人称的“海子”吧。尽管是酷热七月，可那些水草并不显得葱茏、繁茂。在霍去病时、在王之涣时，这里又什么情状呢？是现在的茫茫戈壁么？我想应该不是，一定不这么空寂、荒凉，是能够生长些东西的，不然，驻守玉门关的军人，又怎能屯田垦荒呢？是连年的征战，是人为的毁坏，当然也有自然的变迁，最终使这里成为一片瀚海，吞噬了这里的一切生机，更慢慢吞噬了这座城池。想西域楼兰等许多小国都消逝于黄沙之下了，彼此相连的区区一道关隘，又怎能独存呢？

按常理，一般名胜古迹多有碑刻，以记载兴衰。我仔细寻找，玉门关没有，据说关城附近有汉简，可惜 20 世纪初，被一个名斯坦因的英国人，大量盗掘走了。想敦煌的大量宝物就被外国人掠走了，这里竟也如是。我泱泱大国，怎就保护不了自己的文化呢？！

俱往矣！玉门关再遥远、再荒凉，也不是我此行终点，还要举步向西。就在我回首告别玉门关的刹那，想起当年西域美玉由此输入中原，关亦由此得名。而玉门关这座孤城，无论如何遥望，始终屹立于戈壁的苍茫、空阔里。祁连山的巍峨、高耸屏障出这份苍茫、空阔的。我想，只有这份苍茫、空阔，才能彰显玉门关的苍凉与悲壮。

2008 年 7 月 13 日草并改，14 日又改；15 日丙改；16 日改定

刊载于 2009 年 1 月 9 日《中国文物报》副刊、2011 年 10 月 14 日《人民日报》（海外版）副刊

收入 2018 年 8 月敦煌文艺出版社《诗与远方　如梦敦煌》

梦里敦煌

一

对我而言，多少春去秋来，敦煌始终美丽而遥远在历史的篇章里，美丽而遥远在典籍的画图里，美丽而遥远在影视的幻象里，甚至美丽而遥远在时隐时现、稍纵即逝、变化莫测、诱人眼目、撩人心弦的海市蜃楼里。

今天，我简直不敢相信，涉过一道道崇山大河，越过一座座长关短隘，闯过一片片戈壁黄沙，当然也会穿过一丛丛聚落与一点点绿洲，似乎没有更多预兆与提示，没有更多沉思与感念，不经意间就置身于梦境中了。

二

四望，铺展着茫茫复茫茫的戈壁，怎么就在这里筑造了一座古老又现代的城市呢？纵横街道间，没有一点戈壁的荒凉，没有一点边关的冷落，看那些着装时尚的绿男红女，看那些招摇惹眼的大广告牌，与大都市一般无二，一时觉得市场经济真不分南北，更无论东西。

敦煌上空，在太阳光的尽情沐浴下，蓝得纤尘不染，以致有些耀眼。不知从哪里飘来一朵云，给敦煌投下一片阴凉。绝对想不到，这朵云不雷不闪就飘洒起雨来。雨点子虽嫌稀疏，却足有指甲盖大，打在宽阔、笔直的街上，打在我躲闪不及的身上。更多敦煌人举头望天："多少天没下这大雨了啊！"

多少天了，莫非敦煌雨为我洗尘么？要不为什么偏偏此时此刻而这般地下呢？也是一洗而过，雨便住了，云随即了无踪迹，仿佛什么都没有发生。不过，雨打湿了街心反弹琵琶的舞女，那琵琶还能弹出美妙音韵么？我实在多情，那只是一尊石头雕像。

三

远远看去，沙山混混沌沌，怎么感觉也不巍峨，可海拔竟1700余米，原来是坐落在青藏高原、黄土高原、内蒙古高原的交汇地带上，敢情起点就高。

我骑着温驯的骆驼，大驼掌扑嗒、扑嗒，习以为常地机械迈动着，无需主人吆喝，就在叮咚驼铃声里，把我扑嗒到沙山前。我一时兴起，聊发少年狂，甩掉鞋子，赤脚跋涉在柔软的沙里，沙没脚掌，几丝津凉，分外熨帖。登至“天下第一高大沙山”之顶，回顾来路，是我留下的一串深深浅浅、歪歪扭扭的脚印。等不到明天，也许就在我转身的刹那，一阵风就把脚印抹平了，依然平展如初。也好，谁来都想给后人留下自己的脚印，沙山或许该满是脚印，甚至早夷为平地了。

不再多想，也不再遐想，我下山了，无须劳累脚力，顺着山势坐木筏惯性滑下，越滑越快，根本不以我的意志为转移，只能任其摆布。摆布大了，筏突然发横急停，我被惯性抛将出去，着着实实摔落在沙坡上。不过，摔落的刹那也就到了山底。

据说沙山在滑动中能够鸣响，因为沙粒有凹孔，响声重若雷鸣，轻似丝竹。可惜，我匆忙间随筏而下，根本未及倾听。想这沙丘称鸣沙山，当由此而名了。

四

泉在鸣沙山怀抱中，一泓清水如一弯新月，素有“天下第一泉”之誉。

世上多少繁荣一时、盛极一时的家园，如楼兰古国早被沙漠吞噬了，一点遗迹都难以寻觅。汉代以来两千余年风沙挟裹，竟泉随山转，“沙不填泉，泉不涸竭”。沙山是“经宿风吹，辄复还归”，泉则始终“映月而无尘”，清澈如镜。其实，若在小桥流水人家的江南，这泉根本不算什么，偏偏在沙漠之中，就是“天下奇观”了。

泉通暗河，或连海眼？不得而知。但泉下一定有不竭之源，不然，孤零零一汪水，早蒸发得了无痕迹，堪称“亘古”之谜。而青龙与黄龙搏斗、嫦娥借月之语，为泉平添了几分神秘、几分美丽、几分传奇。

五

石窟背倚鸣沙山，面向三危山，宕泉河南北中流。石窟或大或小，或高或低，或深或浅，开凿于河西岸断崖上。当我走过一座四柱三楼式牌坊眺望，从那幢九层楼两旁南北延伸开去，石窟密麻重叠，状若蜂窝，不知当初如何一锤锤、一钎钎千辛万苦所开凿。窟中塑造着雕像、满绘着壁画，内容无一例外地表现着佛教主题。莫说那四百余座石窟，构以飞阁，南北辉映，蔚为大观；莫说那两千余尊塑像，薄纱透体，浓丽丰肥，气韵生动；就是壁画，构图宏伟，色彩丰富，线条流畅，意境深邃，竟达 4.5 万平方米，倘若连接起来，足有 50 华里，一道名副其实的艺术画廊，是石窟佛教艺术最为璀璨的绝妙华章。而敦煌城街心那尊雨水打湿的舞女，又在画廊哪一处反弹琵琶、轻盈起舞呢？

我发现，不止一个舞女在反弹琵琶，也不仅街头一尊雕塑，就是照片上、画册上、舞台上也应有尽有。想来也是，这反弹琵琶的舞女毕竟是敦煌的象征，我又何必在洞窟里苦苦寻觅呢？还是登高放眼，石窟南北纵长 1600 余米，而从东晋永和年间开凿石窟时算起，恰也风雨沧桑 1600 余年！当然，长度与时间完全不是一个概念，很难一并类比，数字却奇巧的相同，是一种简单且毫无意义的偶然？我不知道，也不想以此做什么文章，倒是旧有碑文记述：莫高窟者，有沙门乐僔，戒心清虚，执心恬静，尝杖锡林野，行至此山，忽见金光，状有千佛，遂造窟一龛。

我明白了，是那位乐僔和尚以佛家慧眼，发现金光中满山皆佛，而遥礼其山，架空凿龛，莫高窟从此诞生于世间！

六

如果说，乐僔和尚是莫高窟开山者，那么，道士王圆箓则是莫高窟终结者。

王道士因湖北家乡连年荒旱，生活没有着落而逃至肃州，阴差阳错地做了莫高窟下寺的当家道士。他盲目、随意地将一些洞窟内的珍贵壁画涂掉、精美佛像打碎，换作道教题材与内容。就在盲目、随意中，忽见“壁裂一孔，仿佛有光。壁破，则有小洞，豁然开朗。内藏唐经万卷，古物多名，见者惊为奇观，闻者传为神物”。这“小洞”即后来所称“藏经洞”，珍藏着十六国至北宋时期600余年间宗教、历史、文学、艺术、民俗等重要资料5万余件，简直是一部丰富的大百科全书。

王道士一时惊得目瞪口呆，全然不会想到，他已瞬间打开一扇轰动世界的敦煌之门，世界性的“敦煌学”将由此诞生！绝对想不到，他也不想想，更不去想，只贪婪地想着可怜巴巴的一点小钱。实在是浅薄无知、鼠目寸光了，不仅可怜，更可悲、可哀、可叹！而这时，正值清朝末年、国家衰败、列强入侵，注定珍藏了千年的国宝不可避免地在劫难逃了！

且莫想藏经洞何人所藏、何时所藏、为何所藏，我只想，如果藏经洞永远不为人知地藏下去，要么藏到今天再发现，有多好。怎奈朴素情感代替不了历史，历史不允许假设，更不承认假设，藏经洞就是在那一年那一月那一天那一刻发现了！王道士以发直的目光，打量着洞中落满尘埃的一切，哆哩哆嗦地挑拣一些，悄悄馈赠官绅，私卖于世，以致敦煌遗书流传民间，引得俄、英、法、日、美等国所谓“考察家”“探险家”以各种“借口”，打着各种“旗号”，纷至沓来。王道士为些许小钱，任那些“考察家”“探险家”一次次毫无顾忌地掠走大批宝物，四散于世间，使得敦煌宝物至今连一个准确数字都没有！

王道士本来可以成为后人敬仰、名扬千载的护宝英雄，谁料却沦落为唾骂千古的盗卖宝物罪人！尽管他由贫寒道士摇身而成为“乡绅阔佬”，可身后却背负着永远抹不去的骂名及一座被后人所指的不很高大的土塔。

七

走到敦煌，也就走到了河西走廊的尽头，敦煌为走廊的辉煌、壮丽地绾了一结。

我深知，懦弱、衰败、落后、任人欺凌、任人践踏、任人劫掠的时代，早一去不复返了！“滚滚黄河东逝水，浪花淘尽英雄”，也淘尽那些败类。而今敦煌一洞洞石窟已成为世界文化遗产，博大精深、方兴未艾的敦煌学已成为具有广泛而深远影响的一门世界性显学。当然，再显学也是中国的敦煌学，就像敦煌永远属于中国一样！

这不是梦。

作于2008年，2010年11月11日改，12日改定

刊载于2011年12月23日《人民日报》（海外版）副刊

眼　睛

奶奶60多岁时，不知什么缘故，眼睛里竟滋生了一层“蒙”，瞅东西模模糊糊的，老像在云雾中。

那时，家乡穷困落后，离大城市又远，没有条件看医生，只能慢慢养着。这是乡村的一种习惯，当然最根本的是没有钱。老话说，有啥别有病，没啥别没钱。乡下人得了病，常常是熬碗姜糖水，找枚生了绿锈的铜钱蘸水刮脊背，并使劲揪嗓子，一直揪刮出血印子为止。然后躺在烧得滚热的火炕上，被子一捂。一般头疼脑热、无关紧要的小病兴许能捂好，若真患了大病，非但捂不好，往往还耽误了。像奶奶这眼睛，“雾”不仅没有捂去，反而越捂越浓，以至于我在她跟前摔泥巴，她都要俯身眨着两眼问我：“弄啥呢？别啥都往嘴里搞。”

人常言，眼睛是心灵的窗户。可奶奶这两扇小窗，却不能清晰地反映周围事物，与心灵进行正常沟通了，奶奶甭提多难受。人就是这样，什么东西好好的，往往不以为意，一旦失去了，才感觉其珍贵，便想着法弥补。别人为奶奶想法，奶奶也力所能及、尽其所能地去想。一天，奶奶让我领着，从屋里拎出一张小木桌，摆放在院子西侧的柴棚前，桌上置一小碗玉米粒，玉米粒上插一炷香，点燃。随着一缕香烟袅袅升入空冥，奶奶向柴棚方向跪下，深深地一磕到地，而后闭上眼，两手合十，喃喃地：“老天爷啊，好歹收回您的‘雾’，让我眼睛赶紧好了吧，哪怕折几年寿都行！”祈求中简直带着几分哀求。也不记得喃喃多少遍，一定是腿都跪麻木了，才拉着我的小手起来，以致那双小尖脚深一脚、浅一脚地直趔巴。随后，她左手端一碗清水，右手拿一根笤帚苗，颤巍巍地走进柴棚，笤帚苗浸上水，向落满尘土的棚架、锄镰、镐杖以及秫秸、树叶潲洒。每一次潲洒都仿佛从奶奶手中洒下一道苗雨，无声地洒落在尘土上，溅起一泡泡尘烟。而雨点一阵滚动，迅速形成一大颗、一大颗的泥珠，随即又扑扑地爆裂，爆裂出榆钱般大的一片一片湿痕。奶奶顾不上欣赏这些，只是一边潲洒一边依然喃喃："土地爷啊，我这辈子没干啥对不住人的事，别老了老了作践我啊！"她潲洒并祈求，直至那碗水潲洒得一滴不剩，甚至比喝的、舔的还净时，才算作罢。我一旁看着，作为一个尚未懂事的孩子，此时绝不会理解奶奶的心境。不过，奶奶终究是从旧社会过来的，灵魂深处必然打着旧时的烙印。

想传说中移山的愚公尚可感动上帝，奶奶凭这份虔诚，怎么就不能感天动地，使眼睛复明如初呢？天若有情天亦老，地若有情地沧桑。天地有灵，一定不会有意捉弄一个无助无奈的老太太的！话虽如此，可奶奶慢慢还是认命了，因为日复一日眼睛不仅不见好转，反而愈发地看不清了，直到有一天那雾一般的"蒙"完全变成两面黑得拨弄不开的厚厚的窗帘，彻底遮住了奶奶的心灵。奶奶仰头看那轮这辈子看了无数回的太阳，只能柔柔地感觉太阳那一如从前的温暖，却再也看不到一丝明亮与刺眼了。黑夜于奶奶是黑夜，白天于奶奶也是黑夜，漫漫黑夜是命运判给奶奶的无期徒刑，没法申辩，没法抗争，只有面对残酷现实逆来顺受。从此，奶奶再也看不见春花夏实、秋霜冬雪，只能伸长耳朵悉心感受一年年回环往复、周而复始的更迭了，看不到跟着她小狗子一般跑前跑后的小孙孙，只能一边手抚着我的头，一边唤着我的乳名："又长高了啊！"

我长高了，可以当奶奶的拐棍，让奶奶拄着出来进去，街头巷尾地转悠了。碰上邻里街坊，人家总是先跟奶奶说话，奶奶凭声音就告诉我这是你三叔、二大爷、大婶、大妈。在街巷转悠中，我告诉奶奶谁家盖新房了，谁家枣子红了，奶奶总是想上一会儿，说说那家旧房的情形、这家枣树的大小，然后会心地点点头。点头归点头，奶奶并没有放弃哪怕一丝渺茫的希望。一次，姑姑送来个纸包，说是好不容易才寻找到的细瓷器，一片片研成了末，人家告诉说是偏方，天天吃些，可以磨去“蒙”。奶奶摸索着打开纸包，捏起一撮毫不犹豫地就放进嘴里，慢慢咀嚼起来。奶奶的牙早已脱落得没几颗了，能咀嚼什么呢？但见松弛的腮帮不停地蠕动，发出沙沙的声响，接着是就口水下咽的咕噜声。想必那细末一时有挂嗓子上的，反正奶奶是好一阵咳嗽，咳嗽得简直翻肠倒肚，一个劲儿干呕。等不咳嗽了，再继续吃。后来，奶奶把瓷末早晚撒在粥里，中午裹在白薯或棒子饽饽里，也记不得过了多少时日，那包瓷末总算吃完了，可奶奶使劲张望，眼前依然是没有长短、没有高矮、没有方向、没有颜色、没有边际的茫茫黑暗。怨姑姑么？姑姑也是好意，这好意却着实苦了奶奶。平日我们吃着一粒哪怕十分细小的沙子，还嫌硌牙，奶奶竟然心甘情愿、无怨无悔地坚持着吞下了那么一大包瓷末！天晓得，这该受什么罪过！而一个人为了满怀的希望，又有什么罪是不能忍受的，即使最终还是希望下的失望！

谁让那时贫困呢？若是现在……现在假设又有什么用？奶奶早已故去多年了，故去时享年 84 岁，二十余年不见天日，只是闻鸡鸣而知天晓、听鼾声而晓夜临。当奶奶最后明白自己的眼睛再也不会治好时，便拉着我的小手叮嘱：“长大了千万好好爱护你的眼睛啊！”说完，她沉默许久，皱巴巴的眼角滚落一串断断续续的泪珠。

刊载于 1992 年 6 月号《北京文学》

收入 2017 年《文荟北京》

我的父亲

我的父亲，一个普普通通的乡下人，默默地生来，默默地离去，一生琐琐碎碎、平平淡淡，没有轰轰烈烈、惊天动地的传奇。老人家故去二十多年了，恐怕没有谁还记得他，村委会的户籍簿上早已注销了名字。世间多少大人物，生时车水马龙、前呼后拥，死后满天讣告、举世哀悼。父亲呢，不过是泥土里蚯蚓一般滚了一辈子，不会有这种殊荣。

世人可以忘掉父亲，这世界也不会因父亲在而显其多，父亲不在而显其少。儿女却永远不会忘记，没有父亲，哪儿有我们这群儿女！每当清明，我们便聚集一起，在父亲坟前烧化一摞一摞的纸钱。父亲穷苦了一辈子，到阴间不能再穷苦了。我们为父亲坟头添上新土，父亲一辈子没住过亮亮堂堂宽敞高大的房子，阴宅不能太局促、狭小了。明知这些于事无补，可我们还要这么做，以慰藉歉疚的心灵。

一

1986年初，才过完春节，父亲就病倒了，胃穿孔。大夫说，定是瘤子所致，良性、恶性要送北京检验才知。

春节时那份欢笑没了，父亲侧卧在急诊室长条椅上，两眼凹陷，微微瞌着。问肚子疼吗？父亲一挑眼皮，略摇一下头，仿佛无力回答。生命真是脆弱，经不起一点大灾小难折腾。儿女们小心翼翼地将父亲抬到楼上的病床，唯恐不慎再增加父亲的痛苦。

值班大夫来了，一番听摸，果断地说："明天上午手术！"我悄悄问父亲："怕么？"父亲平静地答道："不怕！"护士进来，拿着手指粗细的皮管，硬往父亲鼻孔里捅。那么小的鼻孔，平时钻进个什么小东西也不舒服，何况这么粗的管子？一下一下，管子捅进鼻孔，捅进喉咙，父亲一阵一阵干呕，让人瞅着揪心。很长一节皮管都捅进去了，大概一直捅进了胃里。一会儿，黑黄的液物就从管子里输导出来，滴答滴答落入吊瓶。我握着父亲的手，那手虽然软弱无力，却在捅管过程中颤抖抖地拉着我，丝毫不松一松。也许这是父亲在生命的悬崖边本能的一拉，也许这样父亲就可以减轻一分痛楚。到这般地步，父亲忍了，一切听天由命了。

第二天，白衣护士将父亲推走了，一直推进手术室。我们只能尾随到手术室外，两扇门哗一开，随即哐一声关上了，还惯性地摆上两摆。里面关着父亲，外面等待着我们，仿佛是两个世界，就那道门生生地隔着。只见大夫出出进进，我们眼巴巴地望着，不敢轻易上前询问，怕耽误人家工作，更怕耽误我们的父亲。门外没有坐椅，即使有我们也不想坐，也坐不住。大哥、三弟、小妹、我在楼道里来回踱步，谁也不说什么，只是踱至门处，歪头往门缝里探一探，当然什么都看不见。有时正"探"着，恰巧大夫出来，赶紧一闪身。还好，大夫不仅没发脾气，还微微点一点头。他们知道我们是父亲的儿女，他们理解儿女此时此刻焦急的心情。就这么一点头，在我们心底，就是莫大的宽慰。每当想起这些，我们对那位大夫总充满深深的敬意，并从心里道一声真诚的感谢！

不知过了多久，两扇门终于打开了，平板车上，雪白的被子覆盖着父亲，麻醉药力未过，他睡熟了一般，只是那张露出的脸，十分苍白、消瘦。父亲才 63 岁，老人家一定能经受住病痛的打击！我们守在父亲床前，仿佛世界上什么都不存在了，太阳只管独自由东向西滚滚而去，窗外马路上只管大小车辆来来往往，都不关我们的事。我们就是一心守候着父亲，守候着父亲早一会儿醒来。

终于醒来了！父亲慢慢睁开眼睛，定定神，一下就看见了他的儿女，无

父亲年轻时

父亲去世前

声地笑了，那是父亲从黄泉路上返回人间的胜利微笑，又能与儿女在一起的幸福微笑，这笑尽管无声，却是此时无声胜有声。父亲出院后曾说："我还怕什么呢？我早已是上了手术台，经历了生与死的人。"是的，父亲把手术视作了一道生死关，老人家从这关里闯过来了，还有什么可怕的呢？父亲的胃被切除了三分之二，结果如何要等待化验。大夫让大哥看了切除的部分，硬硬的足有烧饼大一块，就是从那"烧饼"中间穿了"孔"。父亲的胃只剩三分之一大小，今后不能再像正常人那样一天吃三顿饭了，要随时补充食物。

手术很成功，术后也没有感染。待七天拆线，父亲就可以慢慢下地走动了，只是觉得没劲，两腿发软，浑身发飘，我搀扶着。一次，父亲若有所思地说："我这胃坏，就是那年看瓜园吃的。摘瓜时，那些熟透的西瓜一碰就裂，不忍扔掉，裂一个吃一个，一下闹肚子了。"父亲深情地望望我，"记住，今后你见着多好的东西也不能贪啊！"这是父亲在以一时之"口贪"而现身说法。本来，人生活于世上，食不过一日三餐，眠不过六尺床榻，贪有何用？生不带来，死不带去。可古往今来，多少人就毁在了“贪”字上！父亲的话我们牢牢记住了。当然，父亲所言也许只是一个原因。因为我还听村里老人说，那年闹“日本”，抓住父亲，灌辣椒水，肚子灌鼓了，再压杠子，折磨得父亲死去活来。是不是早在那时就隐隐埋下了“祸”根呢？而父亲又是闲不住的人，村生产队取消，实行责任制，父亲骑车做起小贩营生，饥一顿，饱一顿，凉一顿，热一顿，大概这也是原因之一。总之，父亲的病变应该是不易察觉中的日积月累，而非一时一事骤然所致。

其实，几个月前父亲就觉出胃不舒服了，常漾酸水。看过几次医生，开些酵母片之类了事。一次，我带父亲去检查，要求做胃镜，大夫说要等一个月后。乡下医疗条件有限，若早抓紧治疗，何至于胃穿孔呢？确实，谁也没想到老人家的病情这么严重，尤其北京化验结果出来，竟是胃癌！至今我还保存着大哥从大夫那里抄写的化验结果，是在一张检验报告单背面抄写的：

病理诊断

胃体部黏液腺癌。癌组织浸达浆膜层，胃大弯侧淋巴结转移6/8，幽门断端有癌浸润。

2.22

可以看出，父亲的癌细胞已经扩散，我曾问大夫：“父亲究竟还能活多少时间？”大夫说：“也可能一年半载，也可能两年或几年。”一下我们的心都揪起来，但还不能让父亲知道，对父亲只能说是良性的，切除了也就好了。

一直住了两个月，大夫允许出院了，临走，父亲一一呼唤着李大夫、张大夫、王大夫……虽说乡下人不习惯握手，但出于满心的感激，还是忽左手、忽右手地拉着人家，连声致谢，含着泪向他们挥手告别，是他们给了父亲第二次生命啊！在回家的路上，父亲望见了老家的一草一木，动情地说：“能回来不易，要过去，早没今儿个了。”

二

父亲总爱穿一件草绿褂子，那是的确良的大兵服。儿女没有当兵的，是我城里一位朋友送的。朋友抱来一摞半新不旧的过时衣服，说你父母在乡下，泥里水里将就着穿吧，父亲就挑了这件。

父亲天天穿在身上，骑着自行车载副大筐，东南西北沿街叫卖。农村实行责任制，废除“大锅饭”，父亲从土地中解脱出来，便高兴地去县里取执照，置杆秤，趸些水果卖。说实在的，看人家大把大把地挣钱容易，临到自己满不是那么回事。像父亲，一天也挣不下仨瓜俩枣，可挣一分父亲也乐得合不拢嘴，蚂蚱腿也是肉啊。起码不像过去，风里雨里劳作一年，不仅拿不着钱，一结算还要欠队里的。父亲那样老实巴交的农民，那些年就这么苦争苦斗过来了。现在好了，挣多是多，挣少是少，吃盐打醋不等抠鸡屁股了，就是抽烟，也可以挺直腰板走进商店，再不用沿着马路低头捡拾人家嘬够了随手撇下的烟蒂巴了，父亲便觉得很知足。

路怕熟，人也怕熟。一个村卖一趟、两趟、三趟，村里人就认得了。见父亲村头一吆喝，不少坐在树下做针线或哄孩子的老太太就七嘴八舌地开口了：穿绿褂子的老头又来了，那梨又甜又脆，再买点。你一篮子、她一瓢，一车两三百斤甭挪地儿，就了了。父亲是小本营生，却从不给人家少分量，即使打发个孩子来，也不少给分毫。有时差个毛八分的，买者要捡下一些，父亲将秤盘子往人家张好的兜子一倒，说算啦。甚至有人没带钱，父亲一摆手，说拿走，下回找补。父亲说，咱不挣不行，可绝不挣那亏心钱。人来一世，绝不能做亏心事。这就是父亲。当然，世上不少人对小商贩有偏见，他们之中确实不乏昧着良心，故意缺斤短两者。而我通过父亲的所作所为，感到的只是起早贪黑的辛苦。所以，父亲心地坦然，所到之处不仅没有戳脊梁的，反而很受欢迎。

有时卖完后回来的路上，见天还早，就赶在一桥头打歇儿，脱下褂子，瞧背上许多白花花的汗渍，父亲趋鼻一闻，自己扑哧一乐，走下桥去，在清泠泠的河水中漂洗，挂在一棵歪脖柳上，水珠从前襟、后襟、袖口一串串滴落着，父亲哗一声倒出书包里花花绿绿、零零乱乱一堆钱，便十元、五元、二元、一元各码一叠，毛钱镚子各归一摞，清点吆喝一天的收获，父亲满脸知足的笑容。收拾起来，摘下褂子，一摸干了，老夫聊发少年狂，扣儿也不扣，踏车如飞，任清爽的风撩起衣襟，如一片招展的绿旗。

一天，父亲从山里趸货回来，上一个山包，往山下骑时，突然车闸失灵，父亲想稳住车把，不行，前轻后重，晃晃悠悠、不由自主地直朝下冲，而且速度越来越快，最后是难以驾驭，两轮肆意狂飞了！父亲只觉两耳呼呼有风，自知不好，想临时以脚作闸，不曾想脚与前轮一挨，但听吱的一声，削去大半块鞋底，车稍一减慢，随即更快。这时，后有鸣笛的汽车，前有拄杖的老人，怎么办？父亲急中生智，发现路旁有一沙堆，牙一咬，心一横，爱咋着咋着了，就猛一打把，向沙堆撞去。冲力太大，以致前轮整个扎进沙里，突然刹车，后轮飞旋着唰地腾空而起，将父亲重重地扔到了沙堆那边。两筐水果骨碌碌抛撒路上，蹦着、跳着顺坡一直滚下三五十米，后面汽车疾驰而过，轧得水果噼啪爆响，成了果酱。前面的老人好心地搀起父亲，并帮助捡拾轧剩的水果。父亲千恩万谢，连连说没撞着您就好、没撞着您就好。喘息了好大一阵，父亲撩起衣襟擦额头的冷汗，才发觉衣襟已撕为几片。

父亲胡乱地折本卖了，心情极为沮丧，忽觉肚子隐隐作痛，涌漾酸水，找一家小店要了碗肉丝面，这次破例没吃凉干粮，三四十里路，父亲从中午一直骑到天黑才回家，草绿褂子往炕上一甩就躺下了，后来查出是胃癌。母亲拾起草绿褂子，缝补好，父亲没有再穿，确实也没法穿了，日子再紧巴，儿女也要为父亲买一件像样的衣服。父亲去世后，母亲流着泪将它和纸钱一同烧化了。

三

抽烟解闷儿，是父亲奉若神明的信条。确实，除了抽烟，老人家一辈子没别的嗜好。

那年我六七岁光景，一天晌午，顶着老毒的太阳，父亲唤我一起去割草。因为白日要到队里出工挣分，父亲只得不歇晌，为了一群儿女，为了疾病缠身的母亲，指望草晒干了，秋后换几个零花钱儿。就在我们割草的地方，有一片坟地，父亲突然说："薄荷！"哦，前面草丛中，摇曳着一片淡蓝小花的东西。这就是父亲抽的薄荷么？足有我这么高呢。父亲三两步蹿过去猫腰就拔起来，我也拣一棵大的拔，使出吃奶的劲儿，总算连根拔下，可顺势我也跌了个仰八叉。父亲见状，蹦过来将那棵薄荷扔得老远，粗糙的大手一把拉我起来。我冲着父亲一龇牙，父亲似乎怒气未消，又向那棵薄荷狠狠跺上一脚。父亲抱着一捆薄荷，领我回家了，而那棵大的却丢在了荒草萋萋的坟地。几十年过去，那片坟地早已平掉了，可那片开着淡蓝小花的薄荷，总时时摇曳在我的记忆里。而父亲在当时生活窘迫的境况下，就用它打发了好一阵可怜巴巴的时光。

"文化大革命"期间，父亲的烟抽得更凶了。自家小院闭门早早晚晚鼓捣的一二十棵烟秧，没等长大就一叶一叶掰了。实在没的抽了，就把本来已撇在灶旁只能烧火的烟秸，重新拣拾，热锅烘干，放在地上，撅着屁股推碌碡来回轧，轧碎了，再用筛面的小箩筛去尘土，装入烟荷包。在生活的重负下，父亲不住地长吁短叹，一袋接一袋地抽烟，直抽得手指发黑，牙齿泛黄，咳出的痰都透出一股呛鼻的烟味。

时来运转，父亲虽已花甲之年，但兴致勃勃，走街串巷，做起小贩营生，不愁吃不愁穿了，手头也活分了，像模像样地赶趟大集，买上几斤我们这方小县驰名的"南山烟"，想抽就信手捻一袋。有时也走进商店，抬手一指："来盒带嘴的"，换换口味。谁知就在这时，父亲患了胃癌！苦命的父亲，几十年艰难的日子都熬过来了，熬到儿女成行，命运啊，怎么如此残酷无情！我知道父亲来日不多了，便托人买上一条好烟，可父亲一摆手：“不抽了。”“抽烟不是解闷吗？”“唉，过去那些年头，心里闷得慌，如今早不闷了。大夫告诉我最好戒烟，要不着刺激胃。爸听大夫的，往后大事儿干不了，就坐道边看摊儿，卖瓜子冰棍，要么给你们守家护院、看孙子。”说完，几十年风雨刻满皱纹的脸上，绽开从未有过的舒心笑容。

我却笑不出来，儿女何尝不希望父亲益寿延年，甚至长生不老，陪伴儿女永远，然而这已不现实。只有父亲还蒙在鼓里，要知戒烟已不能真正延续生命了呀！为什么就不肯接受儿女最后的一点孝敬，痛痛快快地享受一点尚能享受的口福呢？我的聪明一世、糊涂一时的父亲啊！没过多久，终因癌症复发，父亲怀着对今天的微笑、明天的憧憬去世了。

四

父亲喜爱书，可惜乡村偏僻落后，没有书。奶奶说，父亲小时，一次从哪儿弄到一本，躺在屋里看。忽然爷爷回来，推开柴门，一嗽嗓子，父亲噌一下坐起，忙将书藏在屁股下。爷爷脾气火暴，大白天不下地干活，猫屋里瞧书，这还了得？可爷爷破例没打，只责骂几声，抢走了书。就着油灯，爷爷戴着花镜，有滋有味地读起来。

是否真有这事，我没问过，父亲也从未说过，倒是在那紧紧巴巴的岁月，摸黑就睡。没有电视，没有广播，几乎没有一切娱乐，孩子们耐不住寂寞，父亲便搂着我们，讲岳飞，讲宋江，讲杨家将，也讲神鬼故事以及灵媳妇、傻姑爷。我问父亲：“为啥不买几本书呢？”父亲叹口气：“咋不想买，可使啥买？油盐酱醋还不知哪儿筹去呢！”不当家不知柴米贵，更不知日子难，我再也不要书了。书这些精神的需求，必须在温饱之后才能满足。而父亲是借给我们讲故事，来排解自己的寂寞，消磨难挨的时光啊！后来，我上小学了，在灯下，父亲督促我做功课，在一旁拿起课本，不声不响地翻阅，一套课本，两个学生。

父亲命薄，在艰难困境中苦争苦斗，身体好好的，可日子安稳了，却病倒了。我便带回一摞书，父亲不是非常喜爱书么？过去没有，即使有也没时间读，不卧病在床，老人家绝不会闲着。现在不能做什么了，真的成“闲人”了，就该偿还这辈子的读书债了。于是，《书剑恩仇录》《神雕侠侣》《射雕英雄传》……集武打、历史、传统文化、风土人情于一书，父亲看得如醉如痴。有次歪头问我：“写书的金庸是啥人？”我告诉他，金庸是著名小说家，现居住在香港。本姓查，查分南查北查，金庸应该是南查。其祖上与咱平谷还有渊源呢，查家为盐商富贾，在天津建有园林水西庄，乾隆皇帝下江南，曾四次住在那里，并题诗作匾。有人考证说，《红楼梦》大观园就以水西庄为原型。而查家百年寿地就选在平谷境内，后来衰落了，其后人就来平谷为先人守坟。读书而及作者家世轶闻，平添不少情趣。

五

父亲病倒了，再不能外出吆喝着做买卖了。虽说手术痊愈，可尚需调养，而父亲忙活惯了，一时成为“闲人”，总觉得没着没落，便从集市上买了两只羊，拎根鞭子天天去放。

放羊，家乡没有山，尽管举目即可望见山，可那远在十几里外，父亲无力去那里。也没有草原，羊总不能喝凉水、灌西北风活着。父亲灵机一动，想起村北的一片杨树林子，平时人很少去，因为那是一片公墓，爷爷、奶奶就合葬在那里。渐渐地，村里老人一位位谢世了，坟头一座座拱起了，原本手指般的杨树够一搂粗了，野草也蓬蓬丛生了。坟、树、草构成了一派凄清瘆人的境界，而父亲经过世间几十年风风雨雨，并无惧怕之念，天天赶着羊去牧放，羊低头吃草，父亲倚着树干，什么都可以想，又什么都不必想。羊吃饱了，父亲抬头望望家里屋顶袅腾的炊烟，随着吆喝打个响鞭，与咩咩欢叫的羊们一起回来了。

日月在天上依然如故地各自踽踽独行着，坟地不远处那条小河不舍昼夜地默默流淌着。而父亲的日子不觉间悄悄被羊儿咀嚼过去，羊也由两只变成五六只，远远看去，已不再形单影只，而是小小一群了！我每每望着这情景，总想起父亲讲的苏武牧羊的故事，觉得父亲就是那位饱经风霜的苏武了。当然，父亲只管放羊，没有苏武所肩负的朝廷使命。夏天放，冬天也放，夏天放青草，冬天放枯草及草间落叶。偌大一片林子，五六只羊根本吃不完，羊自然吃得很肥。春节时，父亲亲手宰了一只，让我们平日工作在外的儿女，和老人家一起过一个从未过过的肥年！

第二年，草又茵茵地绿了，春天来了。可父亲却不是春天了，身体越来越消瘦，我们很担心癌细胞扩散。其实，他自己并不知真情，只以为是“胃溃疡”，彻底切除了，整日乐呵呵的没一点精神负担，尤其以为自己上了手术台，经历了生死场，一切都无所谓了。我们希望父亲乐观，越乐观、越豁达越好，且平时买的一瓶瓶治胃癌的药，暗地里总撕去药名及说明，只告是养胃的。父亲淡淡一笑，让服就服，让怎么服就怎么服。父亲很满足，常与邻人叨念：“要是旧社会，我早见老祖宗去喽！”再乐观也挡不住癌的扩散，眼见父亲日渐消瘦下去，我们看在眼里，忧在心上，劝父亲好好养着，羊甭放了。父亲对羊非常上心，是劝阻不了的，况且又是春暖花开，几只羊在树林里撒欢尥蹦顶架，仿佛特意为父亲表演。只是这表演的舞台，不是灯光闪烁、弦歌四起的大剧院，而是一座阴森森的坟场！就那样，父亲天天与羊们一起高兴而去，又一起高兴而归。

一天，父亲又去放羊，任羊们信马由缰地嚼草，当嚼到爷爷、奶奶坟前，忽然羊们一声惊叫，四散跑开，父亲一看，坟旁竟有两条蛇，两条搅缠一起的蛇！家乡不山不水的，极少有蛇，尤其两条搅缠一起更为罕见！父亲心里一颤，扭身赶着羊就回家了，失魂落魄地坐在炕上，沉重地对母亲说：“我呀今年不死也得脱层皮！”记忆中父亲是从不怕蛇的，那年打屋檐掉下一条，父亲抄起铁锨就把蛇拍死了。这次怎么了？父亲是在见蛇的刹那于生命深处有什么预感，还是迷信上有什么说道？

中午大哥来了，父亲急赤白脸地说："把羊都轰你院去，找个大集甭管多少钱给我卖了！"大哥不明白怎么回事，而心底知道父亲的病定是一天天加重了，且再也不能手术了，再也不会好起来了，已然到这地步，就顺从吧。可大哥的家就在父亲家的后院，羊一时没人放，憋闷得连撞门带叫唤。父亲一听羊叫，就烦躁不安，问大哥咋还没卖，大哥说还没到集日，家乡是十天一集。父亲喘着粗气，没说什么，终于等不及大哥去卖，有个羊贩子走村串户地收购，父亲只问一声要不，一口价没驳，好歹全轰给人家了。目送着自己精心放养了一年多的羊们出了村头，看不见影子了，听不见叫唤了，才回去。心底虽然生发一阵失落，可终于长长吐出一口气，如释重负，精神顿时好了许多。

然而，终归癌细胞已扩散全身，直至去世，父亲也没有道明看见两条搅缠一起的蛇有什么不好，与羊又有什么关系。看来，这永远是个谜了。

六

好景不长，父亲再次病倒了，尤其腹部已渐渐水肿。

那天，我又带着父亲去县医院检查，大夫拉我到一边："老人的病很重。"我说："一年多前，因胃癌动了手术。"大夫点点头，"那是癌细胞扩散了。"便开些养胃的药，叮嘱父亲好好保养。路上，父亲问我大夫说什么了，我说没说什么，父亲也不再追问。我不敢告诉父亲实情，一直瞒着老人家。这也是常说的"善意的谎言"，其实儿女们像父亲一样，在大事小情上根本不会撒谎，可为了父亲不得不这样做的。

大医院不收留了，听人说北京西边有个地方，治好了不少疑难病症。大哥便陪着父亲搭乘村里办事的汽车，左绕固、右寻摸，大半天才找到，拿一大捆野蒿子"卷"，说一"熏"即愈。谁也不会相信，父亲吃了所有能买到的治癌的药，都没见效，这把蒿子竟那么"神奇"？纯粹是江湖骗子！不过，心到佛知，去看了，不管事儿也不后悔了。父亲这一路颠簸，腆着肚子，车楼子里坐也不是、蹲也不是，回来就躺下了。

总不能眼瞧着父亲就这样下去，有一分希望，就要尽百分之百地努力。我们将父亲送到附近的乡医院，输液，打针，吃药，不企盼奇迹的出现，哪怕能够延缓父亲一时一刻的生命也好。这时，我接到一家刊物邀我到青岛参加笔会的通知，父亲说："你去吧"。我踏上了青岛美丽的海滨，童话一般的各式洋房以及月夜的涛声，别人流连忘返，我却无心游览，原定七天会期，第三天早晨我就匆匆赶回，梦里父亲总在呼唤我。果然，父亲更加消瘦，甚至眼窝全塌陷了，而肚子隆起，水肿得发亮，用什么药也无济于事了，大夫说："该准备后事了。"大哥征求父亲意见，父亲说："等福善回来。"以为我在外工作，或许还有办法。我真的回来了，又有什么办法呢？病到这般地步，纵然华佗再世，大概也无力回天了。我说："回家吧。"父亲望着我点点头。

父亲坐着平板车去，却躺在平板车上，由儿女推着回来。很多乡亲见了，纷纷上前问候，父亲朝他们用力地笑笑。我知道，父亲这是到了生命的最后时刻，便拿来相机。父亲坐在屋前自己亲手栽的小桃树下，照了最后一张相片，腰板挺直，双手搭膝，穿一件白衬衫。那衬衫是我见父亲的旧褂子太不合宜了，临时从自己身上脱下的。透过衬衫，隐隐还可看出里面的褂子。父亲面带微笑，目视前方，这是老人家留给儿女的永恒的笑容。我从县城特意接来孩子，父亲是极喜爱孙子的，摸着孩子的小手儿、小脸儿："真胖啊！"可惜孩子才几个月，连一声"爷爷"都不会叫，只是骨碌碌眨动着眼睛"啼、啼"地一跳再跳。这"啼啼"声莫非就是呼唤么？父亲久被病魔折磨的心笑了，笑得那么动情、那么幸福。作为老人，作为即将离开人世的老人，有什么能比看到自己子孙满堂更幸福的呢？

父亲躺在炕上，已经吃不下东西了，只能喝一点点橘汁水。一天，见父亲精神好些，大哥问父亲："您知道您啥病吗？"父亲说："知道，胃病。"大哥说："是胃癌。"隐瞒了父亲一年多，总不能隐瞒永远啊！父亲摇摇头，怎么也不相信，更不会接受这个事实。大哥试探着："您还有啥话说吗？"父亲一摆手，似乎有些生气："我还不到那个时候，以后你也甭问了！"或许看见儿女都大了，不用自己操心了，确实没有更多的话说了，而自己的身后事，好像还是与母亲谈过。人到了生命的最后时刻，总会有些预感的。

父亲几天水米未进了，也几天没有合眼了。强壮的小伙子也经不起几日几夜不吃、不喝、不睡，更甭说病人！我们明白，父亲这盏燃了几十年的油灯，不定哪会儿就会忽闪一下熄灭的。父亲神情时恍时惚。一次，他对母亲很认真地说："我这病啊，我知道咋回事了，是拔麦子的时候，后脊上扎了一把麦芒，拔下去就好了。"父亲种了一辈子庄稼，在幻觉时竟把病因与庄稼联系起来。虽说医术已经乏力，而老人家自己每时每刻都在做着病愈的梦啊！不是儿女不孝，这实在只能是永远的梦了。晚上，父亲无力地说："我瞅东西咋不清楚呢？"过一会儿，母亲故意指着我问："他是谁？"父亲一瞥："他是谁我还不知道？福善啊！"这是父亲最后一次呼唤我的名字，留给我最后的声音！每当我想起父亲，总会想起这声呼唤，想起这个声音！父亲啊！

第二天早晨（即父亲不能吃、不能喝、不合眼的第七天），我送走远方探视的亲戚回来，见父亲嘴一张再张，没有出声，母亲意识到父亲不行了："快去后院叫你大哥！"母亲、大哥和我为父亲穿好寿衣，抬到灵床上，点燃了长明灯。父亲就这样一声不响地去了，在这盏灯的导引下，灵魂踏上了西天的路。

在亲人的欢笑中默默地来到世间，又在亲人的眼泪里悄然离去，时在1987年8月，年仅64岁。正是儿女成行的时节，为什么奉献儿女一生，未曾得到儿女一丝孝敬，就撒手西去了呢？怎么不给儿女一点回报春晖的机会呢？让儿女愧疚终生，遗恨永远！

此文是在父亲去世后陆续写成的，在《北京日报》副刊等陆续发表，1996年收入第一本散文集《逍遥人生》时，汇集为《我的父亲》，后多有修改。

打夯号子

我的故乡在燕山山脉南麓、华北平原北端，没有汪洋大海、长江大河，就是村后那条被叫了千百年的“大龙河”，也不过是一条窄而浅的溪流，甚至举步即可跨过。因此，故乡没有船只，船工们拉纤、撑船、推艄时“杭育杭育”的号子，自然也就没有了。

故乡虽不行船，却需要打夯。我小时看了多少回，打夯时吼出的夯号儿，那气势、那韵味简直像船工号子一样雄浑、高亢，谁若整理谱出，在舞台上表演，一定也会激动人心、荡气回肠。故乡人世代生活在这片说是平原却又抬头见山的土地上，默默地繁衍生息。日出而为白天，星现而为黑夜，树木长叶为春，漫天落雪为冬，日夜交替，四季轮回。而故乡人一辈辈、一茬茬长起，成家立业，生儿育女，总少不得房子。或老屋翻修，或新居起盖，就在房子垒磉盘子前，总需要把磉基夯实，打夯就成为不可擅动的土木之工的第一道工序了。

故乡人何时开始打夯，夯又由谁发明，没有人能够说清，我也就不得而知了。只记得我小时所见的夯，就是一个轧地用的石碌碡，四根胳膊粗的木杠，拿绳子往立着的碌碡上横竖一绑，上端两棍摽紧。可以说，这夯是一件经过打磨的笨重的石器。故乡既发现了原始人十万年前简单打制的旧石器，也发现了七八千年前精心磨制的新石器，而这个碌碡当是现代故乡人对新旧石器的延续了，延续用来夯砸地基再好不过。联想到“夯”字，上“大”下“力”组合，真个恰如其分。这碌碡好歹有四五百斤，不用大力怎能挺举得起？所以，打夯的尽是身强力壮的男子汉，老人、妇女、孩子只能一边瞅着，或端茶、递水了。

故乡盖房一般在春秋，因天儿好，雨少。而打夯往往在晚上，白天下地做活儿，晚上回来，甭管多累，只要盖房东家一招呼，甭管找到谁都不会拒绝。人一辈子能盖儿回房？乡里乡亲的抬头不见低头见，再说帮人家就是帮自己。来了，高高挑起电灯，八个人握住四根木杠的八个杠头儿，一人手扶上端摽棍，那人无疑是领夯的了，有如乐队指挥。领夯可不是谁都能做的，必须懂活路，夯出的活儿要让东家满意；必须聪明，能说善唱；必须嗓子好，唱上半夜不至于沙哑。领夯者是不抬夯的，吃的就是开口饭。故乡需要这样的人，就有这样的人。只见那人一扶摽棍，仿佛一道无声命令，八个人同时猫腰，抄好各自的一头儿。但听那人嗓子一嗽，不紧不慢地悠悠唱出：

“大家抬起来呀——！”就这一句，自胸中喷出，声若洪钟，直灌人耳底，打破了故乡晚间的寂寞。“呀”的拖音未落，八个人同时和唱：“黑丫头好哇！”八个人同时用力，本来非常笨重的石夯，“嗖——”一下飞起，随后“咚”一声重重地砸在松软的土基上。要是可巧有个叫“黑丫头”的女人经过，打夯的人便会经受一番口无遮拦的臭骂。

女人骂过了也不会介意，打夯人在骂声中不仅不恼，反而更火爆的一句句地唱、一夯夯地砸。如果哪夯砸歪了，眼观六路的领夯便唱了：“南边歪半夯啊——！”大家一听，下一夯就主动往北砸一些。若到头该拐弯了：“大家往东砸呀——！”随着一声“黑丫头好哇”，自然就拐到地基的东面了。若见哪人没用劲，听吧：“狗蛋子别耍鬼儿呀——！”点到为止，那叫狗蛋的也不敢偷懒了，因为不用一个劲，夯举不平，砸在地上也坑坑洼洼的。况且还吃着东家的大烙饼炒黄豆芽呢，四五十年前吃顿白面不容易！

真正一打起夯来，东家就闲了，根本不用插手，只管备好烟水。烟呢，旱烟叶子也行，有条件的弄二三毛一盒的卷烟更好。水呢，一暖壶开水，放一把儿茶叶末子。当然，也要备一壶从井里现打的凉水，有些年轻人好这口儿，出一身臭汗总觉喝着爽快。其实，吃啥、抽啥、喝啥，故乡没人挑，当时就那个条件，都互相理解。好客的东家对四周站着助威看热闹的乡亲，也少不了要张罗张罗烟水，这是礼节，也是人缘儿。那时乡村根本没有什么文化娱乐，看着打夯，听着夯歌，起码也是一乐吧。围观的男男女女、老老少少越多，领夯的、打夯的越带劲：

“大家加油干哪——！”
“黑丫头好哇！”
“夯好了盖新房啊——！”
“黑丫头好哇！”
“盖新房娶媳妇啊——！”
“黑丫头好哇！”
“娶媳妇生儿女啊——！”
“黑丫头好哇！”

唱词完全是现抓，即景生词，顺口编出，现在想来，这人才思敏捷、出口成韵，真是故乡天才的诗人！

“可恨那小日本哪——！
欺负咱中国人啊——！”

那时毕竟是新中国成立才十多年，人们对日本侵略者当年在村里的烧杀抢掠还记忆犹新、恨之入骨。

“秋天猫猫腰呀——！
顶冬天转三遭啊——！
要在囤尖攒啊——！
不要囤底慌啊——！”

这是要人勤俭，即使在繁重的劳动中，也不忘将传统美德融入其间，让大家在潜移默化中受到感染，甚至受到教育。

“张三那小两口儿啊——！
你们别吵架啊——！
李四你成了家呀——！
千万别忘了妈呀——！”

这是借打夯来劝谕乡人要恩恩爱爱地过日子，孝敬父母，不能娶了媳妇忘了娘。

此时此刻，领夯人的才华得到充分展现，人世间的一切无所不可以入词，大忠大奸、大善大恶、大爱大恨、大美大德都从领夯人口中唱出。激越时，围观者情绪昂扬；沉郁时，打夯的节奏渐缓渐慢。夯起夯落，潮起潮落，他们仿佛不是在打夯，而是在尽情表演，这夯场就是舞台，故乡的舞台，整个天地间的舞台。他们的表演是演给故乡亲人，也是演给皇天后土。

不知天上的流星滑落了几颗，原在东边的月亮已转到了西边，大人揉揉两眼打哈欠了，孩子扎在大人怀里早睡着了。渐渐地，夯号停息了，只留下那具石夯沉默于一角，一座新屋的宅基也夯完了。东家可以解下夯杠，那碌碡明早还等着撒种轧地呢，而那激越、淳朴、粗犷的打夯号子，却久久地在故乡上空，在故乡人心中萦回。

作于 1995 年

刊载于 1995 年 10 月 2 日《北京日报》副刊

年节说年

腊月到了，马上就过年了。说到年，我们就会想到地球绕太阳转一圈就是一年。为啥地球绕太阳转一圈就称为年呢？古籍记载，“年，谷孰也”，或说“年，取禾谷一熟也”，或说“五谷皆熟，为有年也”。古人认为，“必先有禾之种植，而后有年字之发生。年生于禾，非禾生于年”。看来，这当是年的本义，也就是说，禾谷熟了就称为年，与农作物生长和人类生产劳动密切相关了。而禾谷一年一熟，慢慢或许就演化成了时间。

民间也相传年是怪兽，闯到村里进行祸害，村里人用火和爆响的东西吓唬它。后来村里人在家门口挂上红对联，怪兽以为是火，就不敢进了。而怪兽半夜来时，炮仗噼啪一响，吓得赶紧溜了。这是一种传说，就不多谈了。

唐人有“人生代代无穷已，江月年年只相似”的诗，相似的江月相似的年，又怎么记呢？这就牵扯到了历法。现实生活中，我们的历法实行的是“双轨制”，一是西方的“阳历”，所谓公元纪年；一是传统的老百姓说的“阴历”或“旧历”，又称“农历”，所谓天干地支纪年，因此，便有阳历年与旧历年之说。阳历年又称新年，而旧历年就是春节。实际上，我们现在说的农历，是一种阴阳历的结合，几乎四年就有一个闰月。

现在尽管我们也过新年，到新年时还发贺词、寄语，以行倡导，但民间千百年来真正过的，还是春节，习惯称过年。有人曾问，春节起源于啥时呢？根据资料，一般认为春节起源于古时候的“腊祭”。腊其实是“合祭诸神者”“腊者祭先祖，腊者报百神，同日异祭也”。简单说就是古人祭祀百神及先祖的一种活动，祈求来年风调雨顺，免祸免灾，甚至人们还要朱砂涂脸，鸟羽装饰，载歌载舞，热闹非常。而腊祭多在农历的十二月举行，便把十二月称为腊月了。

我生长在乡村，记得一进入腊月，乡村就洋溢着年的浓浓味道了，而腊月里有两个重要日子。

一是腊八，上面说了腊祭，啥时祭祀呢？有腊日，就是腊八，起码可以追溯到先秦，也是由来已久了。而喝腊八粥，据说始于宋代。我小时候，每到腊八这天早晨，母亲把一挑再挑的绿豆、红豆、红枣及大棒子碴等，一股脑倒进锅里，慢慢熬黏糊了，直熬出粥嘎巴，满屋漾着浓浓的香气。总会喝上一大碗，还就着难得放点香油的咸菜。后来又看到，说腊八粥为纪念佛祖，并说这天是浴佛日。比如清代《咸道以来朝野杂记》记载：“十二月八日为浴佛日，各寺观煮粥供佛。”记得几年前我到东樊各庄访谈 80 多岁的宋德臣老人，他又说为纪念道教的真武大帝，说他修行饿了，没别吃的，把些杂粮一起煮了。还没见其他地方这么记载。无论是佛教抑或道教还是民间诸神、先祖，淳朴的百姓过年时不忘神灵、先祖庇护，哪怕拿不出更好的东西，简单熬一碗杂粮粥，也表个心意。相沿已久，便成为一种习俗。这天，家家还会剥些大蒜，装瓶子里醋泡，叫腊八蒜。过不了几天蒜就绿绿的了。

一是二十三，民间称为小年，这天应祭灶王爷。咋祭呢？也简单，过去民间有“灶王爷本姓张，一碗凉水三炷香”之说。大概到了近代，才演变为“糖瓜祭灶”，说灶王爷上天要见玉皇大帝，家人唯恐灶王爷说自家坏话，便用带芝麻的糖瓜粘住灶王爷嘴，所谓“二十三，糖瓜粘”。施些小恩小惠，希望灶王爷上天好话多说。所以，民间流传着一副联语，“上天言好事，下界保平安”，好像另有“回宫降吉祥”的下联，大概出自文人手笔，总觉没有“下界保平安”朴实。在大年前有个小年，民间认为，小年大年才算一年。而过了二十三，就是二十四，老话说“二十四，扫房日”，为的是干干净净过年。可实际上，不少人家十五以后就陆续打扫，二十三祭灶前基本打扫完了，不能让灶王爷顶着一脑瓜子“塔儿灰”上天。

年前，有不少事情要做。父母为过好年，也为省钱，让我们半夜起来，背个粪箕子，走七八里路去供销社门口排猪头，一个猪头连骨头也不过十来斤。甭管大小，能排到就好，背回家，过年又有肉吃了！那时最忙的是母亲，不但要打扫屋子，还要蒸豆包。家里白面不多，同时蒸上一两锅皿饽饽。皿饽饽是黏米、小米及棒子面和一起做的，也是乡村精打细算粗粮细作了。正月里来亲戚吃白面包子，我们等亲戚吃完，就着剩菜啃皿饽饽。这也是生活穷困所致。年底前，我要做的一件事，就是剃头，说正月剃头死舅舅。剃完了，父亲轻轻一勺我秃脑瓢，说着："剃头打三光，不长虱子不长疮。"剃完头，就踏踏实实等着过年了。

真正过年，是腊月三十，"小尽"二十九，俗称过大年，又称除夕。毕竟大人辛辛苦苦劳作了一年，孩子眼巴巴盼了一年，而一年中只有这一天是大年！这时节，有些街坊邻居贴对联了，但不是家家都贴，那需要买红纸和笔墨，不识字的还要请人书写。过年要"祭祖"，父亲拿出毛头纸，糊成信封状的"树"，正面中间贴一个比指头略宽的红纸条。父亲每年要糊三四道"树"，在红纸条上分别写着故去的上三代先人名讳及列祖列宗等。中华民族自古以来就注重"慎终追远"，缅怀先人，"百善孝为先"，年节时得到了具体体现。过去一些大户人家，往往摆出先人牌位或悬挂写有先人名讳的"名堂"。写好"树"，父亲便找一条毛巾，遮挡墙柜的帽镜上，说"先人"怕镜子。"树"在镜前按顺序摆好，再摆一碗一筷，碗里象征性地夹两三样菜。在这团圆的日子里，"先人"也会和我们一起过年的。直到饭前在街门口将"树"焚化了，送走"先人"，这时也该吃年饭了。

年饭，一年就这一顿，母亲是倾尽全力，更倾家所有，可充其量也就是炸豆腐嘎瘩、猪肉炖粉条等三几个菜。说穿了，孩子眼蓝地盼过年，盼这顿年饭，就为不再吃白薯、棒子饽饽这些吃得酿酸水的粗粮，尤其有猪肉炖粉条子。对于一年到头不见荤腥的我们来说，端起一大碗粳米干饭，就着粉条炖肉，来不及咂摸滋味，提拉秃噜就胡噜到肚子里了。就是现在，赶上粉条炖肉，每每也来碗米饭的。小时吃什么，大了还想吃，大概是故乡打下的烙印了。确实，今天随便弄几个菜，就比那时过年还丰盛。社会不断发展，早今非昔比了！

晚上，自然是吃饺子，一家人围坐一起，团团圆圆。包饺子时，母亲拿个一分或二分的小镚儿，偷偷包饺子里，说谁吃到谁有福气。往往都被我们吃到，因为母亲把这个饺子先下锅了，且让我们先吃。此事虽微乎其微，也可见天下父母心！看清人所写《燕京岁时记》对此记载："富贵之家，暗以金银小锞及宝石等藏之饽饽中，以卜顺利。家人食得者，则终岁大吉。"竟把小块金子、银子或宝石包饺子里，该何等富贵之家！而吃饺子时，不忘捞几瓣腊八蒜，顺便倒点腊八醋，味道别提了！

入夜，陆续放炮仗了。小时乡村炮仗种类很少，多是比火柴棍略粗的小炮仗，外面裹着红纸，叫小红鞭儿。奶奶给我破谜语："南边来个小红人儿，你别看它小，专会吓唬人儿。"谜底就是小红鞭儿，响来很清脆。还有一种筷子般粗的大炮仗以及麻雷子，一响刚刚的。再有一种就是拇指粗细的"二踢脚"了，分两截，下截地上一响，乘势把上截送上天，炸得耳朵咣咣回声。放炮仗一般是大人挺胸在前，把一挂炮仗高悬门外，用红亮的香头一点，爆响的刹那，蹑手蹑脚紧跟其后的孩子早哧溜缩回门内，使劲捂着耳朵了。直至半夜时分，放炮仗达到高潮，此起彼伏的鞭炮声汇成一片，简直把乡村抬到了天上！是啊，放炮仗不仅为新的一年驱邪祝福，还在鞭炮声中迎神接"祖"，以期更好地保佑我们来年。

其实，对于大年三十，当一切都忙活完了，天也晚了，一家人围着炕桌，点一盏煤油灯，该守岁了。那时乡村没有电，自然没有电视，更没有联欢晚会，老老少少在昏暗的油灯下，说着吉祥的家常话。一些碍口的不吉利的东西是不能随便说的。即使谁不小心打了碗什么的，老人赶紧抢着说："岁岁（碎碎）平安，岁岁（碎碎）平安！"若哪个孩子摔倒了，大人一边扶起，一边喃喃地："磕磕碰碰，一辈子没病！"就是这时煮饺子煮破了，也不能说"破"，要说"煮挣了"。仿佛这样一找补，这一切就化不顺为吉利了。这时，我们要给叔叔、大伯等长辈拜年了，他们看着我们在膝前磕头，笑呵呵掏出一毛二毛的"压岁"钱。虽没有现在大大小小的"红包"，可在那个年代，我磕得三五毛钱，捏手心里，过完年新学年等着买笔本呢！一家人一起守岁，“一夜连双岁，五更分二年”，就是要守住一年这最后的时光。大人对孩子说，明儿你又长一岁了，言语间充满了对未来的期待；大人对大人说，又长一岁了，是年华易逝、时光催人的无可奈何的慨叹。当然，守岁还有岁岁守着老人就是守着幸福、就是为老人守寿之意。所以，一家人一定要三十黑夜守一宿了。只是我们守着守着睡着了，醒来天早大亮。刚才左脚还踏着旧岁，右脚睡梦中轻轻一迈，就跨进了新的一年！

新的一年在鞭炮声中开始了，而这年要过了破五，再过十五，才算过完。大家知道，十五是元宵节，那么“破五”呢？过去都希望新年有个好兆头，所以，从初一到初五，约定俗成，各家会有一些禁忌，比如禁说不吉利的话啦，不准打碎盆、碗啦，不准动针、剪等等。这里应该有迎祥纳福，且避不吉利东西之意，甚至有辟邪除灾之意。《燕京岁时记》也记载：“初五日谓之破五，破五之内不得以生米为炊，妇女不得出门。至初六日，则王妃贵主以及各宦室等冠帔往来，互相道贺。新嫁女子亦于是日归宁。”意思是过了破五，王公贵族家的女人才可以盛装往来，互相祝贺新年。而新婚女子，也回娘家看望父母。不仅如此，这时一些店铺也该陆续开张了。

疫情笼罩下的庚子鼠年就要过去了，迎来一个万象更新的辛丑牛年。常言说：“牛马年，好种田”。就让我们共同祝愿：牛年风调雨顺，五谷丰登，万事如意，心想事成！

2010年11月1日草，2日改，3日再改，4日改；2014年12月26日又改；2019年1月11日再改

刊载于2011年1月号《前线》杂志；为2021年1月22日在区电视台录制《谈春节15分钟》专题节目，于1月18日至20日再多次修改，并将题目由《年节忆旧》改为《年节说年》

永远的母校

我生长于偏僻的乡村，小学是在村头的一座大庙里，高中是在相距十余里的镇上，大学是在京城。每一处都有一座母校，有不少难以忘怀的往事。而说来话长，这里只说说离村四五里远的那座初中。

初中名杨桥中学，因村而得名。古老相传，宋代杨家将镇守北方，屯军于此。有大水由西而东，人马难渡，筑桥以利交通，派人看守。嗣后成村落，遂以为村名。相传自是无从考证。记得走入学校，是 1970 年春节过后，那时兴寒假后升学。这是一座新建的学校，为便于周边村庄的孩子就近入学。

学校起初一没校门、二没院墙，学生从四面八方随便出入。久而久之，竟踏出几条歪歪扭扭辐射状的小路，由学校辐射向周边的村庄。学校只有两排房子，大概是抢在入冬前盖的，房前还留有半人深的土坑，为盖校舍就地取土所致。室内裸露着毛坯墙，墙角处或烘烤木板，烟熏火燎得漆黑。屋顶露着人字柁架，没有吊顶，上面满是白花花的冰霜。屋里空荡荡的，就生一个煤球炉子，冰冷得简直伸不出手。学生轮流生炉子，轮到我时，往往顶着星星或月亮，早早赶到学校，提前把炉子生暖。

那时尽管处于“文革”之时，可学校似乎课程该怎么设置还怎么设置，数学、语文、化学、物理，就连外语也有，可惜不是英语，而是带着卷舌音的俄语。老师也是该怎么教学还怎么教，该布置作业还布置，学生有错照样批评，应该是出于老师的朴素良知，虽然那时一再批师道尊严。我自以为还算个听话的好学生，各门功课好像很少不是一百分，在只有两个班的年级里，可谓“出类拔萃”了。至今我也不认为自己有多聪明，完全下的是笨功夫，以勤补拙。

一次语文课评点作文，我的作文每每作为范文被老师诵读和讲评。那时我有一本写着真草隶篆字体的《三字经》，时不时照猫画虎、照葫芦画瓢地练几笔。但见老师举着我的作文本说，瞧你写的连跑带颠蜘蛛爬似的，劈头盖脸地奚落我一顿。再说我的作文，记得那篇是写秋天的，老师念“一阵凉风吹过，秋天来了。”随后评点：也就是你走路还东张西望，瞅着风一吹你，就秋天了？整个初中，经历不止一位语文老师，似乎从未这样批评过我。自此，我更加注意写字，且更注意对生活的细致观察。尽管那时还没有萌生写作的意念，可喜爱作文却是发自心底的。

春天了，学校组织学生自带小推车及锹镐等工具，从外面运土，将教室前的几个土坑填平了。西南角的一座厕所，前面以白灰抹壁，上面写着半人高几个大字：“团结紧张，严肃活泼”。这是校长的手笔，很见楷书功力。现在明白这大字称榜书，不是一般人能够拿得起的。那时学校没有校训，或许校长顺应时势，就以毛主席给延安抗大题词作为我们的校训吧。南面的一片空场被我们平整成操场，以砖垒出 200 米跑道。就在这小操场上，举行了学校首届体育运动会。为了班级的荣誉，人人奋力拼搏加油助威，那个激烈的感觉不亚于今天的奥运会。校园内，我们挖坑浇水，栽了一溜溜小白杨。三年后我们离开校园，小白杨挺拔繁茂，一派盎然生机。如长到现在，怎么也有一搂粗细，堪为栋梁之才了。

其间，老师与我们一起推土填坑、一起栽植杨树、一起跑步锻炼，和我们打成一片，并没有受社会上“造反”潮流的波及。也许这是偏僻乡村，远离城市。后来这些老师多回了京城，或任教大学，或编辑报刊，或供职机关。近年，他们陆续回来看望，与我们重话当年，还记得许多生动有趣的情景。

当然，有一件事我永生不会忘记。那是夏天的一个下午，我们在上体育课。天很热，很难剧烈活动，老师简略讲讲，就说你们去洗澡吧。学校东边一个大水坑，村里人多年取土而形成。男孩子噗通通纷纷跳下水去，狗刨、仰凫、扎猛子，玩得不亦乐乎。我不会游泳，就坐坑边呆呆地看着。这时一个孩子对我说下来，水不深。我确实看水才到他肚脐子，禁不住诱惑，就脱衣下去了。哪儿知那孩子是脚踩着水，可巧那里有个土井子，我没走几步，一出溜就没了头顶。我本能的扑腾着钻上来，又沉下去，沉下去的刹那，感觉头上的水黄澄澄的，那是阳光所照射。再黄我也顾不上欣赏，上下如是几回，着实喝了几口水。旁边两个孩子起初以为我闹着玩呢，后来一看不妙，便赶紧伸手一拽，我顺势抓住他们，才上得坑来。不然，就没有今天了。也许这两位同学早忘了这举手之助，我却深深铭记这救命之恩！

在这里我学习了三年，而后上了镇上的高中。离开了也就很少再回来，曾几次想把自己写的几本小书送给母校，一直没有合适的机会。前不久借回老家之际，顺路来到母校。不想校门虚掩，轻轻推个缝儿进去，满园荒草没膝，藤蔓爬上了灯竿。这时，过来一位留守老师，告诉我由于生源减少，也为提高教学质量，三四年前杨桥中学已并入镇上中学，我一阵怅然失落。我四处看看，一幢三层教学楼，一排排平房，东面一个标准操场。这些年里，看来学校是一再兴建，当年的一切全无踪迹了。

这里不定几时就要改造为他用，杨桥中学就会从这个世界彻底消失了。我深知，消失的只是那些砖瓦水泥的建筑，而母校在我心底永远不会消失！

2013年10月27日草并改，28日又改，29日改定

刊载于2013年11月21日《北京日报》副刊

故乡的路

一

小时，那是一条窄窄的泥土路。

那路从田野间穿过，好像是乡亲们下地干活随意踩出的。田野里长满高低不齐的庄稼，我们孩子就在庄稼地里钻进钻出，仿佛庄稼地就是我们永远的乐园。

没有大人在后面呵护，乡下孩子可以跟土地肆意地亲近、肆意地玩耍。玩耍累了，在路边不管不顾地噗通一坐。不曾想，路边长着蒺藜狗子，一下把光着的小脚丫扎出了血。鲜红的血一滴滴落在泡土上，滚起一个个小小的圆球。我们对着圆球细细地欣赏，谁也不碰，一碰就该噗的破了。

没有大人呵护，即使流血了，我们也不哭，在流血的地方，捏一撮泡土一抹。起身，拍打拍打，踏着小路若无其事地回家了。

天晚了，母亲站村头长声短声地呼唤呢！

二

后来，路被一铁锨、一铁锨地铲宽了，两边栽植了大青杨。

铲宽的路，不仅可以走马车，还可以开手扶拖拉机。手扶拖拉机突突突一过，尤其开着的人故意踩大油门，机头便冒出一股很浓的油烟。那时刻，似乎天下的威风就属于开手扶拖拉机的人了。

收割机在麦田里收割着，我们在后面拿着镰刀，割收割机落下的零零星星的麦子。收割机不可能像人手那么利落，特别是边边溜溜割不到的地方。乡亲们珍惜土地、珍惜粮食，一个麦穗也不会丢弃在地里。他们记着老辈人的话，一颗麦粒要等一年。他们更朴实地懂得一个道理，啥时候没饭吃也会饿得慌。

我不知不觉地长大了，有一天沿着这条路，头顶着麦鱼子，脚沾着泥点子，走进了城里。

母亲飘动着几丝花白的鬓发，路边挥手笑着送我，沧桑的眼里充满了欣慰的泪水。

三

现在，故乡的路不知几时铺筑了水泥，平平的，光光的，宽宽的，甚至还画了白的、黄的斑马线。路两边灿烂着花草树木，如一道风景。我坐着小车，可以一直到家门口。莫说泥泞，就是尘土都很少扬起。

过去长满庄稼的田野，如今长满了果树，果树间套种些杂粮。压弯枝头的果子被城里人采摘去了，打下的杂粮故乡人却留着尝鲜。毕竟乡亲们不再仅仅为温饱活着，他们也开始追求生活的质量与品位了。

母亲年岁大了，告别生我、养我的那座老宅子，跟我到城里，一起过着城里人的日子，享受着儿孙一堂的欢乐。

四

未来呢，我不敢想象，也想象不出，故乡的路会是什么样子，故乡会是什么样子。

无论什么样，故乡的路也一定是：这头连着我生活的城市，那头连着我魂牵梦萦的故乡。

再回去，苍老的、小时的伙伴尚可依稀辨识，而小时伙伴那么大的孩子，在小时伙伴的怀里，一定会以陌生的目光打量我，甚至“笑问客从何处来”了。

那时，确实我青春已老，蹒跚的脚步再也走不回童年了。

2012 年 10 月 16 日草，即日改，17 日又改

刊载于 2012 年 11 月 7 日《京郊日报》副刊

盘阴萝村话李锴

盘山坐落于京津交界处，为天下名山。乾隆帝登临眺望，生发“要知有盘山，何必下江南”的慨叹。而平谷在盘山北，故称盘阴。盘阴有南山村，坐落在盘山脚下，散布着东罗庄等十多个自然村。我来东罗庄，村人告我有乾隆老师墓。此事过去从未闻说，也未见县志记载。

想乾隆帝曾钦定《盘山志》，即是乾隆老师，或许有记。便找来翻阅，发现“流寓”有李锴小传：

> 李锴，字铁君，号眉山，奉天铁岭人。以门功当袭职，病不就，好佳山水。晚卜筑萝村，课耕获以食。地居鹰峰之阴，又自号鹰青山人。山人通敏，工诗古文词，精力尤殚于经史，著述甚富。年七十卒，生前自筑圹于山居之旁。

看来村人所说“乾隆老师”，当是此人了。大概因其学问及影响之大，而如此称呼吧。所记萝村，即今东罗庄，只是两三百年过去了，村名略有变化。

李锴祖籍铁岭，为明辽东总兵李成梁李氏家族之后。生于清康熙二十五年（公元 1686 年），父李辉祖时任四川布政使，故其“生眉山”，且以此为号。李氏家族为汉军正黄旗，权势炙手可热，联姻多为满族勋贵，以致李锴竟成为大学士索额图之婿，康熙皇帝“连襟”“家世贵盛”。李锴 15 岁（虚岁）补授本旗官库笔帖式，为低级文职官员，两年后去职。再到南河效力，工竣议赐七品顶戴，也算不得要职。况且，就家境而言，17岁父亲去世，18岁岳父因参与皇太子之争，被圈禁宗人府，饥馑而死。这一切不仅使他失去了依靠，也一定对他的生活和仕途产生影响。

他性友爱，兄伊山、祈山仕不遂，前去伊山戍所探望。而祈山罢官还，无宅，将自己房屋相与。终因性情淡泊，不慕荣利，而辞官隐退。“移家潞河（即通州），潜心经史，凡六七年”。康熙六十年（公元1721年），因“养疾乎盘山”，喜欢上这里，托僧人藏山“购萝村，定居鹰峰北”。曾自述：“及长，十九走天下。中岁至盘山，乐之，遂卜居鹰峰之阴。”那年李锴36岁，盘山恰作了他人生的分水岭。在萝村期间，《清史稿》记载：“乾隆元年（公元1736年），举鸿博，未中选。”“乾隆十五年（公元1750年），诏举经学，大臣交章论荐锴公。”李锴已65岁，年迈有病，早无意仕途，故请辞。

李锴隐居萝村，构筑了简陋的屋舍，名“鹰青山堂”，为之作记，自号“鹰青山人”，后又称“睫巢”，语出《晏子春秋》，意为在蚊虫的眼睫毛上筑巢，以喻极小的处所。李锴简朴、平静地生活着，和山里人一块儿耕作，对特别穷困的给他们田种，也不要报偿。树上结的果实，与大家一起享用。所以，远近的人都知道他。还结交了一些朋友，吟啸畅谈，如《赠藏山上人序》所写，“二人者不设主宾，不计日，相思便来，兴尽便返者，三十年矣”，就是生动写照。

李锴生子一女四，四女陆续出嫁，次女嫁湖北巡抚刘殿衡之孙，三女嫁湖广总督石文晟之子。子浚德当未成年而早夭，“眼中无复有我子，号哭三月此心死。天乎哀哉，有如此”！李锴的悲怆之情倾泻于字里行间。妻亦在其67岁时，先他而去。晚年，如《与王兰谷书》所述：“今五十裁过三，且如八十翁。加之属者头屡眩，每发辄欲卧，不则仆。”“老病增剧，进退失据。”李锴大概患高血压或脑动脉供血不足等症，身体确实不是很好。《与陈畫公隐君书》再写：“今老矣，不复出户庭矣。食鼎不实其腹，耳足且缀矣。憧憧往来，没齿无与复何所几乎？”年岁大了，不爱出家门了，吃东西牙也没了。他在萝村的生活，尤其晚年，应该较为艰辛。《乞米东邻僧》亦言：“起来烟火断山厨，乞米东邻亦太迂。龙树久知离罣碍，鹿门犹恨有妻孥。古情质直忘宾主，法界虚空灭有无。一钵斋粮聊给日，慈悲能济范莱芜。”此诗写景、寄情、记事，当是其真实生活的反映。

当然，李锴的隐居生活也不尽是孤苦、凄凉，应该还有充实与快乐的一面，且注重关心民生民情。他与村人一起，看到夏至淫雨而忧心，“不识皇天意，空怜小麦秋。”“烟火迟方举，云霓湿未收。”但看到粮食丰收，他会欣然写下《喜麦熟》诗:“野色开千顷，炊烟起万家。夏衣饥不典，郫酒薄能赊。帝力信何有，民生良可嗟。无端种瓜叟，起舞葛巾斜。”当然他也感受着乡村淳朴民风，在《孤村》:“一杖全吾道，孤村见古风。理看生育遂，俗尚有无通。瘠土民无逸，山田岁不丰。侧身空谷底，天意放愚公。”有时隔山看望朋友，或者与邻人一起饮酒赋诗，如《雨后病起赴邻家饮》:“霜树争开锦，秋沙不惹泥。病翻嫌伏枕，晴即乐扶藜。理得形原赘，机忘物已齐。邻家邀痛饮，醉影咨东西。”有时想起友人，心头不免怀念一番，如《怀友人》:“射虎将军后，蹉跎坐白头。寸心持报国，多病习伤秋。霜雪苍鹰疾，关河老骥休。西风吹望眼，独倚仲宣楼。”怀念友人，也抒发了自己的蹉跎情怀。他在“鹰峰之下，部屋数间。长为太平幸民，咏歌盛德。保先人之遗烈，终于生之天年。幸甚，幸甚”！清人曾作《李锴独树图》，上绘一道溪水从远处曲折淌来，李锴身着灰白色长衫，脚穿青布鞋，坐在溪边一棵大树下，双目凝视前方，一派祥和、宁静，境界深远、空旷。粗大树干裸露处题语:“独树图，鹰青山人李锴自题，时年六十有五。”这应该绘出了李锴萝村隐居的瞬间情景。

李锴在萝村潜心研究经史，写作诗文。曾伏案 16 年编写一部《尚史》，又 3 年誊录成帙。因“素贫，不得刊布”。直至乾隆三十八年（公元 1773 年），待去世 18 年后，才得以面世。很快至纪晓岚手里，纪主持编纂《四库全书》，便将《尚史》收录了，今有传世。“凡八十余万言，贯左国之离析，补龙门之遗失。讫秦嬴，始于黄帝。班掾以下，莫能及也。”知之甚深的友人陈景元对此评价极高。

对其文章，民国时辑为《李铁君文钞》，收录七十余篇，主要写于盘阴，有赋、论、说、序、记、传、表等十余种，可谓诸体兼备、风格多样，兼采韩愈、柳宗元、欧阳修等众家之长。各体中皆有佳篇名句，但成就最高者是记、传两体。其中《倒影潭記》《鹰青山堂记》《焦明子传》《二陈生传》等，堪称其散文代表作。所写倒影潭，就在萝村西不远处，李锴所题“倒影潭”三个字尚存。

就诗而言，李锴一生应该写了不少，前期留存不多，主要是些游历祖国各地的寄情山水名胜之作。更多则是卜居盘阴后，友人唱和、身边景物、眼中人事、所思所感、大事小情、大景小物，几乎无不入诗。隐居三十余载，简直就是诗意的栖居！生前亲手结为《睫巢集》《睫巢后集》，现已收集一千一百余首。李锴自道：“野人居草泽，甚无事，遇物而孚，辄行歌以遣兴。然老眊得便随手弃，所记录者，岁不过四五千言。初诵之若可喜，经时自恶其恶，又削其三之二焉。所存既寡，其造诣且不逮。”前人评价其“诗古奥峭削，自辟门径，高者可比杜甫，次者不愧孟郊”。李锴曾集杜甫诗句成《集杜》一卷，可见对杜诗研究之深，说诗追杜甫或步其后尘，实不为过。

李锴“性喜疏散，不耐束缚”，终日以诗文相伴。“垂老临高可若何？百年强半付蹉跎。”“青山白发两如何，一室乾坤独寤歌。”“野老一甘成寂寞，……浊醪亦足慰蹉跎。”李锴将真诚的生命融注诗文中。随着时光老去，他日渐衰老，心境愈加苍凉，甚至不由地想到了死亡。他在《赠藏山上人书》中写道：“今藏山筑生藏涧之东，眉山亦为生圹鹰峰下。他日者两两入化，为云为水，是所以终投契之。”他很旷达，不忌讳生死，生前自筑墓穴于山居之旁，且请友人书写墓表，安排好身后事。直至乾隆二十年（公元 1755 年），李锴去世，享年 70 岁。

李锴学识渊博、品格清高，声望于朝野。散文大家、桐城派领袖方苞为之写《二山人传》，著名书画家、“扬州八怪”之一郑板桥亦有“落魄王孙号豸青，文章无命命无灵。西风吹冷平冲阁，何处重寻孔雀屏”赠诗，乾隆帝十一子、书法大家成亲王永瑆，书李锴《于阗采花》《杨叛儿》诗流传至今。不仅如此，李锴的《睫巢集》当时已传至朝鲜，朝鲜文人对其诗歌给予较高评价。李锴当时即被列为“辽东三老”之首，对东北文学影响至今。

李锴去世已两百余年，一直湮没于民间。机缘留我，将其诗文搜集、整理、校注、出版。李锴的《与王兰谷书二》曾道：“窃以为殁身之后，必有平生良友如三人者，为我掇拾。或了不相识，而复有李眉山其人者，亦未可知也。”我作其“平生良友”是不可能了，就做个“了不相识”的“掇拾”人吧。想李锴隐居盘阴写诗、作文、编史三十余载，我亦在家乡写诗、作文、编史三十余载。自知不能望其项背，而相似之经历，于冥冥敬畏中，或可感悟相通、心有灵犀。

2017年7月27日草，28日又改，29日改定于善书斋

刊载于2017年11月16日《京郊日报》副刊

核桃树下的王蒙

王蒙是我景仰的作家。见到他，是在燕山脚下，他的山里人家。那是一道山洼，三面环山，独南面豁缺，敞向太阳与蓝天。村边有条小马路，一端通向山外世界，一端通向燕山深处。小村不过三二十户人家，王蒙的家坐落其中，墙挨墙，脊挨脊，不显山露水。我不晓得他几时来这里的，并精心构筑了心爱的家园。院里一棵核桃树，他指着说："打我住进来，这核桃树就猛长。"想来，一定是树借地缘，也借人缘吧。而今核桃树已尺把粗细，枝杈伸张，亭亭如盖，荫蔽大半个院子了。

他非常喜爱这座小院，就是主持人杨澜采访也要来这里。平时，他只要在京城，就一定会过来，即使远在异国、远在他乡，心也时时惦念着。回来，一打开那扇门，一走到核桃树下，无论春雨、夏蝉、秋风，总使他遁入一种境界。"独坐深山忆旧时，心如明月笔如痴"，一人静静地坐着，没有任何尘嚣纷扰，天上地下，过去未来，悠悠思绪，便从心灵深处泛起。组诗《乡居》，写明月山后小憩而满天发光的星星；写有时流在石下，有时流在地上，沥沥潺潺溪断水仍连的山泉；写即使被山风劈成两股，也会再长出新的枝青叶绿的树；写垂下头来准备多年，请风尽情弹奏的风铃；写与他拉家常的小姑娘。尤其在《蝈蝈》中，他写道：

试图去捕捉，
他不逃遁，
只是唱着，唱着，

即使落入手心，

歌儿也还没有唱完。

这些作品，明眼人一读，就读出一定是在这里写的，一定写的是这里，借助有形无形的意象，融注沉思默想，抒发几十年的人生情怀，展示丰富多彩的心灵自白。这里使作家进一步成为了诗人。当然，不仅如此，只有高一学历的他，却能翻译外国作品、写散文随笔。长篇小说“季节系列”第四部，就是在这里搭好架子，写好最难的开篇的，剩下的则让人物推动着情节，天南海北走着撂着写了，完稿于北戴河。他曾著文：“大作家在哪里也是大作家。”用于自观，倒恰如其分呢。

王蒙喜爱这座小院，更喜爱这里的一山一水、一草一木。写作之余，常常朝一道山沟无目的地走去，往往能够发现世人不曾发现的风景。想唐代柳宗元谪居永州，寻山问水，虽写下传之后世的永州八记，终因其境过清，不可久居。难怪，柳是罢黜遭贬无奈而去，他则是自觉自愿欣然而来，不可同日而语了。时代不同、地域不同、心境不同，虽然都是大家手笔，但是笔下却不尽相同。永州因柳宗元而千古不朽，或许这不起眼的小山洼，就因王蒙之笔而名扬天下。记得初冬时节，我陪他登山半日。择一山羊踏出的小路起步，几分崎岖里，山一步比一步深、一步比一步高。山间尽是果树，有手指般细的，才栽的，也有腰杆般粗的，甚至树干成了空洞，便不知经历了多少春秋。一切都收获了，只有柿树枝头，摇曳着一两个大盖儿柿，红得夺目，棵棵如此。他端详片刻：“莫非纯朴的山里人，希望年年有余？”

山不知走了多远多深，每走一程，就有一程的境界，山石林木天造地设的图景，鬼斧神工的自然造化，总让人惊叹。惊叹之余，我这四十多岁的脚力都感觉累了，王蒙依然兴致勃勃，不时地扬起拐杖，指点江山。我却指着一块石头：“您歇歇吧。”他拍拍坐下，喟叹一声：“廉颇老矣，尚能饭否？”是慨叹青春焕发、欲有所作为却被打入生活底层的二十年，还是慨叹复出后奋力拼搏、二十年又倏忽流逝？不待我多想，他话锋一转：“什么地方不能歇得!”苦难噩梦中新疆的小泥屋里歇得;1979年回到北京,在夏衍曾住过的小院,亲手植花种树,花香果香里依然歇得;而在这山里人家,无需养鸟,自有鸟语盈耳,无需挂画,自与自然相接,徜徉其间,更是歇得!特殊的人生经历造就了他乐观豁达的性格,乐观豁达中却不失机智的幽默。他立身绝顶,侧身下眺小院,左手背拐杖于后,右手搭凉棚于前:“这样,像西游记里的孙悟空么?”在像与不像之间,我乘机拍下这转瞬即逝的情景。这张照片他很喜欢,收进了他出版的《我的人生哲学》一书以及中央电视台拍摄的《大家·王蒙》纪录片中。闲话时,他谈起小院的奇闻逸事:“屋有一百多颗杏核,趁我不在,耗子们一颗颗全叼到我枕头里,可能以为找到了一个极好的仓库。气得我在屋里放上粘耗子的帖儿。耗子真精,再也不来了,八成儿发现形势不对。”我被这份幽默不由自主地逗笑了,他也会心地笑了。

望着那轮虽已偏西,却依然灿烂满山的太阳,我们下山了,回到了王蒙无时无刻不深深眷恋的小院,回到了那棵他情有独钟的大核桃树下。他欣然告诉我,核桃树春天开了好多花,一串一串的,秋天结了好多果,一嘟噜、一嘟噜的。其实,他自己何尝不是如此呢?从写《青春万岁》时,就苦苦思索,放弃故事主线,探索文体创新。如果说是对生活的热爱而使他走向了文学,那么自他走向文学的那一天起,在中国文学和世界文学面前,他就没想画地为牢,而是以敢为天下先的精神,努力开拓艺术空间和精神空间。一个作品之所以有存在的价值,一个作家之所以有存在的价值,其中一个重要原因,就在于这个作品和这个作家有异于其他作品和其他作家。他重返文坛后,依然坚持自己的追求,包括意识流等在内的现代派小说实验,使他成为中国文坛上空一只翩翩的蝴蝶、一个高扬的风筝。应该说,他21岁时写《组织部新来的年轻人》,追求的是一种革命的、道德的理想主义,是一种青年的单纯,而经历了四十年风风雨雨之后,追求的则是一种公正、和谐与适度的宽容了。他精心构筑了季节系列《恋爱的季节》《失态的季节》《踌躇的季节》《狂欢的季节》四部,作品中所映照出的,是我国巨大变化中的一段历史。而历史不能老是重写,这恐怕是天心民意,也是作家笔下的神圣职责。最近,他出版了长篇新作《青狐》，在文坛引起极大轰动。人民文学出版社隆重推出二十三卷本《王蒙文存》，可以说，是他文学出道以来的集大成了。随后，作家出版社推出他用五年心血写成的长篇小说《尴尬风流》，被认为是探索中国人之“心”的一部奇绝大书，着实正强劲地“风流”着中国。读先生作品，感觉先生对人生、对社会、对世事，真的是看透了、看开了、看明白了，想说什么就说什么，想怎么说就怎么说，不再拘谨于时，不再顾虑于世，似乎已然“彻悟”了。人道先生“至愚”也好，“至神”也好，“从容”也好，“潇洒”也好，“睿智”也好，总之人活到这个份上，算是真正活出味儿来了。

世人公认王蒙的，或许首推小说，他自己也是把百分之九十的精力用于小说创作。可我觉得，他记叙人物的散文与评价作家作品的评论及其他一些随笔，以活跃而深刻的智慧、机智而幽默的思辨，产生一种与众不同的叙述方式，放射与众不同的文化华彩。如《我心目中的丁玲》《不成样子的怀念》《周扬的目光》等，在他整个文学创作中，我不敢说与他小说比肩，起码应该具有重要位置。而那本《我的人生哲学》，该“哲学”了多少读者；才出版的自传三部曲，展示了他非凡的一生，被誉作“一个人的‘国家日记’、一个国家的‘个人机密’”。近读《王蒙自传·半生多事》时，忽闻网上因先生自传而引发“汉奸”父亲的风波。至于因此而引起的“先生父亲原是汉奸”的风波，是非曲直，历史已经早有结论。有人以小说中的只言片语，断章取义，实属恶意解读。先生以坦诚而碰到了“阴暗”，自是无须介意，读者自有公论。

我曾想，王蒙对于文学的沉迷，对于感情和语言的沉醉，当是与生俱来的，也是无法挥之而去的。所以，他才把做三年文化部长称为“服兵役”，骨子里他是不可能完全变成一个规规矩矩的行政官员的，最终必然还要回归到作家文学这条道上来。迄今为止，他已创作出千万字作品，被译成几十种文字在世界各地出版，可谓硕果累累、著作等身了。而70岁后，他转而研究老庄，说“老子的帮助”也好，“与庄子共舞”也好，其实都是在“帮”自己、“舞”自己，要不他怎说是“老庄注我”呢？他的作品走了比他自己走得更远的路，走进了许多他没有机会走进的房子，拥抱了许多他还没有机会结识的朋友。这应该是他的幸运，甚至有人尊他为“大师”，他更是摆摆手，一笑了之。

站在核桃树下，王蒙向我挥手道别。记得孙犁说过：“文人宜散不宜聚。山居野处，方能出成果。”而不被名利缠绕，远离浮躁，于静寂之中，潜心创造无愧于人民、无愧于时代、无愧于自己的精品，或许这正是他安家于山乡的初衷吧。

2003年4月6日改，2004年3月7日又改，2006年7月6日再改，2010年11月19日再改，20日再改。2013年11月7日再改

刊载于2000年2月29日《北京日报》报刊

收入周彦文、萧重生编的广州出版社出版的《当代散文精品2000》

金海一日

刘白羽在 72 岁时畅览金海湖。

金海湖是京东名胜。老人头戴无檐帽，身披长衫衣，手拄竹节杖，徜徉坝上。远眺，鲜花一树一树盛开，桃花粉红，苹果花雪白，红如霞，白如云，灿烂着老人饱经沧桑的眼睛。老人大半个世纪的革命生涯，伴随着共和国的脚步一直走到今天。而当年在延安，亲耳聆听伟人毛泽东的讲演，使他大有“恍如登到高峰之巅，眼望辽阔大地，一切一目了然之感”。他在做着繁重的文艺领导工作的同时，笔耕不辍，散文《长江三日》《日出》，收入中学课本，成为我国当代散文的经典；晚年创作了长篇小说《第二个太阳》，荣获我国文学最高奖——茅盾文学奖。这如霞如云的人生在他眼前辉映而过。

转身，缓缓走向湖边，每走一步，那竹杖就把台阶敲出一声清脆的回响。湖水烟波浩渺，一碧万顷，偶尔，不知哪里栖息的野鸭，扑啦啦掠着水面翻飞而去。老人凝神半晌，深情地说：“太绿了！”记得老人曾登临天池，用一“静”字形容其美。甚至“不愿用一点声音，来弹破这宁静”。对金海湖呢，以一个“绿”字来形容，山绿、水绿，老人的心一定也被浸染绿了，其实当人真正融入大自然的造化，触景生情，情与景合，虽心有灵犀，却一切尽在不言中，再表白什么，都显得多余了。踏上游船：金海号。马达隆隆声里，荡入湖心。劈开的浪波，在船后久久没有恢复平静。不平静的湖面，忽然落雨了。细密密的雨脚，洒落湖面上，溅起朵朵亮晶晶的水花，似数不清的鱼儿，努着小嘴一齐喷喷喷地吮水。每朵水花下，都荡开一个涟漪，一个涟漪尚未散尽，另一个涟漪随后扩散开来。这雨来得悄无声息，而一把小伞一撑，就撑起湖上四月的天，那探入湖里的峭壁，那凌空欲飞的亭台，那直指长天的宝塔，在烟雨迷蒙中任老人如醉如痴地纵览。

雨点润润地打在老人身上，金海湖这多情的雨啊，莫非在为老人接风洗尘？老人太累了，才写完79万字的鸿篇巨著《风风雨雨太平洋》，耗费了四年心血。如此高龄写出如此巨著，在中外文学史上不能不说是个奇迹。老人顾视所来，动情了："写完最后一句话，我流下了眼泪，不知道是高兴，是激动，还是别的什么。现在想来，大概是我写的最后一部长篇了。那些人物的活动、历史的变迁，至今还在我脑子里打转。"老人望着湖水沉思片刻："写作就是要把血肉生命投入进去，如果自己都不感动，想去感动别人根本不可能的。"这确是老人一生写作的体验、成功的秘诀。老人瞧着远方，淡淡地说道："长篇写不了了，今后能写什么就写什么，要抓紧写，时间总觉不够了。""不用扬鞭自奋蹄"，恰是老人的真实写照。而雨依然殷勤地落着，洗礼着这位当代著名作家，要将老人一身的疲倦尽皆洗去，洗出一个焕发的青春来。老人善解湖意，深深地吸几口清新的空气，笑着："我今天是吸氧来了啊！"

"金海"号载着老人在湖中游弋。想38年前，老人家风华正茂，乘着"江津"号穿越长江三峡，山是两相对峙，悬崖陡壁，水是奔腾呼啸，砰然万里。那真是在惊涛骇浪中，领略祖国大好河山的壮美。我问老人当年的感受，老人朗然一笑，又微微摇头："险！"绝对是险，但"江津"号如那时的祖国一样，在舵手的指挥下，"从汹涌浪涛中掌握了一条前进途径，也就战胜了大自然"，战胜一切艰难险阻了。达观的老人把这战胜的过程喻为"像在一支雄壮而瑰丽的交响乐中飞翔"。这一"飞"，竟飞出《长江三日》这不朽的雄文。老人回忆道："记得我是趴在船上，颠颠簸簸地一个字一个字写出来的。"这是"江津"号的殊荣了。载着这份殊荣，鸣着汽笛"江津"号远去了，"金海"号正在湖面上平静地驶来。站着的仍旧是"江津"号上的刘白羽，虽英姿不减当年，怎奈时光流逝，鬓已飞霜了。人道文章老更成，刘老兴致勃勃，在"金海"号上，面对眼前的锦绣江山，面对着奔向灿烂的21世纪的伟大祖国，定会作一篇可与《长江三日》媲美的激扬文字的。

游历间，我向老人请教散文的写作。“散文最难写。”老人真诚地说：“散文很重要的是文字语言，它的魅力就在于中国文字语言能吸引人。通过优美的语言表达作者的哲思，打动读者的心灵。一篇散文总有一个地方要打动读者，如果一篇散文从头到尾没有一处打动人的，不行。”老人娓娓而谈，“前两天，女作家韩小蕙跟我讲了一句话，‘散文是来无影，去无踪’。硬让我写，写不出，要靠灵感，偶然得之。”老人略作停顿，继续说：“散文有各种各样的写法。有叙事性的散文，有抒情性的散文，有哲理性的散文。散文当中要有诗意，打动人的地方就在那点诗意。我最近编了一本《腊叶集》，从我所有的散文中精选了三十几万字，删掉了很多。我现在写的是比较精短的，与从前不同了，但还是比较抒情的。散文没有抒情不行。”老人望着我，语重心长地说：“散文是心灵的自白，是文学的基础，是一个作家的基本功啊！一个有崇高、圣洁心灵的人，才会发出崇高、圣洁的心声，从而也才能给予读者以熏陶与净化，使人从散文中提高自己的品格、品德与情操。”刘老散文以其雄浑、奔放、壮美的艺术风格，在当代文学史上占有重要位置，这番肺腑之言，当是老人几十年写作总结了，我这个散文爱好者要深深领悟才是。

“金海”号悠悠地靠岸了，等待老人的是满目青山的灿烂阳光……

2003年3月31日改

刊载于1998年9月号天津《散文》杂志、1999年2月号《青年文学》

后被收入《刘白羽纪念文集》

闲话林斤澜

林斤澜先生，虚岁80了，无论言谈话语，举手投足，真不像，说60，不管别人信不信，反正我信。

先生生于浙江温州，这些年来温州以经商闻名于世。先生虽然隔三差五地回故乡看看，但是却没有沾染上丝毫的商人气息，依然跃动着一颗赤子之心，甘于清苦、寂寞，痴恋着文学。

先生清楚地记得，抗战初年他离开故乡，参加新四军，在剧团里宣传抗日，由此以为自己该走戏剧这条路。1950年，创作出话剧《祖国在召唤》，反映抗美援朝生活。这是先生的第一篇文学作品，借此调入北京人艺任编剧，旋即又调入北京文联创联部工作，至20世纪60年代，终于成为专业作家，直至今天。所以，他的生活天地，一是故乡，一是北京。故乡是童年的记忆了，而北京却是他生活、工作、娶妻生子、事业有成之地。当然，也未能逃脱历次运动，所庆幸者，先生只是被下放郊区劳动，其地点恰是我的家乡平谷。以此论来，我与林老称得上半个老乡了。先生回顾山里劳动的情景，1972年大旱，百年不遇，挑水点种，山坡地，石厚土薄，水倒下去立马就渗没了。抗旱劳累，身体又不好，公社负责同志照顾他，要他到公社编快报稿子。他微笑着说："公社干部村干部对我不错，不把我当黑帮看待。"言语间是一种感激、欣慰与知足，后来索性回城休养了，及至近三十年后，在北京见到我，对平谷还是念念不忘、记忆犹新。

一个人有自知之明很不容易。最初先生想搞戏剧，搞着搞着，就觉得自己秉性不合此道，慢慢改写了小说，而且主要是短篇小说。真正形成自己的风格与特点，并产生广泛影响，终成一代大家者，是20世纪80年代后所写的“矮凳桥系列”和“十年十癔系列”，这都是60岁以后的作品。其创作高峰不应在晚年，怎奈中年不能写，一去不复返的宝贵年华被“浩劫”了。这些作品的题材多为农村生活或知识分子心态。一个贯穿性的主题，就是人，人的价值。知识分子的生活自然取自京城，而农村生活，一是取自故乡温州，另一则取自京郊，谁知哪篇就源于平谷呢？只有问先生自己了。而“系列小说”把长短各异的故事串在一起，人物也不前后贯穿，先生认为，这个品种有灵活的好处，因“材”制宜，写作中篇、短篇、小短篇都随便，合起来又是一个大题目。“系列”的办法，实是攻一点算一点，攻的点多了，或可想见大千世界。他这两个“系列”，就是先生精心创造的两个“大千世界”。著名作家王蒙曾写到：“林斤澜是一位有着独特的艺术追求的短篇小说家，他的小说写法，贬者或者以为失之雕琢，扬者则以为苍劲奇诡，独树一帜如‘沉思的老树的精灵……’除了继续一贯讲究谋篇布局、炼字炼句的‘怪味’以外，难能可贵的是此四篇中新生活的清新空气扑面而来，刁钻古怪之中洋溢着作家对于农村乡镇新面貌、新进展的由衷喜悦之情，几个人物和故事也各有特色。尤其是《溪鳗》，女店主溪鳗，写得水灵灵、活脱脱，读之有清水出芙蓉，天然成雕饰之感。”简直赞誉有加了，我想先生是当得起这种赞誉的。正是他“一贯讲究谋篇布局炼字炼句”所形成的“怪味”，才使他在中国当代文坛独树一帜，哪怕他从不曾扯旗树帜。如果当初先生执迷于戏剧，而无自知之明，不改弦易辙，那就一定不是今天的先生了。

先生所写，小说为主，散文与文论次之，综观几十年的近三百万字创作，六卷文集，小说居三，散文占二，文论席一，可见大略。而散文为先生步入人生老境之作，人生感悟，童年忆旧，亲情友情，自然名胜，终为大家手笔，多有佳篇妙文，如《春风》收入不同辞书选本。文论是先生“直感之言”，不同于理论家们的高深与宏论，或品名篇，或谈文体，或议技巧，或述心得，完全是思之所至，笔之所至，古今中外，引经据典，名言俗语，随手拈来，左右逢源，视若己出。先生曾道：一生奔波于战争年代，历经历次运动，万里路是行了，万卷书却未读得。品味先生文论随笔，才觉这是障眼谦辞，过去人说，大作家往往是大学问家，先生便是如此，而学问由思想所统帅，这一篇篇文论随笔，同小说一样，另鸣新声，不拘一格。

先生一生有两大爱好，一是爬山，逢山必爬，遇高必登，中国名山，差不多都“爬”遍了。山川形胜，历练筋骨，陶冶性情。而先生心脏不好，几十年前医生就给订了诸多“不宜”，他说：“若都遵守下来，我就不是我了。”如此达观，才是先生八十而不显的缘由了。二是饮酒。古来文人多爱酒，其中不乏酒仙。在中国当代作家中，林老便是名副其实的酒仙。茅台、人头马喝得，二锅头、老白干儿也喝得，就山珍海味喝得，捏几粒花生豆也喝得，不拘于酒、不拘于菜，有酒莫论菜，这八十年漫漫人生，自己也说不清究竟喝了多少酒，起码要论车论吨，而不能论斤论两了，家中书柜上，摆满了各式各样天南地北的酒瓶子，便是明证。我真怀疑，是不是天下之酒在先生腹中“发酵”，而滋润于小说，才形成其“怪味”的。他喝酒一定要尽兴，一次与老作家汪曾祺同行，餐桌上有酒，且喝了不少，但两位没喝够，碍于别人已撂筷儿离去，便把剩菜归拢归拢，带回房中，老哥俩你一杯、我一盏，有滋有味儿地重新喝将起来，且煮酒论文，逸兴遄飞。一天晚上，我与先生聊天，先生说：“陆文夫来了，调子有些悲哀。文夫这次会后，就不再担任中国作协副主席，他也八十了，他说以后到北京机会很少了，要与老朋友最后告告别，还说作家很少能过八十的。我也八十，从没想过那些事儿，干吗要‘最后’告别呢？想当年，我、陆文夫、汪曾祺、高晓声、叶至诚常在一块儿喝酒，已走仨了，现在只剩我们俩了。”第二天中午，先生与陆文夫及几位作家是好好喝了一顿酒的，且时时发出开怀的笑声。

先生说：“我想我是能过八十这关的。前辈作家里到八十来岁有的就封笔了，我不，我是小车不倒只管推，甭管哪天倒。”说完，他微微笑着，两眼望着天花板闪亮的灯出神。这时，贵州《山花》主编乘机向先生约稿，并说“您八十之作，很有意义。”先生点头，且向我一指：“他正准备写我的文章。”主编手拍座椅：“同您的小说一起刊发！”两个多月过去了，先生的大作想必早已写出，而我忙于琐事却耽搁至今。也不知我这篇小文是否写出先生一二，还要送先生过目，当然，去时不能忘了给先生带瓶老酒……

（2002 年 3 月 27 日）

附记：当我写完此文，与林老通电话，才知先生大病一场，且报了病危。先生挺过来了，现在家中输液治疗，且大有好转，只是还不能看东西、写东西。先生一定会康复的，这不仅仅是我的祝福。

（2002 年 4 月 20 日）

附记 2：现在先生很好，依然默默地笔耕不辍。

（2003 年 3 月 30 日）

刊载于 2002 年 10 月号贵州《山花》杂志

且说张中行

一

张中行是当代大学者。

先生今年 94 岁了，前不久我去家中叩访，言谈间虽说不复当年的敏捷，但依然思路很清晰，难得了。我带着先生的《负暄三话》，其扉页题记着当时买书的情景。先生饶有兴味地一看再看，根本不需老花镜。我问看得真么？先生点头。

末了，先生在书上欣然题下："柴福善先生驾临寒舍"，署名及年月日。一笔一画、一丝不苟，手虽略有颤抖，但字却清清楚楚，比照先生当年其他签字，几乎一般无二，当然，字里行间隐隐透露着的，是先生一贯的谦逊与平和。

望百之人，康健尚且如此，也是人生大幸了。

二

先生生于河北香河的一户农家，精心读书，不负先辈所望，终于由那条泥泞、坎坷的乡间小道，深一脚、浅一脚地走进驰名中外的北京大学。1935 年毕业，先生为稻粱谋，曾东奔西走，先后任教于中学和大学，最后落脚于人民教育出版社，从事编辑工作。

编辑只是先生的谋生职业，其实先生主要精力在治学，一生广阅博览，而且博闻强记，不仅涉及文史，还遍及佛学、哲学等领域，自诩为“杂家”，而杂中又较专者，先生认为是语文、中国古典和人生哲学。

先生与季羡林、金克木世称“燕园三老”。而今金先生已驾鹤西归，小先生两岁且已 92 岁的季老，与先生一样依然精神矍铄，且笔耕不辍。

季老称先生是“高人、逸人、至人、超人”，大概一指先生学识修养，二指先生为人品格，三指先生等身著作了。季老深知先生，其实，季老本身何尝不是同先生一样的高人！

三

先生生于帝制，长于忧患，又经历次政治运动，可谓饱经沧桑，历尽磨难。而先生寂然沉浮于社会一角，并未消沉，利用一切可能，潜心治学，淡泊为人，远离官场，终于在耄耋之年才情得以彻底抒发，真是厚积而薄发了。

先生自 20 世纪 80 年代以来，十几年间相继写了《负暄琐话》《负暄续话》《负暄三话》《禅外说禅》《顺生论》《说梦楼谈屑》《流年碎影》等著作，或写旧人旧事，或谈论学问，或研究人生哲理。其古朴文风，渊博学识，读来具有“五四”遗风，引起社会广泛影响，其作品一版再版，有“新世说新语”“当代中国论语”之誉。这种奇特现象被称作中国文坛“老旋风”。

可以说，先生盛年不盛，而晚年挥笔为文，以“忠于写作，不宜写者不写，写则以真面目对人”为信条。想古人面对人生的黄昏，只作“只是近黄昏”的无奈叹息，而先生挥写人生，竟把自己的黄昏涂抹得霞光满天、辉煌灿烂！

四

读先生文章，虽似篱下闲谈，却如行云流水、舒卷自如、潇洒雅致、博大精深。

先生本来学富五车，腹笥丰盈，负暄闲坐，冷眼静观大千世界，谈禅论佛，评儒议道，信手拈来，皆成文章。还是季老说得好，“这个境界对别人来说是颇难达到的。”而“在我眼中，也不过几个人。鲁迅是一个，沈从文是一个，中行先生也是其中之一”。

先生不以为然，淡而一笑：“趁着阎王爷下海经商，忘了我这老头子的功夫，忙里偷闲再写点东西。”这是大智者沉思之中没忘的一点幽默罢了。

五

有个男人，因妻子背叛了他，苦恼至极，思谋着离婚。

面对危机，这时那男人读了先生《顺生论》“家庭”“婚姻”后，幡然觉悟，毅然宽宏大量地原谅了妻子。先生的一本书拯救了一个行将破裂的家庭。

先生定是始料未及，若先生闻悉，是否欣然一笑呢？而心田当与那男人一起幸福了吧。

而后那男人以感激之情，作《张中行救了我一家》文，坦然道出事情始末及心底隐秘。

学高为师，德高为范。用于先生，不为过。

六

先生平日喜爱饮酒，尤其喜爱“二锅头”，是忍把浮名，换了浅斟低唱。

一位年轻人，因景仰而送先生一瓶“人头马”，可先生很不在意地随手置于墙角。

一天，先生从报纸得知这样一瓶酒竟要1800元的天价，便惊讶地端详那酒，喝一两就等于喝180块，先生实在难以下口；思谋送人又有巴结讨好他人之嫌，而卖掉换钱又觉对不起年轻人。先生由此想到时下谁人在喝“人头马”，喝者钱自何处来？

面对一瓶洋酒，先生就这样左思右想，由己及人，由眼前及社会，甚至忧起国与民。体现了先生“率性之谓道”的真诚人格，可算得先生的一桩轶事。

七

先生冬天爱穿一件小棉袄，很抱身，当是夫人亲手缝制。

先生曾吟咏诗句：“添衣问老妻”。对人言：“吃饭我不知饱，老妻不给盛饭，必是饱了。穿衣不知冷暖，老妻不让添衣，必是暖了。”几十年夫妻之情溢于言表。

夫人乃世家独女，清秀委婉，与先生同属猢狲，而年长先生一个半月，故先生亲切地称夫人为“姐”。夫妻两人相濡以沫、相依相爱地厮守了大半个世纪。

可惜夫人已先先生而去了。

八

先生是杨沫前夫，共同生活五年，后来由于“道不同”而分手。先生对此事一向不以为然。

杨沫名著《青春之歌》中塑造的落后、自私的知识分子余永泽，据说是以先生为原型。先生总觉自己一生缺点很多，受些咒骂应该。况且杨沫也曾向先生解释：小说就是小说，不该当做历史看。先生觉得是这样，可又想如果自己写小说，不会这样做。

“文革”中，来人找先生调查杨沫，无论怎样威吓辱骂，先生一直坚持认为她直爽、热情，有济世救民的理想，并且有求其实现的魄力。她后来得悉，想不到先生不仅不落井下石，还为她说好话，深表钦佩。

这就是先生的品格与襟怀。

后来，读先生的《流年碎影》与杨沫的《青蓝园》，都谈及这段爱情，还是先生所言：“共参之”吧。

九

先生学名张璿，字仲衡，念小学时老师给拟的，语出《尚书》的“在璿玑玉衡，以齐七政”。怎奈这字难认，直到北大毕业，自己欲放弃学名，又不忍心另起炉灶，便删繁就简，去仲字人旁，衡字游鱼，成为中行。

当然，“中行”也非无源之水，无本之木，《论语》有“不得中行而语之，必也狂狷乎”之语，仍未离开四书五经。

这是先生自己说的，先生晚年曾刻一枚闲章：“中行无咎”，语出《易经》，是否更符合“中行”本意呢？先生没说，我也不好妄猜。

十

先生兴趣广泛，自己说主要是两项，一是书法，一是藏砚。

先生早年曾钻在故纸堆里，看了不少讲书法、评书法的书，后多有临池。其作品还曾在中国美术馆与书法名家启功、欧阳中石等一起展出，我家中至今珍藏着一幅先生书写的古诗。到头来，先生却一言以蔽之，说自己“学书不成”，并“归罪”于自己是“生来的左撇子”。

那么，先生写出的具有卓识与深情，且风格之奇、文笔之高，为当代所罕有的文章，不也出自同一个“左撇子”么？先生曾拿出才写完的手稿《螳螂》，一页一页翻着让我看，文面干净利落，只偶尔涂改，也是改的一丝不苟。先生笑笑，“这还算乱的呢。”告诉我写东西想好了一稿成，不再誊抄。这一稿成的文章且不许编辑改动，担心改错了。这就是先生，一般人谁有这般定力呢？而这一稿成不也是“左撇子”所为？

藏砚。对砚，先生自有独到眼力，当然还要辅之以手，而且主要是左手食指，所谓眼手齐下，从石质、形制、款识而辨识出高下。不仅冰冻三尺非一日之寒，简直有半个多世纪了。先生一生究竟有多少藏砚，先生没透露，我自然无从得知。而先生请篆刻名家为自己刻一闲章：“半百砚田老农”，可约略渗透些家底。

我与先生坐，先生随手取出一方古砚，略长，手掌大小，好像记得先生说是端砚，可惜我那时对砚一无所知，便未能细听先生砚经，机不可失，时不再来了。而先生在 88 岁写《铁砚斋赏砚记》时，还说“我就年岁已经是‘及身散之’的时候，可是如果阅市遇见，价钱为力所能及，也许仍会倾阮囊，高高兴兴抱回家吧？”先生无疑对砚是一往情深了。

“不为无益之事，何以遣有涯之生？”这广泛的兴趣就是先生的闲情。孙犁先生曾说，“人不能没有闲情。”而这些闲情或许在无形中成就着先生吧。

十一

先生几次来我的故乡京郊平谷，陪着先生游览名胜金海湖、大峡谷。十多年过去了，先生 94 岁高龄，见到我，还清楚地记得：“我们看了一个很大的湖”。

过去北京有“五顶两山”之说，“两山”，即京西妙峰山、京东丫髻山。丫髻山就在平谷，北方著名道教胜地，兴于元，盛于明清，康熙、乾隆等皇帝多次驾临进香。先生步前人尘迹，上了丫髻山，那年恰巧 84 岁。先生走到山腰回香亭，便手搭凉棚，向山顶眺望半晌。

先生一定系念山顶，而力已感不足了。下山，俯身拾得一块丫髻石，不经意竟被先生写进《自欺而不欺人》的文中：“于是我为的无益之事就只能是，用佛家的话说，诸无情。这可以高，如古名人的书画，可以低，如最近由平谷县丫髻山拾来的猪肝色带青花的石块，等等就是。”

区区一块顽石，有幸入得先生笔下，润了先生灵气，也当自豪了。不仅如此，先生当时下山歇息，略一沉思，在一张名片后写了“束髻得道，没齿成仙”。不久，又寄来一联：“地府惩顽神道设教，仙山兴善世风趋淳。”先生对丫髻山情有独钟啊！

这联早已镌刻回香亭了，而那“名片”，我依然珍藏着。

十二

说先生博古通今、学贯中西，并非夸大与溢美之词。

到底先生学问有多大？陪着先生，听先生古今中外、天上地下、天南海北随意谈天，根本就不知先生学问有多大。那就一本本认认真真、仔仔细细、从头至尾读先生作品，读后更不知先生学问有多大。老子有“大象无形”之语，语于先生再恰切不过了。而先生以为“一事无成两鬓斑”只好“安之若命”了，当是先生“欲立而立人，欲达而达人”的自谦。

先生毕竟已94岁高龄，近二十年来，几乎已把一生的所思所感所历都写尽了，可以释怀一切，微笑着安享清福颐养天年。按先生“中寿几十年，上寿近百年”之说，先生无疑已属上寿。“一生那有真闲日，百岁应多未了缘”。先生每一念及这清人诗句，不禁为之慨然。

人生总有遗憾，而先生则遗而无憾了吧？

2003年12月15日草，16日改

刊载于2004年4月号贵州《山花》杂志、2005年11月10日《人民日报》(海外版)

刘恒：以蘸水笔写作的人

蘸水笔为20世纪五六十年代所使用，后来随着钢笔的流行，蘸水笔自然就逐渐退出历史舞台了。不曾想，在当今电脑早已走入寻常百姓家的时代，尤其在以写作为生的作家中，竟然还有一人津津乐道、乐此不疲地执著使用，而且近日就以蘸水笔给我写来一封文学手札，其中写道：“我们所要做的仅是所能做的而已，不必怀有奢望，却必须怀有豁达与仁爱之心。在寂寞中垒筑灵魂之塔，仅此足矣！”活脱脱道出作家心灵的自白，这就是刘恒！

刘恒是当今最具实力的作家，虽然童年生活于京城，但是不会忘记京西门头沟老家，终究骨子里是山民的后代。说实话，他长得不够白净，有父母的遗传基因。而祖籍是座大煤窑，煤黑恐怕早烙印于血脉中了。灯下读他的小说《黑的雪》《苍河白日梦》，眼前总会闪现一团“黑”，大概是故乡煤的影子了。

看上去，他长得不算年轻。当年留有胡子，不是美髯公、不是马克思那种，只是稀稀的山羊胡子，后来老觉笔下不顺畅，索性把胡子刮了，省得有事没事拿手捻。就那样，走在大街上，老太太无意间指着儿子问：“您孙子？”直使他气撞脑门，可又不能对老人撒火，便默认为是了。其实，不年轻就是老成。我读刘恒小说，包括散文、随笔，如同他这人一样，很老成，表里如一。文如其人、名副其实。

那年《贫嘴张大民的幸福生活》一出，即热读于平民百姓间，一时间使洛阳纸贵。而媒体不甘落后，先后拍电影，改编电视剧，推波助澜，引起社会强烈反响，人称“张大民”现象，甚至把那年称作“张大民”年。张大民很贫嘴，是城里、是乡间那种不可或缺的“活宝”。但这“活宝”很不一般，困境下毅力坚忍，挫折前精神乐观。有人说，大民是当代的“阿Q”，那是以这部小说与鲁迅的作品相媲美了；也有人说京味文学前有老舍，后有刘恒，那意味着他够得上大师级了。也许刘恒自己从来不这么认为，心底因此不会沾沾自喜，更不会狂傲自满。所以，须静静里品读刘恒的那些小说、那些文章，非常本色，没有古今中外引经据典、海阔天空花里胡哨，一切全从心底泉水一般淌出，读着舒服，读着熨帖，如瓦屋纸窗下饮一壶高粱酿造的老酒。

诚如刘恒所言，写作是寂寞的，而他就是在寂寞中自得其乐地苦心经营着小说，当然近年来也涉足影视，更涉足话剧、歌剧，甚至涉得一发而不可收，比如《窝头会馆》，比如《山村女教师》。打个庸俗的比喻，对于刘恒，如果说小说是妻，那么影视及歌剧、话剧则是妾，他是当仁不让的“妻妾成群”了。写作不仅是他的一种爱好，更是他的生命。世风重实利，也重势力，一些人甚至认为小说已是无用的别名。可他始终坚守着文学这片净土，捏着笔写下去，不写就觉得浑身不得劲，甚至觉得活不下去。他深知：以笔为命的人，不怕无才，最怕的是失了血性，丢掉对事物的感受力。他喜欢清静，喜欢独处，以为读书、写作是人生的一大乐事与善事。

一次我去看望刘恒，他送我两本书，一本《拳圣》，一本《乱弹集》，尤其后者，他告诉我，要说的话全在里边了。签名时，但见他从里屋拿出一盒蓝墨水、一支蘸水笔，蘸一下墨水，翻开书皮，在扉页整整洁洁地写上“请指教”之类的谦逊话语及名字。他是写两三个字就要蘸一蘸，蘸上墨水时还要贴着瓶口“杠杠”，以免蘸墨水过多弄得驷马四片。写完，将笔依旧插墨水盒上。什么年代了，还用蘸水笔！我好奇地探究，他说使蘸水笔写作，在纸上总有一种“刻”的感觉，很舒服，文思也顺畅。一用钢笔写文字就开始唠叨起来，假若用圆珠笔经常是废话连篇。想周作人以毛笔写作，一直写到八十多岁。全是个人习惯使然，一旦养成很难改变。在王蒙、刘心武等大换笔时，刘恒也不失时机地置办了一台电脑，怎奈手不随心，担心一旦以电脑写作，字里行间会有相同软件的味道，那台电脑也就搁那儿成了摆设。

如此看来，刘恒四五百万字煌煌著作，竟是以蘸水笔一字一句写出的了；一个个独具个性、光彩夺目的艺术形象，竟是以蘸着墨水的笔尖一笔一画深深浅浅、浓浓淡淡、丰满生动地“刻”划的。这在当代中国文坛，自是一道独一无二的景致。

2010年5月20日草，21日改，22日又改

刊载于2010年6月14日《人民日报》副刊

收入《人民日报》2010年散文精选《智慧不会衰老》

樗树下的止庵

止庵，笔名，发表随笔用的，还有一个，方晴，发表诗及小说用的。他总觉诗与文是两回事，诗是情感的外化，文是心境的外化，前者不宜涉理，后者不宜抒情，所以有这个区别。早年发表一百五十余首诗、十余篇短篇小说和一部中篇小说，现在不写这些东西了，“方晴”也就销声匿迹、无影无踪了，而今大报小刊，他随笔不断，“止庵”便逐渐为世人所熟识。

他原本是学医的，当过医生，做过记者，后来随波逐流，也曾“弃文从商”，到一家外国公司当雇员。而下班之后，或休假的日子，还是想读一点书、写一点文章，这才明白，对于他，骨子里的“文”是弃不得的。现在，终于下决心不再给人家当“伙计”了，宁可赋闲在家，想集中精力，好好地读书编书、写书。他的父亲是著名诗人沙鸥，应该说，他从文是承继家学。他写了很多的诗，几乎每一首诗都经过了父亲的修改。在父亲的鼓励下，他写起随笔，竟一发而不可收。他认为，好文章有两种，一种是别人家的好文章。他在思想上受庄子和卡夫卡影响最大，世界观多得之于卡夫卡，人生观多得之于庄子，两家的文章他非常喜欢，却学不来。另一种是自己家的好文章。《论语》是，周作人、废名的作品也是。尤其周、废师徒两人的散文，最令他心仪，潜移默化地学习，学习中还编辑了《周作人晚期散文选》《关于鲁迅》《废名文集》。他说好文章就像一个人聊天一样，而最不喜欢的就是作态的文章。写文章不是演戏，不能拿着劲，老老实实说自己的话，本色才是文章上品，述而不作是文章最高境界。他写的主要是随笔、散文。他觉得散文家之所以成其为散文家，首先应该对历史、社会和人生有他自己一番独立的、深入的思考，应该有个思想家的底子。这当是他的“夫子自道”吧。并且说：“这几年间我悟得一个道理，叫做‘史论皆文’，即是说我们看好的散文，除了二周以降诸家之作外，还可以到20世纪20年代至40年代的文史方面的论著里去找，把这些合起来看，会发现我们的白话散文堂堂正正走的一条正路，而且结实得很。”对于认识散文，不能不说是一种新的眼界。这多年来，他这么看，也这么写的，至今已创作出100万字的作品，出版《樗下随笔》《如面谈》《俯仰集》《樗下读庄》《画廊故事》《六丑笔记》以及诗集《如逝如歌》。最近，有评论家写道：“值得一提的是，京派散文在当代的复兴。知堂、废名、李健吾曾是北平时期很重要的散文作家。五十年代后，这些超于功利，沉于纯粹审美静观的艺术，中断了多年。八十年代，随着张中行、谷林、止庵等人的出现，‘苦雨斋’式的散文，有了很大市场。张中行谈老北大，以及记人忆旧之作，有知堂遗风；止庵的随笔老到平和，兼得苦雨翁和废名的神力。”可见他作品的影响力了。

他的业余爱好是看画，而最大兴趣则是看书。小时家里藏书颇丰，无奈“文革”中被抄去烧掉了，书架上仅剩马、恩、列、斯、毛的著作，以及一套《鲁迅全集》和《十万个为什么》。他的许多历史知识，便从《毛选》注释中获得。那套《鲁迅全集》，1946年版本，二十卷，翻来覆去地读，那时他不过十多岁。及至后来认认真真地看了周作人作品后，认为周作人首先是思想家，然后才是文学家。而两家文章不觉得那么对立，同样爱读，哥哥是诗人，弟弟是学者。他多年来自称用心读的只有两本书，一是《庄子》，一是《论语》。从1986年至1996年，《庄子》起码读有十几遍，把不同版本对照着，并记下读时的感想思绪，整理后，就是东方出版社出版的近三十万字的《樗下读庄》。精熟到若谁随意提及《庄子》中一句话，他可立即点明出自某篇。做学问总要有自己的依靠、自己的园地、自己的看家本事，他的依靠、园地、看家本事，就是《庄子》和《论语》。他认为，俗话说：“十鸟在林，不如一鸟在手。”其实如果只读一两本书，不行，要有一定的量，在此基础上，才能够挑选一两本或几本与自己气质相近的作品，所谓“一鸟在手”。不仅思想上与之默契，而且文体上对自己也是一种影响。他读书，古今中外，喜欢的东西非常多，包括与自己文学趣味有差异的书，只要真好，一样喜欢。拒绝的非常少，除非是作态一路的东西。对于阅读，他确有自己独到的眼光，所创作的大量随笔，其实就是读书过程中的感受，因而多与读书有关，便很自然了。他现在有整整十四柜书，一两万册，几乎都是近二十年来积攒的，毕竟父亲的书是毁于“文革”了。刚开始有书读时，他总是早早地到王府井书店前等候，一开门，即随人群蜂拥而入，出什么买什么，买什么读什么，起初是出书的速度赶不上读书的速度，渐渐地书出的多了，买的多了，以至读不过来了，现在正经读过的只有一小部分，他最大的愿望，就是今生能把所买的书读完，他的愿望应该不会落空。他深知，鲁迅、周作人一辈的作家，不仅懂国学，而且懂西学，读外国的东西不靠译品，直接读原著，领悟其精髓神韵。经历“文革”的人不用说了，连读中国的古典文学都很吃力。70岁以下的人应该好好读书，多年来一个运动接一个运动，不能静下心来认真读点书，好好研究点学问。或许这正是当今文坛，大师级作家很难出现的缘由之一吧，无论如何，沙漠上是建不起高楼大厦的。

止庵，原名王进文。他有一习惯，签名用左手，我是尚未见他右手写字的，平时作文是否也是？读他那些文章，甭管长短，甭管写大书小书，品评大人物、小人物，总觉娓娓而谈、举重若轻，想必左手之功了。记得他家房后有一株樗树，俗称臭椿树，昔人有言：“黄连树下弹琴”，他在樗树下读书作文，而且用以名书《樗下随笔》《樗下读庄》，不知以后还有什么《樗下……》问世呢，可见对樗树他情有独钟了。如今他已离开那座住了多年的平房，搬到高高的楼上，房后那株樗树却一刻不曾离开他，且时时荫蔽着他，因为樗树根早深深扎在《庄子》里了。

附记：《庄子·逍遥游》中有关于樗树的言语，止庵在《樗下随笔》自序中，有关于庄子之樗树与自己之樗树的述说。

2000年6月24至26日草，2003年6月19日改

刊载于2001年5月6日《北京日报》副刊

6月5日《作家文摘》转载

沈从文：一本耐人寻味的书

我不曾见过沈从文先生，因做文物工作，便淘换了先生的《花花朵朵坛坛罐罐》一书。而知道先生，是由于我在平时的写作与阅读中，很喜爱汪曾祺先生的作品，汪先生作品里每每提及恩师沈先生，便爱屋及乌，寻根溯源了。

这本《花花朵朵坛坛罐罐》并非先生代表作。若以新中国成立划界，成立前，他是一位影响很大的文学家，其作品当以《边城》《湘行散记》为创作高峰，以致在“文革”结束，他沉寂多年后，中国文坛再次掀起“沈从文热”，甚至有“诺贝尔文学奖提名”之说；成立后，他一心置于文物间，甘于寂寞，潜心研究，竟一跃成为文物专家，那部受周恩来总理嘱托而精心编著的《中国古代服饰研究》，为服饰研究的扛鼎之作。

览阅《花花朵朵坛坛罐罐》，为先生文物与艺术研究文集，或谈铜镜，或谈瓷器，或谈花边，或谈织锦，或谈穿着。先生研究文论，非同一般专家学术著作，绝没有刻意的艰深与古板，终究先生是从文学领域破门而出的，恰如汪先生所言，将“抒情气质和科学条理完美地结合起来”，缜密中自然透着生动了。甚至觉得，那每一篇文章就是一篇绝妙的文化随笔或小品，如写“跑马节，是在云南昆明附近乡下跑马山下举行的……来自四乡载运烧酒的马驮子，多把酒坛连驮架就地卸下，站在一旁招徕主顾，并且用小竹筒不住舀酒请人品尝。有些上点年纪的人，阅兵点将一般，到处走去，点点头又摇摇头，平时若酒量不大，绕场一周，也就不免给那喷鼻浓香酒味熏得摇摇晃晃，有个三分醉意了。”先生之作，文采与文论融为一体，别具一格。他尝言，“这份工作和前半生搞的文学创作方法态度或仍有相通处”，自泻天机，起码文笔无疑具有文学根基了。

先生文章常从大处着眼，将具体事物放到历史与环境的大背景中，如“中国海岸线长，江河湖泊多，鱼类品种格外丰富。因此人民采用鱼形作艺术装饰图案，历史也相当悠久”。接着便娓娓而谈鱼的图案艺术。研究中他提出文史必须结合文物，以文物证实文史，而不能光埋在文献堆中寻章摘句。当然，他在文中面对文物，又是由古及今，引经据典，大雅之言，乡俗之语，根根卯卯，枝枝杈杈，从头到尾说个明白，有时一文里竟引用几十部典籍。我学也孤陋，好多典籍不但未曾看过，甚至根本未曾闻说。真慨叹先生才学，什么事只要到他笔下，定是举重若轻，旁征博引，左右逢源，得心应手，随手拈来，兴味盎然，让我辈很难望其项背，只能望尘莫及，仰之弥高，自愧汗颜！先生平日轻声细语，一副笑容，但对学术之争，却敢于质疑，勇于直谏，通过实物，举证论理，令人不能不信服，不能不心悦诚服！

先生是湖南省凤凰人，自称是从一个地图上不常见的最小的地方来的，这地方就是汉代五溪蛮所在之地，再“小”再“蛮”，也因他而大得天下谁人不知，何人不晓？以至成了一座历史文化名城。其实他仅小学毕业，对外总讲“是一个没有读过书的人”，当过兵，20 岁闯荡北京，连标点符号都识别不好，竟开始了自学写作，二十多年间，写了四十多本小说和散文，奠定了现代文学史的不朽地位。其间，先后进入青岛大学、西南联大乃至北京大学任教。他树立了一座文学丰碑，但后来改行了。到底为什么改行，是否有“君子得其时则驾，不得其时则蓬累而行”之意，我不知道，且个中缘由也很难说清，就连最了解他的汪先生都称之为“谜”。无论如何，先生一定是个大智者，远离文学，以后半生心血，转而在文物研究领域又悄然筑造了一座巍峨的丰碑！可以说，无论文学创作，抑或文物研究，先生都是出于对中华民族悠久历史和深远文化的挚爱。当然，置身于文物，不可能彻底忘怀苦心经营了半生的文学，连毛泽东主席接见他时，也勉励他“年纪还不老，再写几年小说吧。”他虽是感激得眼睛发潮，心里也时常藕断丝连，而最终却没有“连”，当是文学的遗憾了。不过，既是智者，就不会让才学付之流水，纵观其前后半生一样光照日月！

先生在86岁高龄，人生旅程即将走到尽头时，自言："我最不需要出名，也最怕出名。写了几本书有什么了不起？何况总的说来，因各种理由，我还不算毕业，哪值得夸张！我现在尽量做到不为外人所知，而达到忘我境界。"先生可以忘我，世人却永远不会忘记，如我，于写作，要拜读先生文学作品；于工作，先生的《花花朵朵坛坛罐罐》这本"小书"也会置于案头，时时"就教"先生。因为先生的学问、先生的品格尽现其中，堪为师表！这终究是一本耐人寻味的书，其实先生一生何尝不耐人寻味呢！

2003年2月23日草，2011年3月修改

刊载于2003年3月7日《中国文物报》副刊、2011年3月20日《光明日报》

我读《世说新语》

家有几种《世说新语》，作为藏书，当然不可能一一细读。但就疑难处，打开几本于案头，对照之下，疑难往往豁然而解，甚至“豁然”出新意，则是意外收获了。

《世说新语》，南朝刘义庆以小说家笔法，记述魏晋间事，虽为片断，每每多者百余言，少者十数字，但择典型言行，精彩细节，一代人物，百年风尚，便尽现笔底。“记言则玄远冷峻，记行则高简瑰奇”，鲁迅先生所言极是。

别人可从“人欲危己，己辄心动”“眠中不可妄近”中，品读曹操残忍、狡诈、多疑；也可从“天地为栋宇，屋室为裈衣”中，品读刘伶纵酒放达；还可从“东床坦腹”中，品读王羲之自在洒脱。或做正史补充，或做品行借鉴，或做文章内容，或做酒后谈资，不一而同。

我读此书，除上述外，更注重语言。那些如“登峰造极”“咄咄怪事”等发源于此的成语及所用典故，不消说了。从写作角度，对其中朴实、简练又意味隽永的叙述描写，欣赏不已，并默诵于心，运笔时常以为比照。“陈仲举言为士则，行为世范。登车揽辔，有澄清天下之志。”“从山阴道上行，山川自相映发，使人应接不暇。若秋冬之际，尤难为怀。”读来感觉舒服、自然，难以想象写于一千多年前，竟文如白话。想陶渊明《桃花源记》亦如此。曾览《明史》，当朱棣率兵攻入城中，“都城陷，宫中火起，帝不知所终”。且不说建文帝下落如何，就这无可挑剔的笔法，总令我回味。看来，古人言语间大概也不都之乎者也。

这么说，并非我复古，只是非常喜欢这干净、利落、朴实、自然的语言，且以为是语言的一种极致，很难达到的一种境界，并有意无意作为自己语言的一种追求。一个写作者应该注意找到自己的语言，形成自己的语言风格，不能写一辈子，没有自家的语言、自己的路数。

2003年7月5日草，6日改

刊载于2003年7月24日《宁夏政协报》、9月13日黑龙江《老年日报》，9月17日《中国剪报》转载

西厢笔记

题记：十多年前，曾集中一段时间读了些国外名著，本想系统地多读一些，因诸种原因而搁下了。当时随手零碎地记下一些感受，后稍加整理，就成了这些东西。

至于称为“西厢”，皆因我当时工作的地方，就是坐东朝西的一座厢房楼，实与典籍《西厢记》无关。

海明威与《老人与海》

一

《老人与海》是美国小说家海明威53岁之作。对于他62载人生历程，当是晚年了。恰是这部作品，他获得了诺贝尔文学奖。

当然，他创作的不止这一部，还有《在我们的时代里》《太阳照常升起》《永别了，武器》《有的和没有的》《丧钟为谁而鸣》等多部，那部《永别了，武器》，表现了大战后青年一代的幻灭感和失望情绪，成为“迷惘的一代”文学流派的代表作。

他之所以能够获此殊荣，瑞典文学院认为，是“由于他在近作《老人与海》中表现出的精湛的小说艺术，以及他对当代创作风格的影响”。

他享誉了世界。

二

他生于芝加哥市郊的橡胶园。父亲是医生，母亲希望他继承父业，可他没有继承，却勇敢地走出国门，两次参加世界大战，曾受重伤，身上一次中了 237 块弹片。他也曾到西班牙看斗牛，也曾到非洲打猎，也曾到古巴钓鱼。去乌干达途中，所乘飞机两次失事，而他竟奇迹般得以生还！

这些传奇般的经历，是他创作随手提取的素材。

其实，他不应止于 62 岁，怎奈在多种疾病的折磨与困扰下，这位“硬汉子”以猎枪过早地结束了自己的生命。当然，也有人认为，海明威并非死于对疾病的绝望，而是精神境界到了极高处的孤独与虚无感，让他提前结束了自己的性命。这是从另一个层面来认识作家了。

他的父亲也是像他这样死去的。

三

人们评论他的作品，说他一个短小的故事，经过反复推敲，精心剪裁，以简洁明快的语言、精致的构想，一下就能抓住读者，让人们获得极鲜明、极深刻的感受。

读他的作品，总能给人以启迪，字里行间凝聚的东西，远远超过字面所表现的内容。

《老人与海》无疑就是这样的典范。

四

《老人与海》写老渔夫桑提亚哥驾着小船，独自在大海里捕鱼，以致 84 天一无所获。后来，终于捕到一只大鱼，却被鲨鱼吃掉，得到的只是一副骨架。

这部作品展现了人的命运，讴歌了人类不屈不挠、不畏艰险、不怕失败、勇于进取的精神。

五

人难耐的是孤独是寂寞。

老人在与大鱼搏斗中，没有谁与他做伴，他想说话，只得与自己说，与天上的鸟儿说，与吹过的风儿说，与海里的鱼儿说，以此来排遣内心的孤独与寂寞。

无论对什么说，最终也是对自己说，是一种内心独白。

这种独白不仅在大海上放飞着老人自由的思想，深刻地刻画着老人的心理与心境，而且编织着情节的斑斓，推动着情节的发展。

对于送他出海等待着他回去的那个孩子，老人每每极端困难时，就会想起，并喃喃地说：要是孩子在这儿多好啊。也只能这般想想而已。

六

记得鲁迅说过，成功的作家通常描写他周围最熟悉的人和事，而不是看到、知道一点点就随意动笔的。

海明威太熟悉钓鱼了，因为他酷爱钓鱼。同样酷爱钓鱼的父亲，在他不到3岁时就给了他一根钓竿。他经常居住在古巴哈瓦那，在那里和当地人，甚至与古巴人民领袖卡斯特罗一起垂钓。因而他创作的《老人与海》的背景，是那片远离了哈瓦那灯火的大海，就不偶然了。

海明威的儿子回忆往事，说："我父亲除了写作之外，最大的爱好就是在海洋上垂钓，他把垂钓视为他生命的一部分。"正是如此，他才钓到了感悟，钓到了精神，而最终钓到了一部不朽的世界名著！

七

老人历尽千辛万苦，获得的只是一副鱼骨架。

那盼望的孩子悄悄来看他，他告诉孩子：让人把鱼头切碎了做鱼食吧。

剩下的鱼骨成了垃圾，海边悠荡，等着潮水冲走。

这副鱼骨架，对于老人意味着什么呢？大概无胜利意义可言，只是象征精神的胜利吧。

八

这部小说真正体现的是一种不怕失败的“硬汉子”精神，而书中那句话，早成为传世名言：

“一个人不是生下来就要被打败的，你可以把他打死，可就是打不败他。”

“人尽管可以被打死，但却不能被打败。”

“可是一个人并不是生来要给打败的，你尽力把他消灭掉，可就是打不败他。”

“人生来就不是为了被打败的，人能够被毁灭，但是不能够被打败。”

“一个人并不是生来要给打败的，你尽可把他消灭掉，可就是打不败他。”

“人不是为失败而生的，一个男子汉可以被毁灭，但不能被打败。”

这些相似而不完全相同的一句话，是据我手头资料所摘录的，不同人翻译所至罢了。而海明威应该只有一个说法。

“人生来并非要给打败的，可以被毁灭，但不能被打败。”这样是否更简洁明了些呢？我不懂外语，只是将这些说法稍加整理而已。

九

对于这部作品，当然是海明威最满意的一部。

他曾说：“非常艰难。”到底艰难到什么地步？他自道：“我读过两百多遍手稿，每一遍都给了我新的启发。”读两百多遍，就意味着修改了两百多遍，可以想见，其成功的背后，作家付出多少艰辛！

付出艰辛，就会有回报。全身心地付出，就会得到最终的回报。他付出了，他也得到了。当他拿起这部书时，就仿佛觉得终于找到了毕生追求的东西。因此，他自豪地宣告：“这是我一生中打到的最大、最美的狮子！”

世界都被这头狮子所倾倒！

十

文学创作源于现实生活。

《老人与海》中的那个老人，其原型就是个老渔翁。海明威在海滩遇见，闲谈时给他讲的。这个故事打动了他，便据此而进行自己的创作。

随着《老人与海》走向世界，老渔翁一时间也成了“名人”。那些以捕鱼为乐的富翁，纷至沓来，请老渔翁用船带着出海，老渔翁不厌其烦地讲着那个故事。

老渔翁无需再捕鱼了，赚到了大把大把的钱。而大把的钱并没有使老渔翁满足，反而膨胀了贪欲，愣说海明威欠自己一条船，并无赖地将他告上法庭，结果老渔翁败诉。

人们鄙视地说，老渔翁是一条贪得无厌的鲨鱼。

这是故事之外的故事，很值得深思。

2004年9月10日草，13日改

卡夫卡与《变形记》

一

卡夫卡，一代文学大家。

二

卡夫卡，自己命运手中的一件玩物，时时被命运所玩弄。

他喜爱文学，很想成为一名作家，可他偏偏做了保险公司一小职员，为此而奔波劳碌，忙得不可开交。他无力摆脱这样的命运，因为他和家人首先要生存。

他害怕孤独，渴望爱情，曾三次与女友订婚，最终没有结婚。不知为什么，他内心总充满这样的矛盾：没有她我不能生活，和她在一起我也没法生活。在这样的重重顾虑下，他始终没有勇气迈出那至关重要的一步！

往前一步，也许就是幸福的天地。

所以，性格上，不能不说他是个怪癖的人。而通观他一生，尽管最后一位女友悉心地照顾他，怎奈病魔无情地摧残他，因此，他的一生是一场性格的悲剧。

三

父亲专横粗暴，算不得一合格的父亲。在父亲的强大阴影下，他觉得自己很渺小，而且充满自卑，以致使他完全失去了自信。故此，他缺少一个健全的人格。

他显得孤独懦弱，内心总产生一种负罪感，他能够做到的就是悄然逃到自己的内心世界。在内心世界里，他看到了人生的无意义，看到了世界上作为人的卑微，更看到了这个世界的荒诞。

四

其实，他的父亲是一位犹太商人，本想让他继承家业、发扬光大，怎奈对此他没一点兴趣。

这怪不得卡夫卡，父母可以生他、养他，却不能强行为他划定一个不可逾越的圈儿。

卡夫卡的路，甭管平坦也好，坎坷也罢，最终还要他自己走。

五

读卡夫卡的作品，总觉都是在写他自己，表现他的内心世界，哪怕这个世界显得那么阴郁、阴暗、冷酷、无奈。

他身体不好，经常失眠，做噩梦。他常把梦中的情景记述下来，这些梦真实而又荒诞。依梦而写作，也就成为他创作的一个重要特色。

由此，我们不难理解他的作品为什么会那么荒诞了。当然，这种梦的荒诞是来自生活的现实，是现实生活的折射，而非天外飞来。

再荒诞，世间又哪有平白无故的梦呢？

六

卡夫卡的作品是不朽的。其不朽价值体现在：虽然作品所描写的是个别人，但是表现的确是对人类的深刻思考。

不明白，他为什么非要毁掉自己所有的作品？既然以心血写下了，又何必要毁掉呢？莫非自信的丧失，使他对自己的作品也不自信了么？

布罗德是他的终身好友。多亏布罗德毅然违背卡夫卡的遗愿，没有将他所有手稿焚毁，而是悉心整理，公之于世，才使世界终于知道了一位文学巨人，不然，这位巨人就会与这个世界擦肩而过，永远埋没无闻了。

七

记得止庵先生曾说，我们穷尽一生只是走向了卡夫卡。卡夫卡不能说是传统看法里的一株伟岸的树，但是大家都在他的荫蔽之下。

又说，卡夫卡，我想也许他是这世界人散灯灭中最后那个锁门的人。他写出了这个世界所有的荒诞，除了这样一点外，在他写出所有荒诞以后，我们还不能不继续着这种荒诞。这是他不能写出的最大荒诞。

他还说，卡夫卡的很多作品都没有完成，我总感觉到他最终意识到无论如何他也不能完成对于荒诞的描述，也就是说，他不能跳出荒诞之外，在荒诞面前，他也是荒诞。

止庵的话实在精辟。

八

长篇、中篇、短篇小说，日记，游记，寓言等等，卡夫卡的作品很多，《变形记》只是其中之一，是他重要的代表作。

《变形记》写小职员格里戈尔清晨醒来，突然变成一只甲虫及死去的故事，充分表现了在那个金钱世界里，人性被无情地异化，命运的多舛与无奈，人与人关系的冷漠。作品展现的是一个独特的世界，理性、现实与荒诞交织在一起，创造了一个象征的世界，来表现被异化的人的困境。

从这篇作品可以看出，卡夫卡认识到了现实生活的荒谬，而对未来既无力获取，又毫无信心，所以，有人说他是具有“病态才华”的文学家，也许不无道理。

那么，病态的根源又在哪儿呢？这大概须从卡夫卡自身和当时的社会中去探寻了。

九

卡夫卡，由于他的大量作品没有公开发表，所以生前并不被世人所了解，20 世纪 30 年代后，其作品才广为流传，甚至掀起“卡夫卡热”，这一定是他始料未及的。

就他的作品而言，或说他是神秘主义者，或称他为颓废主义者，或誉他为现代派文学鼻祖，当然也有人认为他具有人道主义倾向。不一而同、众说纷纭、仁仁智智。

无论评价如何，都不会影响他作品的流传，更不会影响他成为一位具有世界影响的作家，这就够了。

2004 年 9 月 20 日草，21 日改

莫泊桑与《羊脂球》

一

莫泊桑是法国杰出的批判现实主义作家。

出身虽为贵族，但到他时，已徒有虚名，家境早衰落了，他在乡村渡过

了自己的童年。后来，普法战争爆发，20 岁的他应征入伍，亲眼目睹了法国的战败，在战后，先后供职于海军部、教育部。

这些经历与阅历使他深深体验了战争的无情与残酷，体验了官场的腐败与贵族阶层的虚伪，无疑为他日后文学创作提供了丰富的素材。

二

莫泊桑文学事业的成功，除自身的天赋与勤奋外，还离不开两个人。

首先离不开母亲的熏陶。母亲喜爱文学，文学素养很高，无形中对他产生了潜移默化的影响。可以说，他的童年时代，就在母亲的呵护下、启蒙下，阅读与写作的。

当然，更离不开文学大师福楼拜长期而精心的指导。福楼拜严格要求他要能够精细地、真实地描写所见到的东西，要他敏锐地观察生活。曾对他说：你所要说的事物，都只有一个词来表达，只有一个动词来表示它的行动，只有一个形容词来形容它。因此就应该去寻找，直到发现这个词、这个动词和这个形容词，而决不应满足于“差不多”，决不应利用蒙混、哪怕是高明的蒙混手法，不要利用语言的戏法来逃避困难。

这当是大师明白晓畅的心得感言，不仅对莫泊桑，已成为指导文学写作者的至理名言。

三

莫泊桑由于长期处于紧张的创作活动中，不得及时休养，致使身心严重受损，以至疾病缠身，精神失常，于 1893 年去世，年仅 43 岁。英年早逝了。

其作品有长篇小说《一生》《漂亮朋友》《温泉》《我们的心》等六部，短篇小说《羊脂球》《两个朋友》《一家人》《项链》《我的叔叔于勒》等三百余篇，以及两部游记和大量政论文章。

可见，他是才华横溢、作品如泉涌流的，而这些作品竟然主要创作于最后十年间，这需要何等的精力、毅力与才力！若天假其年，谁知还会有多少惊人之作流传世间呢?

四

通观其作品，长篇《一生》《漂亮朋友》等早已列入世界名著之林，但莫泊桑终以短篇小说成就为最，有世界短篇小说巨匠之誉。

法国文学专家张英伦先生认为，莫泊桑极擅长从平凡、琐屑的事物中，截取富有典型意义的片断，以小见大地概括出生活的真实。他的短篇小说侧重摹写人情世态，充分显示出他的社会风俗画家的才能。其短篇技巧的高超，特别表现在构思布局别具匠心，细节描写惟妙惟肖，人物语言精彩生动，故事结尾耐人寻味。

他的作品的基本思想风貌，张先生认为，主要是对资产阶级上层社会的腐败，特别是对其道德风尚的丑恶，给以无情的揭露和嘲讽，而同情和表彰的往往是下层社会的“小人物”。

我不懂原文，只好借助于翻译家的理解和阅读，来理解和阅读巨匠之作与对巨匠的认知。确实，读莫泊桑的作品，感觉是真实、深刻、广泛地反映了他所经历的法国现实社会和生活。

五

就他的短篇小说而言，总的说是情节集中、精练，在富有典型性的生活片断中，揭示出其思想内涵，反映了社会生活的本质。

他非常善于谋篇布局，往往在故事的开端、中间或结尾，运用巧合，出人意料，以加强艺术效果，深化主题。

这就是特点，风格，当然，也是一种模式，属于莫泊桑的。

六

莫泊桑的代表作之一是短篇小说《羊脂球》。其实这短篇不短，足有三万余字，所以也有人把它划入中篇小说之列。

《羊脂球》以普法战争为背景，以一个羞于委身入侵者的妓女羊脂球作比较，对不顾民族尊严、只顾眼前私利的贵族们的寡廉鲜耻，进行了淋漓尽致地刻画。那些人越是以轻蔑羊脂球来显示自己的所谓高洁，越证明那些人的卑鄙无耻，可怜、可叹、可悲。

《羊脂球》一方面揭示法国人民反普鲁士侵略者的爱国精神，另一方面讥讽和鞭挞了贵族们的自私和虚伪。

《羊脂球》构思巧妙，人物典型，描写逼真，刻画精细，不愧为世界文学的珍品。

七

其实，这篇作品实出偶然。

1879年夏天的一个夜晚，在自然主义创作理论创始人左拉的梅塘别墅，六个文人相聚，只因平时他们意趣相投，都标榜自然主义。大家商定，每人写一短篇小说，以普法战争为背景。这六篇作品辑成《梅塘之夜》，于第二年4月出版，其中的《羊脂球》独领风骚，一时间轰动文坛，人们欢呼法国文坛又升起一颗文学新星！

这六个人都是谁呢？没有详情，我也就不得而知了。但只要知道莫泊桑，知道《羊脂球》，也就够了。

这时，福楼拜适时地鼓励他：我敢说，《羊脂球》是一篇杰作。努力再写12篇和它相似的故事，你就是名人了。

莫泊桑没有辜负恩师的教诲，从此一发而不可收，那三百余篇短篇使世界文学史更加斑斓、灿烂！

他本来默默无闻，借此而一鸣惊人，要知在这“惊人”的背后，正有着他多年不懈的艰苦努力与矢志不渝的磨砺呢！

八

从莫泊桑的身上，我们明白：文学不是一蹴而就的，是需要长期的努力，以及一生的奋斗的，这就是文学的天平！

世上什么事情可以轻而易举地成功呢？

九

《羊脂球》的主要结构、情节及人物：大段笔墨描写城内经过的溃退的残军和打着各种旗号的军队及城内乱糟糟的情景。

这时，一辆逃难的马车要到法军据守的地方去。车上共十个人，黑夜，彼此看不见，并未马上介绍，而是天亮时车上的人互相打量出来：葡萄酒批发商鸟先生和太太，在最舒适的位子上，奸商，诡计多端，爱搞恶作剧，被称为活宝，个矮，妻高；卡雷－拉马东夫妇，在棉织业举足轻重，省参议院议员，尊贵，年轻玲珑，娇憨妩媚；贝尔·德·勃雷维尔伯爵夫妇，贵族，绅士。这六个人构成车上的基本阵容，是社会上有可靠收入、信奉宗教、有权势的正人君子；女乘客全坐在一条长凳上，伯爵夫人旁是两位慈善的修女，年老的有麻痕，年轻的露着病容；修女对面，是一男一女，男的，民主党人高纽岱，政客，女的，窑姐儿，胖，矮，外号羊脂球。

正派女人说羊脂球是婊子、社会耻辱，各人依自己身份、职业而谈论。车走得很慢，又陷车了，饿了，九人没带吃的，只有羊脂球带了一篮子吃的。本来高贵的人们，也只得以“打仗的年头就得按打仗的年头办”为借口，将她的东西都吃了。

在托特镇，因羊脂球拒绝同普鲁士军官过夜而耽误了行期，高贵的人们包括修女群起而诱导而攻之，迫使她就范受辱，以出卖人身换取自身安全。小说以一个羞于失身民族敌人的妓女，对照甘于丧失民族尊严的正人君子，和盘托出一个个真正寡廉鲜耻的灵魂。

车继续上路了。羊脂球本来为高贵的人们做出了牺牲，却没人感谢她，反倒被高贵人倍加歧视。车上人都准备了充足的食品，羊脂球却没顾带上。高贵人自顾自地吃着，她没人管。前后两“吃”形成强烈对比，对上流社会伪善的、无情无义的、虚情假意的嘴脸作了淋漓尽致的揭露和嘲讽。

妓女出卖肉体，那些人却出卖灵魂；妓女为别人而出卖自己，那些人却为自己而出卖民族。这就是作家笔下的法国社会。

2004年9月26日草，26日改，10月3日又改

显克微支与《穿过草原》

一

显克威支是波兰人。大学期间即开始文学创作，后旅居欧美。他生活于沙俄统治的时代。

作为一个有良知的作家，面对外国统治者的暴虐的民族压迫和国内黑暗的现实，他苦苦探索一条能够振奋波兰人民精神，使人民团结一致、抵御外侮，又能减轻人民痛苦的道路。最终他找到了文学，认为反映祖国伟大历史的文学可以实现这种主张。于是，他毅然把主要创作精力转向"历史"，以历史上的英雄业绩来鼓舞人心，增强人民斗志，忘却生活苦恼。所以，他先后创作了历史小说《火与剑》《洪流》《伏沃迪约夫斯基先生》三部曲、《你往何处去》《十字军骑士》等长篇小说。

二

1896年，他精心创作的长篇小说《你往何处去》，描写了暴君尼罗时期古罗马帝国的盛衰和基督教徒遭受迫害的情景，揭露和抨击了古罗马统治者的专制、残暴，表现了信仰基督教的广大下层人民的悲惨命运。

此书一出，即风靡欧美文坛，被誉为是"反映古罗马社会的杰作"，他因此而获得1905年诺贝尔文学奖。

其获奖评语："由于他在写作历史小说方面取得的非凡成就。"由此可见，他所以获奖不仅在于这部小说，而且是因为他对波兰小说，尤其是历史小说作出的重要贡献。

三

总的说，显克威支的作品具有强烈的爱国主义情感，故事情节曲折起伏、引人入胜，甚至富于传奇色彩，善于塑造人物，人物性格鲜明，文笔流畅优美，描写或细致入微、生动有趣，或纵横阔大、气势磅礴。他的“史诗体小说”被认为“在艺术上已达到完美之境”。

鲁迅先生称显克威支的艺术具有“警拔”的特点，需慢慢体会与领悟。

中篇小说《穿过草原》虽属显克威支的早期作品，却也基本具备了这样的风格。毕竟一位作家的风格，有他形成的过程，从最初的作品也可见些微的端倪。

四

由于显克威支的创作，波兰的史诗才真正绽放出绚丽的花朵。

他始终无比忠于自己的祖国，为祖国争得了无上的荣誉，作出了杰出的贡献，受到了祖国和人民的尊敬。

就在他从事文学创作活动 25 周年之际，波兰人民为他举行了盛大的纪念活动，并举行全国募捐，为他购买了一座庄园，作为礼物送给他。他很珍爱，常来这里度假写作。

五

想他小时，在乡村度过。由于家境衰落，父亲不得不卖掉自己的庄园，举家迁至华沙。

不过，这怪不得父亲，那是生活所迫。假如他家财万贯，不来华沙，不在华沙读大学，或许他走的就是另外一条人生之路了。

历史不容假设，无论如何，显克威支成就了文学，成了举世瞩目的作家，这是不可更改的现实。

六

《穿过草原》是他旅行美国三年后写下的。

美国西部为印第安人聚居地，他们勤劳勇敢、热爱自由。19 世纪下半叶，加利福尼亚地区发现了金矿，诱惑着那些抱着发财梦想的人，大批移民组成大大小小、络绎不绝的篷车队，相继涌向那里，一时间，在美国形成一股巨大的、不可遏止的西部淘金热。这部中篇小说就反映了美国移民面对疾病、瘟疫、野兽、饥饿、死亡的威胁而顽强不屈，以征服者的英雄气概历尽千辛万苦，终于完成长途跋涉而到达西部的故事。无疑这是美国早期开发西部历史的一个侧影。

七

《穿过草原》以抒情的笔墨及浪漫的色彩，描绘了车队沿途瑰丽多姿的大自然，茫茫无际的草原，波涛翻滚的河流，峭岩嶙峋的山峦，一幅幅奇图异景，无不如诗如画。而主人公队长、波兰人劳尔夫与美国少女莉莉的纯真、高尚的爱情，给移民沉重而艰辛的旅途带来轻盈、欢快的旋律。

对于大自然与主人公爱情的描写，并非单纯为写景而写景、为写情而写情，而是紧密融入险恶环境、融入艰难行程中，成为战胜艰险、战胜重重困难的有机组成部分。

这部作品是人与自然、痛苦与欢乐、挫折与前进交织融合的诗章，其优美与壮丽无不感染与震撼着读者的心灵。

八

一部成功的作品，在总体框架下，就看生动传神的细节了。

“这时候，我的胸腔简直要爆炸了。我不知道该笑还是该哭，该跑掉还是该留下，我天天追求天堂，而当时我就在天堂里了，我再不需要世界上任何东西了。”“我们就这样在荒野上彼此吐露我们的心事，这里只有风儿才会偷听得到。”这里主人公得到爱情后的无比激动心情，描写得十分生动、优美。

“现在我在世界上有了完全是我自己的东西，虽然我的家庭和家屋只是一辆篷车，然而我觉得我比以前富足多了……我想我应该欢乐得发狂，我难以相信像我这样的一个穷光蛋居然能拥有这样的宝贝。我还缺少什么呢？什么也不缺少了。倘若草原暖和些，对她安全些，而且我可以不再承担带领车队到我允诺要去的地方的义务，那么我就欢欣地放弃到加利福尼亚去，只要莉莉同我在一起，我甚至愿意就定居在内布拉斯加。原先我上那里是为了淘金，可现在这个念头我觉得是荒唐的。”这是大段的内心独白，这是爱情的力量所至。

“我们的头上就是苍天和几只呱呱叫着的老鹰，四面包围着我们的是没有尽头的花岗岩，一个真正迷宫似的回廊，拱顶，峡谷，裂缝，悬崖，高塔似的山石，寂静的石头大厦，以及熟睡中的巨大的石壁。这一切如此庄严肃穆，我们的灵魂处在这大堆岩石的压迫之下又是如此感到压抑，以至我们在费力地爬山前进时，不能用正常的声调说话，而只能轻声低语。我们觉得前面总是无路可走，是在闯入上帝亲自密封的秘密世界。”从中可见西行路上之艰难。

“白天，我发现兔子，羚羊，野牛，甚至连犬鼠都急匆匆地向东奔去，仿佛它们都背弃加利福尼亚，而这正是我们努力要赶到的地方。……而这些动物仅仅是到别处去寻找食物。我们只得尽可能快地赶到那着火的地方。”连动物们都纷纷离开东去，去他乡寻觅食物了，而“我们”却正要急不可耐地向西奔向那里。“背弃”一词用得极好，不仅写动物，更暗示了长途苦苦跋涉的人们的前景。

这些随手拈来的细节，共同编织着作品的斑斓多姿。可以说，没有这样的细节，一部作品就难以丰满，难以产生经久不衰的魅力，难以震撼人们的心灵。

九

《穿过草原》的主要结构、情节与人物：

以“我”劳尔夫回忆起笔。一批移民请“我”当他们的队长，选择在春季动身，通过密西西比河与落基山脉之间的大草原，走依阿华、内布拉斯加和北科罗拉这条路。作为队长，要处理许多细致、微妙的问题，要树立绝对领袖地位，对那些鲁莽的冒险分子，证明“我”的拳头比任何美国人的拳头更结实。引出年轻、貌美的莉莉·摩立斯姑娘后，“我”连睡觉时听到的蚊子的嗡嗡声都觉得是在唱着“莉莉”的名字。

途中，举行野餐会，在笛声、铁碗声、牛骨头声里，人们欢快、狂热地起舞。

在艰难的旅途中，我与莉莉逐步地由相识、相交而燃起爱情之火。

印第安人的围攻。见莉莉熟睡的情景。我第一次感到对冒险生活和不安定的生活方式的厌倦，我只有在她身旁才能找到平静和安宁。打败印第安人围攻。曾对莉莉大献殷勤的亨利，在战斗中用一粒子弹打掉了我的帽子，而他自己却深受重伤而亡。

我与莉莉结合。旅途中的婚礼，男人们的步枪通条上扎着柳树枝的火把，装饰着花朵和簇叶的大篷马车就是洞房。我们灵魂中的喜悦之星真比太空中的星星还要多。

野兽的袭击。疾病的袭击。更野蛮的印第安人一张一闭的手掌，想表明某个数目。马匹一匹匹地死了，男人只得帮助骡子拉车。折磨一个星期，才走过这块“凶地”。

落基山脉，花岗岩的迷宫。这时，向导与马掉下岩石摔死了。爱情给我带来幸福的力量，带领车队艰难前行，击败印第安人埋伏，被俘的少年用前面同样的手势指指我们，又指指西方，告诉我们附近有白人。真的发现了白人，我下决心要么我自己死亡，要么彻底摧毁这马蜂窝。不想却成为朋友，受到热情接待。车队得以休息和补充。莉莉怀孕了。

越过沼泽地。荒原连一丝生气也没有。伤寒病袭来，莉莉精心照顾病人，一些人死去了。此时又遭遇印第安人袭击，我头上遭到重重一击。前面的草原着火了，连动物们都背弃加利福尼亚，急匆匆地向东奔去寻找食物了，我们却要向西向着火的地方走去。骡子一个个地死掉了，饥饿袭击着所有的人，没有食物，连走动的生物也没有，我仅有的一点食物留给了莉莉。莉莉昏迷中要水，我绝望中割开了自己的手，莉莉死去了，我撕掉了包住我头上伤口的绷带，昏倒了。

一个月后我在加利福尼亚一个移民的家里醒来。稍恢复后，我就到内华达去了，草原上长满了青草，使我找不到莉莉的坟墓，直到今天也不知她埋在何处。我已习惯于虽无结果但每年还去寻找，好几年了，我是个老人了，我祈盼能在天堂的大草原上找到我心爱的人，永远不再分离。

2004年10月2日草

哈代与《三位不速之客》

一

哈代生于英国南部的多塞特郡，祖父和父亲都曾做过石匠，而父亲后来做了建筑工程的小包工头。受父亲影响，他去伦敦学习建筑，同时从事文学研究，且尝试写作。学成后回乡做建筑师。不久，就专注于文学创作，成为一位职业作家。

他写有小说、诗歌、剧本等，是英国批判现实主义作家、公认的英国杰出的小说家之一、英国文学史上的一座丰碑。

二

哈代基本上是在故乡度过一生的，所以他十分熟悉英国农村，尤其是英国南部农村。

作为伟大的诗人和小说家，他逝世后，享有在伦敦威斯敏斯特寺诗人角安葬骨灰的殊荣，但他依然将自己的心脏葬在故乡，葬在父母妻子骨殖的近旁，可见对故乡、对亲人的留恋与一往情深了。

三

哈代一生创作了14部长篇、近50种中短篇、近千首诗歌、两部诗剧、一部自传及大量日记、书信、札记等，著述之丰，为世所罕见。他先为小说家，因其作品遭评论界攻击乃至强烈抨击，而放弃小说创作，转而主要写诗及诗剧。有人认为，他的诗歌、诗剧取得的成就在小说之上。

他把自己的小说，依据创作意图，分作三类，一是性格与环境的小说，二是罗曼史和幻想故事，三是精于结构的小说。通观这些小说，兼有写实、批判、讽刺、哲理、悲剧、浪漫、象征、心理、现代等手法，内容和风格丰富多彩、蕴含深厚，在世界文坛影响深广。

四

哈代小说的代表作是他自称的“性格与环境的小说”，如《绿荫下》《还乡》《远离尘嚣》《德伯家的苔丝》《无名的裘德》等，其故事背景都发生在英国南部农村，哈代命名为威塞克斯的地区，故此，这类小说又称作“威塞克斯”小说，其中以《德伯家的苔丝》最为有名。

世称他的小说是乡土小说。

五

所谓乡土，当指地方色彩或地域性，作家以某一地区和居于其间的人作为故事的基本，涉及这一地区的自然环境、土著居民、风俗习惯、语言文化、历史传说、名胜古迹等。

哈代太熟悉和欣赏多塞特郡及周围一带地区和居于其间的人了，在小说创作中自然而然地主要就写多塞特郡及周围这一带地区，其中那些主人公如苔丝、裘德等，都是这一带土生土长的、平凡的小人物，包括挤奶姑娘、石匠、打草工、小农人、牧羊人、小商贩等，他们腰系粗布围裙，口吐方言土语，心怀淳厚天然的喜怒哀乐，浑身散发着干草牛奶的土腥味。

六

其实，古今中外最优秀的作家，无不擅长表现本乡本土的特色，这需要再现生活的能力，需要观察自然和色彩的眼睛，需要淡泊致远的性情以及破解大自然奥秘的本能。

哈代无疑就是这样的作家，而地方色彩在他笔下，不仅仅是地理背景和烘托气氛的装点，更是作品中独立存在、有生有息、必不可少的活体。

七

《三位不速之客》又译为《三怪客》，就译名而言，总觉前者与内容更为贴切。

这篇小说有 15000 余字，一般都认为是短篇，可这短篇实在不短了，我权且看作一个小中篇吧。毕竟现在没有一个统一划分的标准，是按多少字为长篇，多少字为中篇或短篇，乃至小小说。要么依塑造的人物或描写的事件。如何划分不重要，喜欢就是了。

八

这篇小说写一个手艺人，因全家无衣无食而偷了一只羊，竟判死罪，客观上揭露了英国司法制度和整个社会制度的吃人本质。

小说采用民间传奇的叙述手法，让故事在暴风雨之夜，牧羊人的庆宴上展开，饶有趣味，引人入胜，别具一格。

人物着墨不多，却栩栩如生。而故事中的那所孑然独立于丘陵牧场上的茅屋及周围的环境，羊倌家洗礼命名庆宴上热诚、淳朴的待客之道，陌生来客意味深长的歌唱、眼神及合唱帮腔，无不散发着清新、质朴的气息，读后留下深刻印象。

九

《三位不速之客》的主要结构、人物及情节：

作品开篇即以阔大的手笔，由宏观而缩至一点——牧羊人的茅屋："英国的农业区域内，往往经历几百年，依然不改变旧观；这些区域很有些特点，例如英国的西部和西南部有许多绿茵平旷的高地山谷，占很大的地面。通常那里人迹罕至，荒芜一片，即有，也不过是孤零零牧羊人的一间茅屋而已。"文笔极为干净、利落，而故事就发生在这样的茅屋里。

这是50年前的一间茅屋。建筑在这儿的唯一理由是两条小路的十字路口。这两条小路在此相交已有五百多年的历史了，使作品浑厚，充满底蕴。

小屋里举行晚宴，庆贺牧羊人二女儿受洗礼。壁炉上挂着许多羊毛割刀作为装饰，壁炉里燃着大木头，小树枝在外面炸裂，声音"好像呆子的痴笑"，妙喻！屋里共有男女19人，牧羊人热情好客，妻子节俭。晚宴上，为节俭妻子设计了跳舞、唱歌，为情节的发展作了准备。

一切就绪，一句"户外黑暗中发生了一件至关重要的事"，只是暗示，未曾说破，如一幅画慢慢展开。

这时，第一位不速之客出现了：弯腰曲背，身材瘦而高，很小心，举手欲敲门而不敲，先观察屋内及四周，尤其看到来路那边死寂无声，才下决心敲门，进屋便极随便、坦率了。

第二位不速之客，态度平和，容貌喜悦，淡灰色衣服。挨着第一位坐，第一位客人递他一大酒杯。来客敢以不是自己的东西献客的这个举动，会让他以为第一位客不是客。第二位客一饮再饮。而通过他一再表白明早8点到卡斯脱桥做工，第一位客人大概已猜出他是刽子手（最后才露）了，所以当主人问及他干什么的时，第一位客人抢先说，谁都知道我是造轮子的。这样的话语不会让他起疑。以致他唱歌时，第一位客人竟用深沉、动听的低音和唱。唱歌并非为唱歌，而是使大家明白他就是刽子手。人们已听说明早卡斯脱桥监牢里要绞一个因家里穷困而偷一只羊的钟表匠。这时，他还与第一位客人碰杯呢。

第三位不速之客三次敲门，敲门声很弱很犹豫似的。门开了，那人站在门边，矮小的，皮肤白皙的，黑色服装。那人打量屋里，第二位客人继续唱歌，唱的就是明早绞死偷羊人的事。那人忽然膝盖抖颤着，手也抖着，转身跑了。

远处一声枪响，人们知道监牢里逃走了犯人，并认定就是刚才跑的人。人们去追捕那人了，而第一位客人起身，狼吞虎咽地吃饼喝酒，第二位客人又跑回也吃喝，二人临别还拉拉手，一声再会才各走各的路了。

那人被捉住了，监牢里的衙役与官长也来了，那人原来是犯人的弟弟，而犯人就是刽子手旁边的第一个客人！

第一位客人永远也没捉住，而人们认为所犯的偷羊罪与所判的刑罚太不相称，对第一位客人那种出奇的镇静和勇敢充满敬意。这个故事一直在这里流传着。

2004年10月5日草

高尔斯华绥与《苹果树》

一

高尔斯华绥是英国小说家、剧作家。他家境富裕，父亲是伦敦的大律师，且经营几家公司。他曾在牛津大学攻读法律，可认为法律枯燥乏味，虽然取得律师资格，但是没有继承父业去充任律师，而是周游世界了。

四年的旅行生涯使他视野大为开阔，尤其结识了出生波兰的英国著名小说家约瑟夫·康拉德，两人自此结下终生不渝的友谊，并在康拉德的影响下开始写作。

二

高尔斯华绥于28岁动笔写作，30岁发表处女作《天涯海角》，37岁长篇小说《法利赛人》发表，引起社会关注。39 岁长篇小说《有产者》问世，奠定了他成为英国一流作家的地位。以后 20 多年，以旺盛的精力，勤奋的写作，创作了大量作品，几乎是每年出版一部小说和一个剧本，可谓创作颇丰了。

他最重要的作品是《有产者》《进退维谷》《出让》，称为《福尔赛世家》三部曲；《白猿》《银匙》《天鹅曲》，称为《现代喜剧》三部曲；还有《女侍》《开花的荒野》《河那边》，称为《尾声》三部曲。这三组长篇小说构成了他洋洋大观的文学业绩。

三

这些作品以英国整个社会为背景，描写了福尔赛家族几代人的生活，再现了 19 世纪末、20 世纪初英国资产阶级社会的广阔的生活场景，简直是英国资产阶级发生、发展的一部形象的编年史。

这些作品在艺术上主要是现实主义创作方法，注意在作品中塑造典型人物性格，创造了栩栩如生的福尔赛世家群像。文笔自然流畅，结构错落有致，情节跌宕起伏，显示了作家深厚的艺术功力。

可以说，高尔斯华绥以卓越的手法处理了家族史这一巨大的难度很大的题材，并取得了成功，以致只要提起欧洲文学，就不能不提起他的名字、他的作品。

四

在高尔斯华绥的作品中，尤以《福尔赛世家》最为著名，创作于 39 岁至 54 岁之间，是他的代表作，他因此而获得 1932 年诺贝尔文学奖。

获奖评语：“由于他在《福尔赛世家》中发挥得淋漓尽致的、优秀的小说技巧。”

五

在主要创作长篇系列的同时，高尔斯华绥还写了大量的短篇小说。对于他，这是大手笔下的小制作，可依然能够在极短的篇幅内发挥自己独特的风格，用对比的色调创造出生动的效果。

如《品质》，在描写一位鞋匠的心理时，一面刻画了鞋匠为自己的技巧而自喜，一面也刻画了鞋匠为自己从事低收入的手工业劳动而自卑，把一颗在难堪的双重价值间挣扎不已的心灵呈现出来。

六

《苹果树》是高尔斯华绥49岁之作，在《英国短篇小说选》中虽列为短篇，那是相对于长篇而言，就其四万余字，可谓中篇了。

《苹果树》表现的是一幕爱情悲剧，描写了一个大学毕业生赢得了一个农村少女的纯真爱情，后又将她遗弃，致使少女心碎，殉情自尽。

作品用回忆的手法，缓缓写来，犹如一篇田园牧歌式的散文，充满诗情画意，但蕴含着男主人公无限的惆怅、哀怨和悔恨。

作家在作品中着力施展了小说创作中的景色描写和心理描写，笔法细腻、逼真、生动，达到了高度的情景交融。那些树木花草、飞鸟鸣禽、山石溪水、白昼黑夜、太阳、月亮和星星，无不活现主人公的感情色彩，简直叫人分辨不清究竟是大自然美诱发了主人公的感情呢，还是主人公的感情传染给了大自然，大自然的美有力地烘托了青春和爱情的美。作品中的大自然的美带有一种朦胧、神秘的色调，似在梦境、仙境，甚至魔境，暗示了这场爱情必将在现实中幻灭，增强了故事的悲剧气氛。

七

这出爱情悲剧的根源何在？当是城乡分化及知识分子与农民的鸿沟吧。

其实，那少女明知与那男人是不可能结婚的，但还钟情于他，以致难以自拔，甚至为之殉情，真的悲哀了。

而那男人戏弄了少女纯真的心，又另有所爱。当与妻子结婚25年银婚纪念，又来到与少女相逢的故地，也只是洒下几滴悔恨的泪而已！而死者长已矣，他却还幸福地活着。

八

《苹果树》的主要结构、人物及情节：

阿瑟斯特和妻子银婚纪念，想去托奎伊他们初次相遇的地方。中途停车见一片荒野，一座坟墓，这里使阿似曾相识，原来是26年前他从离这儿半里的一个农庄出发，上托奎伊的，他想起了在农庄的往事。

大学毕业后，他与朋友加顿徒步旅行，来到这里，因他踢球时腿受伤了，难以走到还有七八里远的那个要去的地方。“他摘了一朵蓝色小花，朝天空捻弄。”暗示了即将到来的爱情也如此小花一样被他捻弄。这时，爱情悲剧的主角——一位乡村姑娘曼吉出现了，虽是破旧衣裳，但那双水汪汪的眼睛无比动人，一句“仿佛那一天才睁开来似的”，简直把眼睛写绝了。姑娘领着他们来到农场住下，尽管那是她姑妈的农场。

她给他们送饭。他端详她，“好像见了一朵鲜花，或者自然界一件美丽的东西，可是她微微一怔，低着头出去了，轻盈无声，像是一缕青烟”。这段描写极富诗情画意。别人或聊天，或看旧杂志，只有她一人在忙碌。夜晚，他望着窗外，是模模糊糊的苹果树林。楼上传来她侍候姑妈的孩子上床时的嬉闹声。

阿因腿伤留下继续修养，加顿返回了伦敦。正是春天，处处生机盎然。阿与曼吉交谈。他与瘸腿的养牛人谈天，瘸腿人告诉他说姑娘会弄花，姑娘采的药使瘸腿跟好的一般了。他笑，“姑娘自己就是一朵花么。”他要栽倒，姑娘扶他，他真想吻那双粗壮而红润的小手。通过孩子之口，说出这里有吉卜赛妖怪，并告诉他姑娘为他祈祷。他问她吉卜赛妖怪是什么，她说“她叫人倒霉。”并表示“希望一辈子见不到他”，为后面两人幽会于苹果树下，她说见到了妖怪，且爱情悲剧埋下了伏笔。

姑妈的外甥乔因喜爱追逐姑娘，姑娘不爱乔。被阿看见。乔走了，阿与姑娘苹果树下互相吻手。阿过后内心矛盾，注定了此场爱情的悲剧。他在那里独自待了几个小时，黑夜里沉思："不管你愿意不愿意，你得活在这冷嘲热讽的尘世上。"夜深了，姑娘还在窗口张望，递给他开门的钥匙。（怎料后来他打开姑娘的心门后，就再也没回来。）

姑妈亲自送饭，大概有所察觉吧。曼吉收拾他的床铺，吻他的枕头，而他上前吻她的额头。相约苹果树下。乔捻他走。他问瘸腿人吉卜赛妖怪站哪里，告他大概是那棵苹果树下。并说曼吉百里挑一。他一想到"今晚上！"就感觉"大地上，万物都向上伸展，好像有一只看不见的手在地下放开它柔软而急切的指头，"他"的心灵和感觉也像大地一般，向上伸去，施展开来。"

夜晚。苹果花像着了魔似的，活了起来。他等待中，摘下一些，捏在手里。"采果树的花朵真是亵渎圣物，她们是这么柔软、圣洁、年轻，竟然随手一扔！"姑娘是花，他是采花人！两人树下相吻，不说一句话。"一开口，这番幸福就会失真！春天没有言语，只是瑟瑟、戚戚之声。"写得很美！他说明天就到托奎伊取钱，给她买衣服，一起去伦敦。这时她发现："吉卜赛鬼怪！"他没有寻找到，回来时她已不在了，他双手抱着那棵古老的苹果树。

阿到托奎伊，遇见朋友哈里台。哈有三个妹妹，哈热情地挽留他住下，一起去摸虾、洗澡，阿救了哈，哈因腿抽筋险些淹死。当晚紧握着大妹斯妲拉的手，就想到曼吉，"我是要娶她的。"与哈谈天，哈的"我想一位剑桥的姑娘，那姑娘我蛮可以，你知道；我幸好没把她放在心上"一语，对她抛弃曼吉似起了关键作用。他的心里斗争着。

第二天，他仍没回去，客观上是朋友的妹妹不让走，主观上也是处在矛盾重重中。后来，他取钱了，却不是为曼吉买衣裳，而是自己买了必需品。他看上了斯妲拉。下决心忘怀过去，同哈及妹妹们坐着马车要去一个地方。快要到火车站时，他发现了曼吉，便在道上走着，依然穿那身旧衣裳，边走边抬头察看过路人的脸！她走路已是摇摇晃晃、茫然若失。见此情景，他终于跳下车来，他跑几步，停下来，换成走路的速度。他心里明白，见到哈一家人后，他是不会同曼吉结婚的。他看着她消失在海滨的人流中。他转身快快地走回车站，回到朋友家中。最终他与斯妲拉结了婚。

26年了，他再来故地，回想起已逝去的一切，面对着坟墓，一个花白胡子的老人拄着拐杖述说姑娘为心爱的人殉情的事情，且说："她太痴心了！"这时，他妻子让他看才画的素描，妻说："总缺了点什么。"他点点头。缺苹果树、缺歌唱、缺黄金！而"这苹果树，这歌唱，这黄金"，是小说开头的题诗。

2004年10月7日草

川端康成与《雪国》

一

川端康成，日本大阪人，2岁丧父，3岁丧母，7岁祖母去世，10岁时平生只见过两面的生活于舅家的姐姐离开人间，他只得与祖父相依为命，怎奈6年后，祖父离他而去，他彻底成了无依无靠、孤苦伶仃的孤儿，过着形影相吊，乃至寄人篱下的生活。

天也不公，不幸的际遇为何屡屡落在小川端的头上！精神无疑会留下很多创伤，以致造成他多愁善感、孤僻内向。

世人读其作品，往往认为他具有"虚无孤独"的风格，这不能不与他的人生经历息息相关。

二

就是这样的孤儿，最终走进了东京帝国大学，且在大学期间就发表作品，并立志要成为一名作家！他坚持不懈地努力，27岁发表中篇小说《伊豆的舞女》，一举成名，步入文坛。以后相继创作出《雪国》《名人》《舞姬》《千只鹤》《古都》等中短篇小说一百多篇，还写了大量的散文、随笔及评论。

川端康成的作品大多描写底层普通女性的生活，或赞美她们的淳朴爱情，或同情她们的凄惨境况，而晚期作品，追求所谓"颓废的美"，表现了衰老、孤独、死亡等空虚的心理。

三

川端康成没有写出鸿篇巨制，却堪称世界中短篇高手。“较之规模宏大而有破绽的巨著，宁可喜欢洗练而饶具风趣的精品”，这就是日本文学具有的那种“盆景艺术”。

他继承日本古典文学的传统，借鉴西方“意识流”等现代派手法，作品在虚幻与现实之间，注意捕捉、挖掘人们心灵深处的悲哀情绪，使作品纤细、含蓄，充满哀婉、幽怨的格调，富有浓郁的艺术氛围和艺术情致。

四

何为艺术？其实，如人尝言：艺术往往就是一种匠心。川端康成 50 余年创作，就在于他艺术上的匠心独运，因而他创作的中篇小说《雪国》（48 岁）、《千只鹤》（50 岁）、《古都》（63 岁），虽前后历时 15 年，却一举获得诺贝尔文学奖。

获奖评语：“由于他高超的小说艺术以非凡的敏锐，表现了日本民族的灵魂。”

五

这三篇作品能够获奖绝非偶然。

应该说，这些作品一方面代表了他艺术的最高成就，另一方面也是“日本现代文学史上抒情文学的顶峰。”尤其《雪国》写于 1935 至 1947 年，写了 12 年，真不止“十年磨一剑”了。

六

对日本文学素有研究的叶渭渠先生认为，“《雪国》是以日本传统文学的悲哀与冷艳结合的余情美为根基，展现了一种朦胧的、内在的、感觉性的美。虽然有颓伤的倾向，但是也不能否定其净化的主要一面。所以这部名作不论是故事的展开，还是人物的塑造，都着眼于使美从属于心灵的力量。他写驹子的情绪、精神和心灵世界始终贯穿着哀与艳，写驹子的爱情没有肉欲化，而是精神化和人情化。”还说，“《雪国》是在东西方文学的比较和交流中诞生的。他在艺术上开拓了一条新路，无论在内容上，还是在形式上都形成了自己的创作个性。”

而戏剧大师曹禺也曾写道：“昨日始读川端康成的《雪国》，虽未尽闭，然已不能释手。”“日人小说确有其风格，而其细致、精确、优美、真切，在我读过的这几篇中，十分明显。”

作品既有哀婉之情，又具空灵之美。仔细品味作品和两位先生之言，我也就无需再多说什么了。

七

《雪国》的主要结构、人物及情节：

作品描写研究舞蹈的岛村三次去北国多雪的山村，与艺妓驹子由偶然相遇而生发情爱，且又倾慕萍水相逢的少女叶子。岛村的虚无思想甚重，自觉无力改变驹子的处境而决意分手；驹子想追求爱情，最终却求而不得；叶子的恋人病逝，她也在一场大火中丧生。

一切归于虚无。莫非这就是作家所着力表现的么？

2004年10月18日草，19日改

梅里美与《嘉尔曼》

一

梅里美是法国19世纪小说家。他生于巴黎，父亲是画家。他想学画，父亲却要他学法律。最终他没成为画家，虽取得了律师头衔，也未做律师，而成为一位享誉世界的作家。

当然，由于他结识了蒙蒂佐女公爵，且成为终生朋友，其女儿后来做了法国皇后，使他得以出入宫廷，并担任议员。

同时，他对考古和历史有着浓厚兴趣，所以，他探幽访古，周游法国以及西班牙、希腊、埃及等诸国。

这些经历对他的写作，无疑具有很大影响。

二

说梅里美是小说家，其实他写的不仅是小说。

22 岁发表《克拉拉·加齐尔戏剧集》，获得成功；24 岁发表诗集《独弦琴》，模仿南斯拉夫民歌，颇受欢迎，歌德曾撰文介绍，普希金也将其中一些诗篇译作俄文；25 岁创作历史剧《雅克团》，这是法国第一部描写农民起义的文学作品；26 岁发表历史小说《查理九世时代遗事》，表现了反封建、反宗教的主题，标志着他创作的成熟。

故此，世称梅里美为戏剧家、历史学家、考古学家和短篇小说大师，集多种桂冠于一身了。

三

作为小说家，就其在法国和世界文坛的影响，是当之无愧的。

而纵观其作品，竟没有卷帙浩繁的皇皇巨著、广阔波澜的历史画卷，有的只是寥寥可数的 19 篇中短篇小说，不能不是个奇迹。

就是这些作品，精雕细刻，惜墨如金，明快流畅，使作品艺术臻于化境。他善于刻画叛逆者，尤其是女性叛逆者的形象，性格泼辣大胆、自由奔放。作品中常常充满地方色彩、异国情调，情节引人入胜。

由于他具有精深的历史文化修养和渊博的学识，能够博采众长、独运匠心，并将这些历史文化与学识融进作品之中，使作品别具一格。

说他是“一个天才”，他的作品就是“一朵典型而独创的奇葩”，不为过。

四

这十几篇作品中，中篇《高龙巴》与《嘉尔曼》是他的代表作，也是世界名作。《嘉尔曼》后经作曲家改编为歌剧《卡门》，使这篇作品更广为传播。

五

《嘉尔曼》描写了吉卜赛姑娘嘉尔曼的爱情悲剧，她是一个社会的叛逆，蔑视社会，反抗社会，虽不无浪漫情调，但更具灵敏、机巧、泼辣、大胆，以及独立不羁的性格，乃至不惜以自己的生命为代价，来忠于自己，坚持个性自由。

宁死，也不背叛自己，因而造成了她命运的悲剧。“对于她那个种族的人，自由比什么都宝贵”，这是她，也是整个吉普赛人的崇尚与信仰。

六

《嘉尔曼》的主要结构、情节与人物：

故事发生在西班牙，嘉尔曼姑娘是吉普赛人，因在烟场做工与同伴争吵，用切烟刀在那人脸上划了一个十字，如此伤人而被捕。押解的人育才放走了她。她参加了走私活动。育才出狱后找到她，并杀死她的情人。她想过自由自在的生活，而不愿受约束，育才要她一起去美洲，她宁死不从，最后倒在了育才的刀下。

小说的第四部分考证了吉普赛人的起源和文字的变革发展。1845 年作品发表时，只有前三个部分，1847 年出版单行本时增加了第四部分。这部分虽不是艺术的描写，但却是对吉普赛人历史与习俗的描绘，是对小说故事背景的一种有机的补充，从而使全篇作品更具历史文化底蕴。

2004 年 10 月 21 日草，22 日改，2019 年 11 月 1 日整理于善书斋

三个十年絮人生

四十慨言

我是四十已过，望着五十的人了。小时仰望四十，何等漫长！幼年、童年、青年以及壮年，学步、读书、成家、立业，雄心勃勃地渴望着，在渴望中悄然走到了今天。

奔波劳碌，年轻的“我”已舍我而去，花发不因多情，只管暗自生出。在母亲面前，我永远是长不大的孩子，而心底确实以为还是孩子，不曾想，自己的孩子都与自己比肩了。对着孩子，常涌起一种自豪，我的生命因此而得以延续。可延续并非等同于自己，便不想过多地以自己的意志去规范他，成龙也好，成虫也罢，反正路最终还要孩子自己走。

与青年人一起，不敢卖老，唯恐触动年轻人那颗稚嫩的心，惹出一番讥诮：“咳，还能干什么，四十大几的人了！”听那口吻，仿佛四十岁就该进历史垃圾堆了。与年老人一起，不敢不恭，唯恐哪一句不妥，手一拍案，脸一打沉：“你小子才脱奶毛几天？我过的桥比你走的路还长！”在年老人跟前，我永远是才出茅庐的小字辈儿。是啊，我是年轻人眼里的“老人”、年老人眼里的“年轻人”。

街头，见一老人拄着拐杖，目光呆滞，颤颤巍巍地移步，马上觉得：那就是将来的我么？当一群少男少女潇潇洒洒、花枝招展地走过，除羡慕外，心灵深处总隐隐生发一缕无名的苦涩与失落。人生短暂，“未觉池塘春草梦，阶前梧叶已秋声”，古人也与我一样对着岁月感叹。

记得某位先生有句“名言”：人过四十都该枪毙。但愿是玩笑，若真如此，人到四十就没活头了，可够残酷、够悲哀的。而西方也有句名言：人的生命从六十岁开始，多么乐观，多么豁达，何况我才四十岁！四十岁，身心俱已成熟，一位伟人曾把青年人喻为早晨八九点钟的太阳，那么，四十岁则正是日悬中天，尽情释放光和热的时候。

我四十已过，既不过多地回顾二十、三十，那会助长“青春难在”、世事沧桑的颓悲；也不曳着脖子去展望五十、六十，那会过早地产生迟暮之怀。不管人感觉如何、愿望如何，时光总是一如既往地流逝，谁也留它不得，谁也奈何它不得，与其徒然感伤，不如把握住每一个“今天”。四十之人当有许多的时间、许多的精力，去做去为。散淡也好，凝重也好，朦胧也好，苍茫也好，四十之人无疑对人生品味得更深。

如果说，人生就是登山，那么四十岁，恰恰是登上了峰巅。这面，莫问坎坷还是平坦，已然成为来路；那面，不管荆棘还是顽石，正待逾越。这山就矗于天地之间，屹立极顶，思接千载，视通万里。时不待我，迈开脚步，坚实地走向太阳辉煌出的远方，任凭头上云卷云舒，脚下花开花落。

五十感言

四十岁时，曾写《四十慨言》，惑与不惑，总之感慨颇多。不曾想，流年似水，眨眼就到了五十门前，而心境似乎也平静许多。

回顾来路，这十年对于太阳，也许不算什么，只是地球不紧不慢地、依然如故地轮回了十次；对于地球负载的这个世界，可就非同小可了，不知发生了多少大事、小事。就其大者，如美伊战争，美国捉了人家总统，至今“审判”未了；东南亚“金融风暴”“蝴蝶效应”世界；多国发生“禽流感”，殃及鸡族，更殃及人类。再其小者，老朋友去世，孩子升学，花开花落，尤其额头皱纹暗深几许，鬓角白发悄生几多。这些大事小情，与我有关无关，或远或近，只管轰轰烈烈或悄无声息地发生着，让人不面对也得面对，根本不以谁的意志为转移。

该发生的就发生吧，就像旋转的地球，如果愣叫它不转，哪怕稍息片刻，也早不是今天的地球了，那就一切顺其自然。所以，对于过去，可以回顾，但不必过多感慨，过多叹息，荣也好，辱也罢，得也好，失也罢，成功也好，挫折也罢，顺境也好，逆境也罢，都擦身而去了，想抓也难以抓住。想起才过的春节，朋友相聚，端起酒杯，往往一声慨叹："又一年了！"总觉还没来得及干什么，倏忽间一年就过去了，甚至迎来送往地怕过年，潜意识里"老了一岁"的感觉油然而生，尽管离"老"还差得很远。

站在今天，时常也想想未来，但未来已不再充满诱惑，似乎已经看透了。所谓浮华落尽见真纯了，平日一举一动、一言一行体现的都是本色人生。本色才是自然，自然才具一种境界、一种气象。本色下重要的是把握好现实，做好应该做的每一件事，走好应该走的每一步路，而不值得做的，不会轻易去做了，不该走的，不会轻易去追求了。怎么着也是青春不在，更不能随意抛撒、挥霍生命岁月了，要有所舍，才能有所得；有所不为，才能有所为。不仅这么想，更在这么做，尤其奋斗了多年的"事业"，还会继续，心想之事成与不成，决不因半途而废止！

这时，看堂上老母，笑容里更浸透着沧桑，而孩子学业有成，甚至该成家立业。便想自己倘若到老母那个年龄，不一定有现在老母的身体好呢，为将来少给孩子添累，就每天用一定的时间锻炼身体，毕竟身体是"革命"的本钱，这不是空洞的大话。而且常常羡慕八十岁、九十岁、一百岁仍然神采奕奕、思维敏捷、行动自如的老人，认为那才是上辈子"修"来的福分，自己从现在开始"修"，即使为时不早，已时不待我。爱挂嘴边的就是"为健康投资"，其实不仅为自己，更为儿女。况且这时承认或不承认，身体也已走下坡路，不是人找病，而是病找人了。没见多少名人因劳累而英年早逝，惋惜之余，时时给自己敲着警钟。

有时揽镜，不敢想自己已是五十的人了。记得写《四十慨言》，还引经据典，侃侃而谈，而此刻笔下，只想平白地表述内心的一点切身体会，如果不能不“经典”一下，也只道至圣先师一句话：“五十而知天命”。那么，“天命”又是什么呢？如果“四十而不惑”即洞明世事，“天命”我想大概就是冥冥中的人生“命运”吧。

我真的知道并且能够把握自己的命运了么？不是我故作深沉，这很需要认真地思考。

六十漫言

我生于丙申，而今又逢丙申，一个轮回，也就意味着我已花甲之年了。

四十岁时，我写了《四十慨言》随笔。由此便与自己相约，以后每十年写一小文，记述自己的心境，这就有了《五十感言》。六十呢，自然也少不得的。年初就开始酝酿，可一天到晚，或伏于案头，或奔于乡野，匆忙里不觉已至年尾，竟迟迟还未动笔。

这时，接到组织电话，要照片、身份证之物，说办退休手续。心头一动，该到退休时日了？该领那纸退休之书了？赶紧放下手头繁杂的事情，努力让心沉静下来。起身眺向窗外，回望这一年，回望这十年，回望这六十年，恍惚比飞船还快，甚至光一般不及眨眼，就成了过去的时光。其间所经历的晴空也好，风雨也罢，温饱也好，饥饿也罢，快乐也好，愁闷也罢，平坦也好，崎岖也罢，顺途也好，逆境也罢，辉煌也好，黯淡也罢，一切一切，皆成定局，只留下身后由小到大、歪歪扭扭的一串脚印，让我或深深、或浅浅地品味。还没等完全品过味来，燕山之雪早已落满头顶。

想我这些年，做什么了呢？除去工作，那是生活必需的饭碗。其他的主要时间与精力，就坐在冷板凳上，日复一日，年复一年，说皓首穷经，实不为过。别人眼里风光也罢，愚钝也罢，无关紧要，其中几分甘来几分苦，只有自己知道。自三年前从工作岗位退居二线，如今该正式退休了，无疑也就步入了老年行列，尽管心还不以为老。“夕阳无限好，只是近黄昏。”总觉得唐代李商隐的诗句，就为我当下的人生境况所写。

既然已是黄昏，就不比清晨与正午。多少事，从来急，光阴迫，只争朝夕，何况朝已不在，争与不争，也只剩个夕了。就不应再为无益之事，而遣有涯之生了。心头该放下的要及时放下，该舍弃的要及时舍弃。而该拿起的也要及时拿起，该去做的尤要及时去做。毕竟时不待我，犹豫不得，更浪荡不得。我又能做什么呢？比如驾车不会，航天不行。这些心可以随意向往，但既是不会，既是不行，就面对现实，就永远让它不吧，还是顺其自然、力所能及地写作。深知写历史，为社会所需；写文学，则为心灵所愿。终究写作已融入我生命之中了，无论写古写今，写南写北，写天写地，写山写水，写大写小，写长写短，写新写旧，写人写物，写景写情，都离不开社会与人生，而且要努力写出自己的真实情感，写出自己的精神世界，写出自己的真诚之心，最终写出一个真切的我来。

大作家王蒙曾说，明年我将衰老，今年我仍兴致勃勃。我仍然不能忘情于文学，忘情于奋斗，忘情于大地，忘情于人民。年龄当然是愈积愈沉重，但是我还想写几篇结结实实的作品，对得起历史，对得起生活，对得起文学在历史上最珍贵的担当与爱。所言极是，老人家虽已八十老翁，尚“犹有情怀似旧时，大块文章且著之”，我辈自当效诸前贤，紧步其后尘。

人生当惜老年时，无须扬鞭自奋蹄。当然，至此大概已没人扬鞭了，奋蹄也须自己。前方有青山，为霞尚满天。就让我的生命，从六十岁起步，凭着自己的脚力，一步步坚实地朝着前方走去！

刊载于2016年12月8日《京郊日报》副刊

人间有味是清欢

近读苏轼，见“蓼茸蒿笋试春盘，人间有味是清欢”语，是说弄几样清淡的小菜儿，吃得非常有滋有味儿。苏轼豁达，人间盛宴吃得，山间野菜也吃得。而他这“清欢”，总觉用于茶说，倒也贴切。

虽身居北京，但终归是郊区，京城不知去了多少次，可那些茶楼茶馆，包括前门张一元茶庄、马连道茶叶一条街，根本无从涉足，不是不愿去，更不是不想去，而是进城就直奔主题——公务，公务后便匆匆回返。而游览名山胜迹，西湖、峨眉、泰山、崂山、庐山都曾品茶，且有导游早“导”好了的不耐其烦、大同小异，又不能不看的茶艺表演，最终人家是瞄准了你的口袋，如若不买，见你大口喝茶，就不失时机地着补一句：牛饮！我就这样在表演者微笑的目光下“牛饮”过的。前不久登庐山五老峰，途中小憩，设有茶棚，想庐山云雾茶名扬天下，就点了一壶，那酒盅般大的小盏未经三倒两倒，见底了，想再续水，老板娘是笑而不续，云雾茶把我喝得也云里雾里了。本欲坐下歇歇脚力，一来品品茶，二来观观景，见此情景，也只得作罢。

我不懂茶。小时乡村，渴了扤一瓢凉水，喝的胸脯子湿透。只有来了客人，才从村头小店买一包花茶，那时似乎只有那一种茶，要不咋是偏僻落后的乡村呢。后来走出小村，走进小城，也只是备一小罐茶叶待客，自己常用的则是白水。那时，我只知道一种花茶。现在呢，走南闯北多了，不独花茶，乌龙茶也喝，绿茶也喝，红茶也喝，油茶、奶茶、苦茶等等几乎是茶就喝，到哪里就喝哪里的茶，这叫入乡随俗。我那小城呢，近几年不知不觉也冒出好几家茶楼，典雅幽静，很有品味，不亚于京城。约三五好友，那里一坐，确如一老先生所言："于瓦屋纸窗下，清泉绿茶，用素雅的陶瓷茶具，得半日之闲，可抵十年的尘梦。"在当今人心浮躁的境况下，真是一种身心享受呢。

茶喝是喝，我却喝不出门道，充其量喝的是个热闹。如面对一茶，大致可说出是红茶、绿茶，具体是其中哪一种茶，就模模糊糊，难以辨别了。至于茶道，更是不通，老子都说"道可道，非常道"，他所追求了一生的道全说不清楚，我只喝了几杯水的茶道又怎能说清呢？反正茶道也离不了人道，许多事含糊一点也好。不过，我国饮茶好歹也饮了两千多年，唐代陆羽闲云野鹤、四海为家，写了一部《茶经》，也算得道了；宋代陆游自称"前身疑是竟陵翁"，即陆羽的后代，晚年戒酒而恋茶，一边不停地做诗，一边还思谋着"他年犹得作茶神"；大清皇帝乾隆，喝茶竟以"露水为最上，雪水次之，雨水又次之。水愈轻而色味愈佳"，而且认为"茶乃水中之君子，酒为水中之小人"，故要亲君子而远小人。喝茶不仅喝出水的高下，还喝出治国之道，大概只有乾隆，这可真不是寻常之道了。

京城友人曾送我一件红木几案及一套台湾茶具，一番感激后就束之高阁了，我知道那是要用于极为讲究的茶艺，是需要耐心的功夫的。我不是讲究之人，更没这如点香、洗杯、润茶、冲水、泡茶、赏茶、闻茶、品茶、回味等的悠闲性子。所以，不是自贬，我确实生性愚钝，既喝不出所以然，也就不必深究所以然，还是为现实服务，生津润喉，解解燃眉之急吧，甭管他牛饮、豪饮、痛饮，反正渴了就饮，而且越喝口味越单一。不知怎么，近来竟格外的偏爱绿茶了，只觉绿茶进口，全身润润的清爽。不是说别的茶不如绿茶，就像喝啤酒，就喜欢"燕京"那一口儿。这叫萝卜、白菜，各有所爱。近来闹"非典"，北京尤其严重，人需要增强免疫力。而专家专门说：绿茶含有高浓度氨基酸，可提高人体免疫细胞的机能，增强人体抵抗传染病的能力，歪打正着了。

不管咋着，今后绿茶是不离我杯了，就是不渴，看着杯中酿起的绿格莹莹的茶气，也会觉得人间有味是清欢了。

2003 年 5 月 1 日草，2 日改，2010 年 11 月 19 日又改，21 日再改

刊载于 2003 年 7 月 20 日《北京日报》副刊

一月菜花开

一棵不大的白菜，一茎不大的菜根。白菜吃完，就剩菜根了，拿在手里，忽然想起小时在乡下老家，把菜根栽植地里活了的情景。因此，菜根不仅没有随手扔掉，而且被我带到十八层楼的工作室。

工作室除去电脑桌，就是整面墙的书柜，书柜里有个黑釉粗瓷的小碗。我平日去哪里，见一时喜欢的东西，顺便捎回来。摆柜里，看书或写作久了，近前品味欣赏，换换脑筋。在室里左瞧右看，见别无他物，便取下小碗，拭去浮尘，接满水，找块儿小石头，让菜根抱在石头上，再小心端至阳台，摆置玻璃窗前。窗外正值数九，菜根自是不能栽植在寒冷的地里了。

这时，江城爆发疫情，传至京城。平谷为近畿之地，亦当防患于未然。况且前方大夫舍命阻击疫情，我等自当努力照顾自己，做些力所能及的事情，也是对社会、对国家的贡献了。念此，便放下手机，静心坐电脑前，让注意力暂时从疫情信息中，倾注到对地方文史的研究中。当然，也时时关注着疫情的发展。

只说那黑釉粗瓷碗，比一般饭碗还小，也就盛不了多少水。高高的十八层楼本身就显干燥，再有暖气，水无疑要被蒸发的，而菜根生长也需要汲取水分。所以，我每天研究累了，就起身端些新水，添加碗里，甚至会有意让水慢慢凸出碗沿儿，眼瞅着水凸而不溢，悉心感受物理的张力。楼头一片云来，恰落清亮亮的碗底，便做了菜根的映衬。

就这样，对菜根我像每天的研究一样精心。菜根也不负我心，先是四遭悄悄滋出白生生的根须，随后上面酿出一苞嫩芽，绿莹莹如豌豆大小，天生几分的虎头虎脑。随之，旁又酿出一苞、两苞、三五苞嫩芽来。眼见得四遭根须细密且长，及至盘住了石头。只是碗小水少，供不得这些苞苞一起生长，便商量了似的，自觉含苞以待，仅任先生那苞长了。就想平谷早在十万年前的旧石器时代已有人类活动，至七八千年前的新石器时代创造了上宅文化，这不就是最先酿出平谷大地的嫩芽么？继而开出悠久灿烂的花来。

菜根也是，酿出嫩芽不久，芽苞缓缓舒展，渐渐露出一堆儿小米粒状的花蕊。朋友来张口一句：开不了！如当头一瓢冷水。想想也是实话，一钵清水，没有足够营养，花该怎么开呢？我想不了那么多，也想不了那么远，只明白人缺水了要渴，花缺水了要蔫，终究水是生命之源。所以，我日复一日，精心耐心、不改初心地每日添加新水。太阳也适时从东边盘山升起，向西山远远落去。每天都是新的太阳轮回着窗前，使窗前这片天地温暖如春。

花蕊簇拥一团，努力向着太阳生长。不知不觉，花蕊下挺起一根小手指粗的茎来。这团紧簇的花蕊，就三束、五束自然地分散于茎上。而每一束又旁逸斜生一根自己的茎。每茎从上到下，一抖擞就均匀地开着各自的花了。最大的主茎高达一尺有余，与黑釉粗瓷小碗比，总觉是棵参天大树！

再看那些花朵，宛若有约，不慌不忙，不紧不慢，不等不待，不依不靠，一程程就那么悠然地次第开放。这些鸟鸣般啾啾过了，那些又爆竹般噼啪响着。菜花带着丝丝缕缕淡极又浓极的幽香，一直为我开一月有余，至今还开着。缤纷落英之后，竟结出一个个狭长的荚来。朋友再至，满脸诧异，说怎是这样？

就是这样，小米粒般的花朵，无论窗外云卷云舒，抑或雾弥霾漫，就像在小时家乡的泥土里一样，只是尽心尽力地开着。菜根终归带着泥土的气息，开出的自然也是泥土的花了，黄黄的就是一派泥土本色。朋友眼里，也许这花缺少些芬芳，缺少些灿烂。但她开得明丽，开得自然，开得淡雅，开得清净，开得朴实，开得真诚，开得纯粹，开得厚重。就在这清清浅浅、澄澄澈澈的一钵水里，开出了一片属于自己的清新世界！

窗外喜鹊盘旋，传递着疫情的消息，已有不少患者治愈，奇迹般十天竣工的火神山医院交付使用，尤其是疫苗就要研制成功。相信随着隆冬的退去，万物复苏的春天就要降临。而我的研究还在继续，我的菜花还在开着，特别是那些酿出的芽苞，还等我每日添加新水，也要一程程绽放呢！

2020年2月1日草并改。2日又改，3日再改于善书斋

刊载于2020年2月14日《北京日报》副刊

入选中宣部“学习强国”APP

游云的思绪

题记：生活中处处充满情趣，充满诗意，充满哲理，激发出一缕缕思绪。这思绪就像游云，不知何时，了无痕迹地来了，又了无痕迹地走了。我是在游云来时，努力随手去捕捉。

蟋　蟀

立秋才过，蟋蟀竟悄悄入我十八层楼上，且对我鸣叫不停。

《诗经》有“七月在野，八月在宇，九月在户，十月蟋蟀入我床下”语，这刚七月，未免忒早些了。

要么怕我寂寞，为我独自唱起夜曲么？

2019 年 8 月 13 日

落　叶

时已初秋，可还有些暑热。谁知一阵细雨，顿时凉爽了。走在路上，忽见一茎树叶落下。便想：一叶落而知秋，那么，落一茎叶，又该知什么呢？

2019 年 8 月 20 日

如 果

有人说，当一棵树满枝叶子时，人们会低头走过；当只有一片叶子时，人们会抬头仰望。如果枝上没有一片叶子时，人们又当如何？

2019 年 8 月 22 日

苹果树下

牛蛋这小孩儿极聪明，悟性极高。

听说牛顿小时候，见一苹果落地，便发现了地球的万有引力。他也坐苹果树下，左等右等，苹果咋也不落下来。

结局一：情急之中，叫人使劲摇动。顿时，苹果纷纷如雨下。

还未等他发现什么，头早砸起了一个个紫包，赶紧捂着脑袋跑了。

2019 年 8 月 23 日

结局二：等了半天，终于有个苹果从树上掉下。他赶紧拿起，擦都没擦，三口两口就吃了。他确实饿了，饿得他早忘了来时的初心。

结局三：等了半天，终于有个苹果从树上掉下。他赶紧捡起，仔仔细细地端详，咋看咋就是一个苹果，很纳闷儿：万有引力在哪儿呢？牛顿又咋发现的呢？他百思不得其解。

结局四：等了半天，眼巴巴地望着，苹果就是不落下来。这时，他想起很多名人都喜欢题字，便找来一块小木板，写上“牛蛋坐观苹果处”。插在苹果树下，心满意足地走了。

2019 年 8 月 27 日续写

不负银杏意

散步至一银杏树下，发现不仅满地黄叶，还滚落着许多白果，只因昨夜风雨所致。

想平日早被捡拾尽了，今怎无人捡拾？一阵风来，白果又雨点般纷纷掉落，莫非就为等我么？

念此，便俯身一颗颗捡拾，以不负银杏意了。

2019 年 11 月 10 日

两棵树

一棵梨树挂满大大的梨子，人们忙不迭争抢，甚至连枝条都折断了。

一棵海棠结满密麻麻小果，树下杂草丛生，鲜有人来，甚至都无人看上一眼。

我悄悄过去，摘下两颗熟透的小果，竟嚼出苹果般的味道。我想告诉那片白云，谁知白云随风早飘走了。

2019 年 11 月 12 日

与树站成一样的风景

常言十年树木，百年树人，这是指要从小树起。

现在呢，是移植老木了，以直接成景。过去，春天植树，而今飘零的雪花和凝结的雾凇下植。

一切似乎都在变。

变化中，我只想等明年春天，这树长叶开花了，来与树站成一样的风景，悄悄拍一张写真。

2019 年 12 月 8 日

变　脸

今日山中踏察，遇一似大鸡者，不知为何物，山里人告是火鸡。

初见时，其头部发青，下垂双翅，尾部炸起，随着咕咕声，欲跃跃近前，好似我侵了其领地。见状，举相机一拍，想存一点记忆，便赶紧往山下走了。

孰知火鸡竟后面追来，我只顾前面，对此浑然不觉。山里人一喊，并向火鸡跺脚，以示驱赶。我忙回头，才见其咕咕依然，头部且瞬间变红，照旧下垂双翅，汹汹然大有不依不饶之势。

我只是偶然路过，自以为没有冒犯处，何至于此呢？

2020 年 5 月 27 日草，28 日改

虫鸣秋

清晨，走在来工作室的路上。尚早，路上空无人影。

静静地心，一夜无梦，却一下被长一声、短一声、高一声、低一声的虫鸣充满。虫鸣经才下过的小雨滋润，更显得清脆悠远。

想时已七月孟秋，此乃天地赐予尽享之秋声也。

2020 年 9 月 14 日清晨

鸟啼晨

淅沥沥的秋雨不大，还是趁夜悄悄打湿了脚下的路。

虫们雨里依然幽幽地鸣着，知道这已是秋天了。

鸟呢，应该猫窝里夜眠的。可天刚放亮，就迫不及待地出来，枝头高高啼唤着秋雨润湿出的又一个清新的早晨。

鸟们既然早早出来了，大概不大的雨也该知趣地歇了。

2020 年 9 月 15 日清晨

云游天

太阳从东边盘山顶爬上来，随手把风、把雨抛在了昨日，新的一天就开始了。

新的一天很晴朗，晴朗得有如水冲洗过的柏油路和广场。白云一身轻松地出来，在柏油路和广场上悠闲地散步，因为雨昨日已经下了。

一阵风吹来，可以吹得我很凉爽，可以吹得树木直摇动，但吹不到云，云在高高的天上，我只能站风里仰望。

2020 年 9 月 16 日草，24 日改

庚子日记

题记 2019 年末与 2020 年春，突发疫情由武汉而蔓延至全国，北京亦不可避免。而平谷如 2003 年“非典”时一样，仍保持了北京地区的一片净土。其间，我以一个年过花甲的普通人所做所见、所闻所思，随手以诚实文字记之于笔下，备今之读者或日后采风者览焉。

之一　理发

疫情之下，坚守工作室，不随意外出，潜心撰写《东高村史话》。

书稿不知不觉地厚了，头发也不知不觉地长了。四十多天过去，头发不管不顾，兀自生长，已然直托耳叉子了。拿镜子照照，长毛拉子，咋觉得快成野人了呢?

托朋友瞅瞅年前去的那家理发馆，告说“没开呢”，并故意把“没”字拉得很长，以示开门遥遥无期。

傍晚，一位年轻朋友带着为孩子理发的推子来了，热情地为我志愿理发，并说这是第一次给大人理。恰巧有一位女孩来送整理好的乡村访谈资料，也主动地在一旁前后左右、横竖上下地观察指导。

这时，但听推子理动的轻轻响声，接着便觉到了推子移动的微微震颤，地下围绕着我，慢慢就散落一遭长长短短的花白头发了。无须等到地老天荒，只觉不大一会儿，我这头顶大事便宣告完成！理去了几分头发，也理去了几分沧桑，人一下精神许多。

我一看大大出乎意料，这第一次真的理得很好，若走在大庭广众之下，说不定有人会问谁是理发师呢！

在我眼中，年轻人聪明，富有才华，而聪明有才华的人，无论在哪儿，无论干什么，聪明才华随时随地是可以显露出来的，像第一次理发就是。

2020年3月2日整理，14日再改于善书斋

之二　三月雪

昨夜十点多从大厦回家，打着雨伞，天下着不大的雨。几分钟的路，到家门口，伞上沙沙声。收起伞，望望天，原来这几分钟里，小雨悄悄改为雪了，且雪片子不小，不然落伞上不会打出声来。

看日历，今天3月3日，农历二月初十。立春已一个来月，后天就是惊蛰了。几十年间，记忆里似乎很少3月下雪，可这回不依节气不遵常情不照常理就是下了。为啥这时下雪呢？

因疫情人们一直守在屋子里，守住自己，守住家人，思念着这就是为社会为国家做贡献。毕竟守得太久了，人们的心真的渴望着外面的世界。可终归是早春，小草的嫩尖才拱出地皮，树木的枝头才酝酿芽苞，外面的世界还不到灿烂的时候。

灵机一动，本该冬天的雪，不失时机，回头从天又飘飘洒洒地落了。舒展开六瓣的羽翼，无需雷声的伴奏，亦无需电闪的伴舞，就自己洁白白剔透透空灵灵轻盈盈舞动，在长天的舞台，为人们举行一场盛大浩瀚的表演，哪怕未等飘落地上就融化了。

渴望已久的人们欢呼雀跃，纷纷亮出手机，一定拍下这不寻常春天里的不寻常的时刻！

我静下心，想起一首诗来：

新年都未有芳华，二月初惊见草芽。

白雪却嫌春色晚，故穿庭树作飞花。

这是唐代大文学家韩愈的《春雪》诗，仿佛穿越时空，特为今天而作呢。

2020 年 3 月 3 日整理

之三　也悄悄为自己加一声油

历经一年多调查、访谈及踏察，进而编写。尤其闹疫情以来，望着工作室外日出月落，云卷云舒，我只是猫室内潜心研究与写作，包括大年三十都过来了，甚至每晚要写到十点才回去。

就这样夜以继日，《东高村史话》终于基本完成初稿，将东高村地区重要的历史文化囊括其中，大大出乎意料，竟有三十余万言，再加上四五百幅图片，当是一部厚厚的大书了。

完成初稿，并非最后完稿，还要仔细地瞻前顾后、瞅左瞧右，尽力发现那些不妥处或疏漏处，以拾遗补缺、修改完善。并整理相关图片，随文字各就其位，使之图文并茂。这些事彻底完成，还需要些时日。

想想，写作其实就是个系统工程，有如构造一座协调、壮美、坚固的建筑。我要努力让手下这座建筑，就像东高村文峰塔一样，日月光照也好，风雨沧桑也罢，不仅屹立今天，更要屹立明天、后天，甚至永远！

眺望窗外，心底默默为武汉为湖北为中国加油的同时，也悄悄为自己加一声油！

2020 年 3 月 4 日整理

之四　隔着栅栏看母亲

母亲 87 岁了，住在老家云峰寺村的养老院里。

随着去年大哥因病突然去世，爱人进京带孙子，我整天忙于写作，母亲一人在家，万一磕磕绊绊的，着实放心不下，就商量要不上养老院吧。母亲一听，说我能吃几口饭呢？大概以为不管她了。而大哥去世，也一直瞒着她呢。儿女这么做，其实真的是为母亲好。母亲是个明白人，想想，说要不我去看看。

养老院就在老家的公路旁，旧村委会的地方，是京城一位女企业家经营的。区内养老院很多，之所以选择这里，首先是心里总有一种回家的亲切感。再有，连外面包括京城的老人都来这里，说明这里名声在外了。但见花草树木簇拥着前后楼房，有如花园一般。宽敞的院落里，老人们乐呵呵地活动着。

母亲来了，服务员热情安顿好，便推着去午餐。母亲回头说，不行我就回去。我点点头。那时，每天我都来陪母亲。结果没三天，母亲感觉可以，就在这儿了。后来我岳父、岳母来看望，母亲竟笑着说，你们老公母俩也来吧，在家啥呆头啊。主动劝上亲家了。

母亲高兴，我当然更高兴，带些生活的东西，常过来看看。一次，母亲说，等春节了接我回去几天。不想春节前武汉突发疫情，蔓延全国，北京不少区县也有了。原定腊月二十八九接的，可这时养老院为老人健康着想，率先实行封闭管理。我想还是别接了，等疫情过去了，母亲啥时愿意回来住住都行。

养老院的大铁栅栏门关闭了，委托院领导，替我跟母亲说清楚现在疫情的情况和想法。母亲毕竟年纪大了，有些耳沉，即使带着助听器听力也不大好，可头脑非常清楚，思维非常敏捷，简直不像九十来岁的人。放心吧，说好了。院领导很快告诉我们，还一个劲儿夸老太太真是个明白人！

尽管外面的疫情一直很严重，但是平谷始终保持着一片净土，就像十几年前的“非典”一样。疫情之下，除努力保护好自己，做些力所能及的事情外，我仍像往常一样来看母亲，即便进不去，就站门前往母亲的房间望望也好。儿女心到了，母亲会有感应的。今天，我又带些东西，来到养老院前。

那道大铁栅栏门严严实实地关着，上面横挂一幅预防新冠肺炎的标语。院长笑脸相迎，并着人接过东西。路上就电话联系服务员，见我来了，随后母亲坐着轮椅被推至一层楼大门玻璃前。隔着铁栅栏，我一眼看见正向外张望的母亲，连连挥手。母亲一下也看见我了，隔着玻璃高兴地向我挥手。院长笑着，老太太眼神还真好。母亲前几年患白内障，安贞专家来做了手术，平时看电视啥的都清楚着呢。母亲又连续拍拍两手，做鼓掌状。我明白，这应该是告诉我，她在这儿挺好。随后又扬起右手，朝外挥挥，意思是甭老在外面站着，让我走。

母亲看见了我，我也看见了母亲。尽管隔着栅栏，不能近前，但是过不了多久，一切都会过去，都会好的。特殊时候，母亲懂的。我又向母亲挥挥手，服务员推着母亲走了，我也转身回了。

这时，一阵料峭寒风吹来，兜得栅栏上的横幅鼓鼓的且呼呼作响。便想，这风早日把病毒干净、彻底地吹走才好呢！

2020年3月5日至6日整理，7日改于善书斋

之五　隔着车窗看孙子

孩子在京城工作，爱人去帮助带孙子。

眼看春节临近，我对孩子说，就这几天假，疫情之下，别两边折腾了，直接去张家口岳父家吧。孩子开着车去了，爱人收拾一下，就回平谷过年了。

孩子不在，过年自然就简单了。由于疫情，该串的门也不串了，该聚的会也不聚了，以电话问候或微信联系了。我呢照常到工作室写东西，包括大年三十也没间断，爱人乘机在家好好歇歇。

渐渐地，出门要戴口罩了，后来上班也戴了。小区门口有看护了，进进出出也要带出入证了。又一次次测量体温了，人与人之间要保持一米的距离了，甚至小区门口都安栅栏门了。2003 年“非典”时遗留下来的门等旧物，可用的归整归整，接着再用了。就这样上下努力，平谷一直保持着一方净土。

在净土里，连爆竹似乎都少闻了，正月便悄无声息地过去。其间，疫情蔓延，孩子回京一延再延，终于该返回了。本来想找辆车，将爱人及准备的东西送去，可孩子执意要接。我理解，平常忙，过年了，咋着也想回家看看。

我请教小区看护人员，说进小区要先隔离。特殊时期，为了小区的每一个人，必须这样，那孩子就在京城家里隔离，完了好便于工作。

下午四点多，孩子到了。我说，车就停小区门外吧。孩子说，从张家口一气开三四个小时，洗手间都没顾上。我指给他不远处公厕的地方，爱人带着做好的吃的和其他东西，上车了。

这时，孩子半打开后座车门，对着坐在里边的孙子：“叫爷爷”。孙子胖胖的，歪头对我眨眨发亮的眼睛。孙子小，又长久不见，对爷爷似乎有些陌生了，努努小嘴儿没叫出来。该走了，这时候天短，到北京也得黑了。关车门的刹那，孙子扭过小脸，朝车窗外心不在焉地摇摇手。

车子一溜烟地走了，这是疫情之下，不然，甭说过年，就是平时，孩子回来也不可能不进家，更不可能不吃饭啊！我跟爱人也说了，好好带孙子，疫情过了再回来。

随着春天的来临，疫情很快就会过去。心是这么想着，可我独立街头，眺望着车远去的方向，一时间总觉空落落的，想落泪。

走吧，我还要守候好这个家！

2020 年 3 月 1 日记，7—8 日整理于善书斋

之六　凌寒默默开

写作久了，便戴上口罩，从大厦十八层下来，径直往西，到路旁的小公园散步。这里原为一个单位的后院，栅栏围着，去年将一边栅栏撤掉，从此便敞开了。

疫情之下，总要人少聚集，而工作室东面广场人来人往，我自然少去了，常信步沿路就到了这里。这里一般人很少来，对我而言，清净得正好。

公园一两亩地，面积不大，原本稀疏地栽植些粗细、高矮的花木，北部中间一不长的紫藤架，再北面茂密的竹林生长成一道天然绿障。东西堆着不高的土坨，形成似断实连的假山，鹅卵石铺砌的甬路蜿蜒贯通其间。这是一座小园林，只略显简单罢了。

记得土坨围圈的中间是一片空阔的草地，高矮、虚实，不失为很好的布局。年前，来人刨开草地隆冬的冻土，移植些带着大土坨的花木，空阔处一下显得充实了。好像过去都春天植树，隆冬移植还第一次见到。

前不久落了罕见的三月雪，随之而来一两场细雨，雾蒙蒙、连绵绵有如江南。地上湿润了，树上也湿润了。地上枯叶间拱出嫩绿的草尖，树上枝头间拱出或泛绿或乍紫的骨朵，包括高大的玉兰，毛茸茸骨朵小桃子一般。那架紫藤，垂挂着一拃来长的豆荚，总让人想起一串串紫藤的花来。

我沿着甬路，走过紫藤架，就见路旁冬天移植的那株不大的树上，还飘零些发黄的叶子，是去年秋后的黄叶还抱着枝头不舍离去么？这么想着，便走到了近前，伸手轻轻抚摸，柔柔的并不干枯。再看，哪里是黄叶，一朵朵指甲盖大的黄花！没有桃红柳绿的艳丽，与大地一样的质朴。

敢情隆冬移植的花木，不仅可以成活，而且根本不受疫情影响，兀自这一角，春色为先不声不响凌寒默默开呢。什么花？当地没有，我以前似乎也未见过。回去请教朋友，告我是蜡梅，多生长于我国南方及西北，并说这花非常清香。没有闻到啊，这才记起，我一直戴着口罩的。看来，口罩把病菌隔绝在了外头，同时也把清香隔绝了。

想昨晚那轮又圆又大的超级月亮，从东边盘山升起，早晨已旋转至西边楼头，清辉应该悄悄洒满了蜡梅。“不要人夸颜色好，只留清气满乾坤”，吟咏的就是这株蜡梅么？

2020 年 3 月 9 日晚至 10 日晨草，改于善书斋

之七　回老家

春节过后，我陪着爱人因事回老家。

从县城到乡下，没多远的路，车又很少，一会儿就到了。街口，已拉上一条带子，有村人守护了。守护人年轻些，上前询问爱人从哪里来，到谁家去。问得很仔细，很负责任。这时一年长些的人过来，瞅瞅爱人，对年轻人说：这是咱村老书记。爱人早年曾当过村副书记，一晃离开村子四十多年了，平时忙于工作，回来不多，年轻人怎么认识呢？填报完了，我们往村里走，年轻人还背后不忘叮嘱：待会儿就得，别在家聚餐。

到了家里，岳父很高兴，聊起疫情，甚至比我们还清楚。需要怎么做，比我们还了解。并说我就在家里，自个儿院子转转，哪儿也不去。八十多岁了，真的很明白事理。临出来，还再三叮嘱我们呢要多注意。虽然我们也六十多了，可在老人跟前，老人眼里，我们永远是孩子。

回来路上，我想起这些年来访谈踏察，走遍全区每个村落，到哪村都非常热情，村人敞开心扉谈其所知，带着我看其所存。我对平谷历史文化，能够进一步深入研究，重要的就是将他们的所知所感如实记述下来了。他们就是普通百姓，其心灵其思想其境界，真的与社会与民族与国家息息相通，而且与时俱进。

我想起一位不曾谋面的年轻朋友，过完春节按时回京了，结果公司因疫情一再推延上班，而朋友就在京城等候，没再回来，为的就是不给家乡添麻

烦。这就是平谷儿女，无论走多远，无论走到哪里，心里念念的也是家乡！

我又想起抗日战争和解放战争时期，多少平谷儿女离别亲人离开家乡，义无反顾、大义凛然地走上前线。也许现在已无法统计平谷儿女参军的准确数字，但在册的烈士就达一千三百余人！如生活于平谷的老红军李云辉唯一内弟，才结婚就参加了解放军，不久血洒疆场，没留下一儿半女，内弟这一门从此没有后人了！

这就是我的父老乡亲，淳朴诚挚，识大体，顾大局，胸怀着天下。如果说，当年“非典”平谷是一片净土，而这次疫情平谷至今还是一片净土，与父老乡亲的默默努力、默默奉献，甚至默默作出的牺牲，是不无关系的！

想到这里，便想起一句话：人民群众是真正的英雄。不是么？

2020年3月13日草，改，14日改于善书斋

之八　口罩之谊

疫情蔓延的境况下，尽管平谷仍是一片净土，但是为预防出入也戴口罩了。包括公共场所，比如小区门旁超市，小喇叭录好了，成天不厌其烦地播放：不戴口罩不能进超市。

我找出床头的一个口罩，摸着挺厚实，心想隔绝病菌一定会更强。可看别人戴的口罩，大多很薄，且颜色发蓝，当然也有白的。瞅我这口罩，似迷彩服颜色布面，大概是制作的不同厂家、不同时间吧，事事似乎没必要，也不可能强求划一。况且我这样戴着，出入工作室，行走街头，也没有说不行。

记得一两年前雾霾严重时，爱人给我买了这口罩，旁边有个透气的设置，里边随时可以更换罩芯，一闹雾霾了我就戴上，毕竟雾霾不是天天有。爱人在京城带孙子，回来一看，说你戴这个不行。我有些不解，能管雾霾就不管病毒么？横不能口罩也有分工啊。当然，没必要也不可能啥都理解，更不能较真，我赶紧摘了，也不扔，以后雾霾了再用。

爱人左翻右找，终于翻腾出一包颜色发蓝的口罩，上写着“一次性外科使用”，并有“一次使用4小时”字样。这才几个口罩，要一次一换，用不了三五天。得了，特殊时期，我也甭管“规定”了，戴到工作室，摘下来搁窗台上晾晒，顺便紫外线消毒，或放电热器上烘烤，保证我出去时再戴是干的就行了。“规定”4小时，我连续戴4天，感觉也挺好，尤其这回是与大家一样的蓝了。后来专家也说一次性口罩可以再用，看来我这次是走在专家前面了。

正念口罩难以为继，且上街不能买到时，京城一位朋友微信问候，说城里口罩已然紧缺，他先前从日本带回来些。不容分说，第二天就给我快递来了。一个口罩平常也许就块八毛钱，实在算不得贵重稀罕之物。但在此时此刻急需且紧缺之时，以自己所用而慨然相送，不能不让人为之感动，真的非一个“谢”字了得。随后，区里朋友得知也送来了口罩。我只管潜心研究写作，不必再有出门口罩的后顾之忧了。

对于我，每天就是出家门而工作室，出工作室而家门。疫情之下，我这样静静地，尽力干着我想干、会干、能干，于社会有益又需要的事。忽然想到武汉人一直封城在家（在此衷心希望疫情早日过去，武汉人早日走出家门），我就觉得更应该很好地珍惜眼前这一切！

我就在这两点一线的路途走着，感知着冬去春来，感知着大千世界，也感知着朋友、亲人以及我自己。感知中，我会自觉以口罩遮面，大家亦是这样，这注定成为2020年春天不平常的街景。路遇熟人或朋友，便笑着点头示意，或招手致意，抑或拱手相揖。这样，有意无意互相还保持了距离。进而想到，似乎这比见面握手寒暄要文明得多。老辈子人不都拱手作揖么？看来，那些好的文明的传统，还是要保留、恢复乃至弘扬的。

2020年3月18日整理，19日改于善书斋

之九　体温之度

疫情蔓延之下，出入佩戴口罩的同时，也测量体温了。一般新冠肺炎是伴随着发烧症状的，预防先测确实很有必要。

数九时节，外面还比较寒冷。我从外面回来，守护人拿着测温器，举向我额头，仔细看看没有反映，有些纳闷儿。往手上磕的磕的再试，有了，告我 34 度多。自我感觉正常，不高可也不能低呀。守护人笑笑，大概您在外头风吹的有些凉。这就是天气的缘故。

下次再量，改手腕了。我问量哪手的，说都行。那就哪手方便量哪手，甭分男左女右了。其实量哪手应该都一样，毕竟全在我身上，不会左手高右手低，要么右手高左手低，这可不是环球同此凉热。但我自己是时时处处事事物物十二分小心谨慎，不仅不随便往人多地方走动，就连吃喝拉撒睡，也尽量按部就班，有规有律地生活，不能丝毫怠慢、丝毫疏忽、丝毫大意。

在这特殊时期，切不可因稍微的不慎，出现稍微的差池，而造成不可避免的影响。说实话，小区也好，工作室也好，一天来来往往，进进出出，我也记不得量几回了。只要需要量，我就会主动亮出手腕，自觉配合。而且测量温度低点也没啥，千万别高了。万一测高了，37.3 度以上了，那还了得，就如临大敌了！

数九时节慢慢过去了，那株不惹眼的蜡梅不声不响地开了，我一身上下穿戴的，还是数九的笨重臃肿衣物。总觉捂着点好，老言古语不是说春捂秋冻么？这是前人经验之谈，不听老人言，吃亏在眼前。这个时候真的不想感冒、不能感冒、不敢感冒，我总暗暗这么叮嘱自己。说到底，每个人的正常，不仅关乎着自己、家庭和亲人，更关乎着平谷这片净土。

蜡梅枝头先天下开了，玉兰枝头也相继绽放，小草不甘落后纷纷绿了大地，春天的脚步眼瞅着轻盈盈来了。疫情随之也一日比一日向好，甚至北京直至全国都没有本土新增确诊病例了，可谓大大的利好！这是否意味着出入无须测量体温，摘下捂了许久的口罩，回归正常的平静与生活，已然指日可待了呢？

不想国际疫情又蔓延开来，出现了境外输入，看来最后守住平谷这片净土，一时仍不可松懈大意，甚至掉以轻心。所以，必须要坚持最后的努力之中，尽力做好自我防护，口罩该戴还要自觉地戴，体温该量还要自觉地量，一切尚不到刀枪入库、马放南山、偃旗息鼓、鸣金收兵的时候。

一次，正在小区伸着手腕自觉着，后面亦有自觉等候之人，且带两三只宠物。宠物似乎习惯于跑在人前，便不等主人，三蹦两跳就窜过去了。路上，我依稀记得香港的一只宠物狗被感染的消息，便想这些宠物们是否也需要像人一样测体温，甚至戴口罩，做些必要的检疫与预防呢？也许不用吧，都各自管护得很好，只是我触景生发的一闪之念而已。

2020年3月19日草，改，20日又改于善书斋

之十　疫情下的菜根

疫情渐行渐远，春天来到了平谷这片净土。关上电脑，从十八层楼下来，走进春天里。当然，口罩是不能忘戴的，还不到摘的时候。

似乎无须思索，无须选择，随着两脚信步就带我到了西边的小园，就是我赏蜡梅的地方，捡紫藤荚迸裂一地太阳黑子的地方。一般人们都习惯于东边的广场，或南边宽阔的马路，以及北边远些的山间，而不会随意到西边这局促狭隘简直放不下几只脚的地方来。清静些正好，又坐落在我家门前，便戏称我家的园子了。

今天再来这里，走上我称之为土山的那道坨子，一小片前两日还展着小叶、拱着小骨朵的二月兰，一两日未见，竟绽放开紫莹莹比小指甲盖还小的花瓣了！

欣喜之余，发现二月兰周围，散布着一些嫩嫩的野菜。记不得小时候春

天到野地里挖去，家乡人管这叫什么了。是铺展开来的片片叶子，微风之中翩翩有如蝴蝶么？根茎又略带苦味儿，现在人们便通称其为苦蝶儿了。

一时兴起，手头没有抿吃儿、镰刀等家什，就随地捡根树枝，剜活野菜根部的硬土，再轻轻一揪，就连根白生生拔起了。不像小时候，家家孩子都去挖野菜，满地转悠半天，也挖不了一笼子。在这儿不用挪窝儿，就剜了一大把。有些攥不下，感觉后晌足够自己吃了，站起来活动活动蹲了好大一会儿的腿，就回来了。

看着手中的苦蝶儿，这份春天的馈赠，忽然记起前人说的“咬得菜根，百事可做”，便想后晌我就可以咬菜根了，无须大油大肉，山珍海味，烹炒煎炸，盘碗盆碟，就这简简单单的饭食，构成我简简单单的日子，安安宁宁，清清静静，真的挺好。

菜根我是咬得的，而我不是百能百通，百事无论如何也做不了。这么想着，就回到了十八层楼上。疫情之下，望一眼日渐增多的人流车流熙来攘往的窗外，还是继续我力所能及的研究与写作吧！

2020年3月25日晚草并改，26日晨又改于善书斋

庚子日记续

之一　疫情之下也不能让时光虚度

本来疫情已渐好转，风险等级也由二级下调至三级，尤其平谷一直守住了这片净土，全区上下逐步复工复产。而为促进复工复产，我还先后参加了丫髻山、石林峡网络旅游直播，据说每次直播观众达一百多万人，远远超出我的想象。

就在人们满怀期待着尽早恢复正常生活时，不想丰台新发地市场，突发一例新冠肺炎确诊病例，随后五六天内，确诊病例竟超过百例！事发突然，一时对新冠病毒变异传播等规律尚未完全掌握，境外已累计新冠确诊病例突破 700 万的疫情仍在蔓延，因此，首都疫情形势无疑十分严峻，平谷自然也不能置身事外。

原本出入小区不需测的体温继续测了，原本走在行人不多的路上可以不戴的口罩又继续戴了，原本打算撤回的社区、乡村下沉干部继续沉了，原本下调至三级的风险等级又上调回二级。一句话，上上下下更严格管控了。

人民至上，生命至上，不这样真的不行！

平谷也这样严格起来，并未以没有就放松管理，就高枕无忧，终归零疫情不等于零风险。毕竟这次新冠确诊病例的检疫人员也曾来平谷东寺渠批发市场，毕竟也有人去了丰台的新发地市场。这次风险真的更大，感觉离得更近，近得好像就在身边，就在眼前！

在这个时候，对于我，尤其要自觉戴好口罩，做好个人防护，不该去的地方不去，不该聚的聚集不聚。就是由家至大厦，两点一线，在高高的十八层工作室，潜心多研究些平谷历史文化，多写些要写的东西才是。

时不待我，流水不舍昼夜，疫情之下，我也不能让时光虚度。

2020年6月17日草，18日改于善书斋

之二　记住家乡就从记住一颗红杏开始

如果说，境外新冠确诊病例已超过千万，首都得以控制的疫情还时有新增，而平谷能够始终坚守着一片净土，亦实属不易了。

我一直守在家里，只是每天到大厦研究家乡历史文化，两点一线，甚至都很少走出小城。既然不能做其他事情，那就按要求出来进去自觉地戴好口罩，少聚集，时时处处努力保护好自己，不让孩子分心。孩子在京城忙碌着工作，忙碌着生活，且孙子不知不觉两岁多了，五一带着回来看看。疫情之下，于大家于小家，还是少回来的好。

六月下旬，平谷这片净土上生长的独特物产北寨红杏，在长城脚下又适时地熟了。孙子不便于回来，那就“云”递一些吧，上午采摘的红杏，下午就“云”到了京城，覆盖红杏的那片绿叶挂着的露珠还没干呢。让孙子有生以来好好品尝品尝，别忘了把核也砸碎，要孙子知道家乡红杏的仁都是甜的呢。

孙子以后慢慢记事了，长大了，将来也可能走到天南海北，但从小就要记着家乡平谷，走到哪里也不要忘记自己是个平谷人。说到底，家乡就是一个人的根！孙子还小，一时可能记不住家乡这么多的山，这么多的水，那就首先从记住家乡的一颗红杏开始吧！

今年就这样了，明年这时没有疫情，天地静好，我一定带着孙子，让孙子亲手采摘又大又甜汁多肉厚口感无二的红杏的！

2020年6月29日草并改。7月2日又改于善书斋

之三　历史需要一字字真实地写好

眼见首都疫情已零新增了，而境外新冠确诊病例怎么就逾1200万，大有愈发严重之势呢？谢天谢地，平谷依然一片净土，更要努力做好，包括自己，切不可掉以轻心。

这天，我在工作室写作，忽见一条微信，说爷爷谈海子村被日伪军圈庄，7人惨死的事。我整理革命斗争史时，大致知道这件事，一些细节还不甚了解。便联系微信作者，戴好口罩，驱车前往了。

多日未出小城，出来感觉空气分外新鲜。来到海子村头，那人来接，老人家中等候。家在村东头路边，路边就是果园。在果园下摆两把椅子，我与老人聊起来。

老人八十多岁了，精神尚好，谈起抗战时期海子人民与日军斗争及日军暴行。特别是1943年7月3日，日伪军圈庄，抓住群众五六十人，当时老人7岁，就在这中间。他亲眼所见，日军逼问谁给八路军办过事，点名要找村干部，没有一个人说。日伪军就对一些人灌凉水，压杠子，并先后将6人杀害。当日军逼问八路军枪在哪儿时，有个王让说我知道。日军将他绑上，后面拿绳拽着。王让把鬼子带到村东山崖上，说就在这儿。说完，猛地纵身一跳，想把拽着他的那个鬼子也一块儿托下去。就在他跳崖的刹那，拽绳的鬼子惊慌中松手了，王让壮烈牺牲。

老人领着我找到王让跳崖处，指出跳崖准确地点。并对我说，不在“舍身崖”石碑那儿，是在西边四五十米的地方，就从北面跳下去的。作为金海湖景区一部分，小山顶上是一人抱着一个鬼子的塑像。老人说，王让当时是双手被绳子绑着跳崖的。

访谈与踏察半日，回来的路上，我一直在想：老人当年虽然只有7岁，但是这个事件的见证者、亲历者，所谈应该是实，也就弥足珍贵，毕竟这样的见证者、亲历者不多了。而征集这些革命斗争史料，也就带有抢救性的了，便深感时不待我。正是这些史料为平谷历史文化的整理与传承，奠定了坚实基础。

终归，历史需要一字字真实地写好，才无愧于今人与后人，更无愧于壮烈的先人！

2020年7月11日晨草，改于善书斋

之四 期待这片净土再创造一个平谷奇迹

疫情风险等级，终于由二级下调至三级了！要是过去，这样的消息一出，憋闷久了的人们大概会奔走相告。如今呢，是频频摁动手指，以微信争相传告了。

人们确实期盼已久，尤其前一阵，刚宣布调至三级，不曾想新发地又突发疫情，马上再调回二级，人们的心不免又揪了起来。平谷虽说是一片净土，可也不是隔绝的世外桃源。毕竟新发地距平谷不远，周边区县亦时有发生，况且世界疫情依然蔓延。在这种境况下，各地区人之往来实属正常，平谷想独善其身亦是不易。

这期间，我除为抢救重要史料，必要时下到乡村寻找八九十岁老人访谈，一般都在十八层工作室，静静地研究写作，一心做好自己的事情。现在呢，对我来说依然如是。况且深知自己手里，早已没有了年轻人的大把青春，可以随意地丢掷与抛撒。总觉手头有做不完的事情，还是做一件是一件，甚至做一点是一点吧。不能在漫漫疫情下，枉费或虚度盘山顶上翩然升起的每一个日子。

话说回来，降至三级也不意味着风险彻底解除，应该是进入了一种疫情防控的常态。其实，即使疫情真的过后，也应时时处处注意卫生防护为好，这是疫情带给人们的重要忠告。所以，我出入大厦，还要自觉戴好口罩，自觉做好防护。都好，都好。咋着这也是聚集的办公之地，人员来自四面八方。

想十几年前的萨斯病毒流行，平谷就奇迹般地保持了一片净土。这次更严重的新冠病毒疫情之下，平谷这片桃花盛开的地方，依然一片净土。我期待一直净下去，净到世界疫情完全消失之时，再创造一个平谷奇迹！

2020年7月20日草，改于善书斋

守　白

岁月无情，顶上华发或如脸上皱纹，不知不觉间就出现了，一茎两茎三茎，慢慢不可细数，简直与日俱增，根本不以自己的意志为转移。每每对镜，虽不至于“高堂明镜悲白发”，却也慨叹“朝如青丝暮成雪”了，尽管并非一朝一暮所雪。

多情应笑我未老先衰，举目四望，穿梭往来忙碌的无论男女，无论长幼，皆亮莹莹一头乌发，着实令我好生羡慕，更怨时光不公，为何竟让众人皆黑我独白？恨不得喝令时光倒流，还我青春再少！自知许多事可以从头再来，唯人生不可，没有演练彩排的过程，简直容不得你去想是轰轰烈烈，抑或平平淡淡，匆匆里就过去了。孰料友人朝我意味深长地一笑：这有何难！随手撩起头顶梳拢齐整的乌发，露出齐茬茬白发根。原来如此，诸多乌发敢情为焗染所致，而非本来面目。一语点醒梦中人，毅然走进理发店，出来华发尽消，精神抖擞，一时间仿佛真的焕发了蓬勃青春！

陌生人相见，常随口夸我不仅发密，而且乌黑。毕竟四五十岁之人，大多该花白了，甚至稀疏得谢顶了。闻人赞许，暗里不免生发几分得意。只是得意不久，感觉焗染后，总隐隐痛痒，三五天不曾消失。询问，原来染发剂中含铅，含量有多有少，不然难以染色。即使染发剂包装明确标示“纯天然”“不含铅”等字样，也是自欺与欺人。忽然记起台湾诗人余光中所吟诗句：“染发剂有毒，休得自误”。诗为心声，这当是诗人真诚劝诫之语。

年轻时读过也就过了，不以为然。此时将诗从记忆深处钩沉而起，方觉平常诗句却意味非常，似先生隔着海峡示我。便逆而思之：即是有毒，我为甚还非染呢？圣人言三十而立，四十而不惑。想我已然迈过了五十门槛，按理不仅应该不惑，而且应该知天命了，应该自己能够掌握自己命运了，为什么还一味地人云亦云步人后尘随波逐流，而不能独立思考呢？其实，焗染终究为给人看，有如女子为悦己者容。为给人看而一时满足自己的虚荣，不顾及自身痛痒甚至健康，似乎太得不偿失了。说到底，虚荣又值几文，健康才是真金！我为什么不能抛却虚荣，而以真面目示人？

经一而再再而三三而四地反复思忖，我终于下定天大的决心，鼓起地大的勇气，毅然跨越横亘自己心底的那道无形障碍，大大方方、磊磊落落地以华发之貌，置身于大庭广众之下。初觉拘谨，进而放松，再而释然了。一时间，感觉天地并未因此而薄我，大家一样地随着地球自转，当空太阳照出与大家一样的身影。想起老子“知白守黑”之语，我且不念其有何深意，只是俗而化之：“知白守白”。守白，何尝不是守住自己的纯真，守住自己的纯朴，守住自己的纯一。当今社会，过于浮躁喧嚣，欲守住一点本真的东西，实在太难了！难也要守，从此我不再为焗染所累，也不再在意世俗目光，坦然面对迎面而来的长短镜头，坦然面对转瞬变幻的大千世界，心灵顿时得以自由，精神顿时得以解脱，浑身顿时得以轻松。

当然，诸多朋友也曾善意相劝，一笑代谢。要知已然迈出这一步，就不再彷徨，不再犹豫，更不会回头，只管昂首挺胸、义无反顾、坚定不移地守下去。哪怕有一天白得纯净、白得完全、白得彻底，白得实实与众不同，那也不打紧，就像黑是一种美一样，坚信白也别是一种美，而且是一种不遮不掩、不妆不饰、不虚不假、不造不作、真真实实、轻轻松松、纯纯粹粹、自自然然，尤其是健健康康的美，何乐而不为？

刊载于2012年8月22日《人民日报》副刊
收入李晓红主编《2012中国散文年选》
《诗人江湖老——人民日报2012年散文精选》

画　像

一位画家为我画了一幅漫画肖像。

我正襟危坐了半晌，任画家左一眼右一眼上一眼下一眼地分割我，然后再移植于笔下，画家移植的很得意。纸上之人，绝对是一男子汉，尤其那扫帚般的浓眉，庄严而有神的大眼，坚毅且紧抿的嘴角。原本一张白纸，禁不住画家三勾两勒，一幅肖像便跃然纸上了。是谁？似曾相识，又觉陌生。题款是我，想必我就这般模样，起码在画家心中是，要不为什么如此落笔呢？而一见之下，我竟然认不出“我”来。难怪，这多年我从未仔细端详自己，奔波于人生旅途，光顾认识别人了，偏偏忽略了自己。

拿给爱人，爱人与我朝夕相伴，望一眼跟前的我，望一眼纸上的“我”，扑哧笑了，反问：“这是谁呢？”拿与朋友，朋友与我交往多年，审视再三：“添上胡子，不成鲁迅了么？”罢了，爱人也好，朋友也好，对我太熟悉了，画家稍有走笔，也逃不脱他们的眼睛。而画家毕竟只与我萍水相逢，一面之交，挥毫的刹那，或许我真的就那般模样、那副神情。面对生活，我可以随心地活泼与严肃，但瞬间神情一旦定格于纸上，则永远不能改变了。

常言一百个人眼中就有一百个哈姆雷特，那是莎士比亚笔下的戏剧人物，何况我一个生活中实实在在的人！爱人心里一个“我”，朋友心里一个“我”，画家心里一个“我”。其实，多少“我”，最终也要归结于一个真实的我。美也罢，丑也罢，灵也罢，痴也罢，不管别人怎么认识我，关键我要能够认识“我”，我要能够把握“我”，在人生旅途上，一步一个脚印地朝前走去。

念此，我愈加珍爱这幅画像，并悬于案头，以让我时时认识自己。

写于1992年6月，2004年1月24日改。2016年4月20日又改，2017年6月6日再改

刊载于1995年9月8日《北京晚报》副刊

收入2005年9期《小学生心理成长导刊（高年级·知心乐园版）》

棋　局

人不能没有闲情，这是忙碌人生的一种精神调剂。如我，平日闲暇时光总喜爱下棋，不是围棋、跳棋，而是象棋。

对象棋，我只是喜爱，既没有从师授业，又没有演练《橘》《梅》古谱，更说不上登堂入室，甚至半路出家也算不得。走起棋来往往随心所欲、顺其自然。若对方走出妙招，则暗记于心，适当时机也如法炮制。所以，我行棋是胸无成局，完全依局势而变，倒也命那些固守陈规者，应对往往煞费一番苦心。尽管如此，我终归棋根太浅，不能老谋深算，无懈可击，更不能于无棋处看出棋来。是我的愚钝了。

我是常人，有颗平常心。面对棋局，平平静静，一步步走，走一步是一步。力求有利机会，当然机会不能坐等，应努力去创造。希望胜，胜也不得意忘形，趾高气扬；不希望败，败也不埋天怨地，垂头丧气。谁都不是常胜将军，关羽过五关斩六将，也有走麦城时；曾国藩屡屡战败，但“屡败屡战”。其实，胜又如何，败又如何，此一时，彼一时，十年河东，十年河西，太阳不老在一个地方灿烂。关键是自己不要与自己过不去，自己不要与自己较劲，不就手下那几粒子么？！

有时人去棋空，独对残局，赢者自赢，输者自输，早成定局。哪招不慎，既已落子，悔之不及了。况且弈人已去，悔又对谁呢？尤其那些棋子，或布于盘内，帅也好，卒也罢，尚可各居其位，各司其职；或散落盘外，却杂沓一地，车没了车的威力，马失了马的威风，充其量是一堆叫棋子的东西。故此，棋子只有在棋盘中，才有属于自己的位置，才具有自己的价值与意义。

其实，每个人又何尝不是一粒棋子呢？任凭自己运筹了。只是棋局小，而世局大啊！

2003年6月4日改

刊载于2004年6月号《思维与智慧》杂志、2006年3月1日《人民日报》（海外版）副刊

我理解了一回猫

这天，过访一山里人家，主人屋外热情地忙碌着厨事，我则屋中孤独地闲坐。忽闻“喵”的一叫，不容分说，一只黑白相间的“梨花猫”颠颠颠儿地朝我小跑而来，莫非怕我寂寞，替主人陪伴我么？不用的，人有时也需要静默独处。猫一定不懂这些，我就像小时那样曲嘴咂舌地嘘嘘几“语”，猫便乖乖地倚在我膝下，鼻子不住地拱我，身子不住地蹭我，百般柔顺，很是讨人怜爱。

见状，我不由自主地俯下身，抬手慢慢顺毛儿来回抚摸猫的脊背。猫一定觉得很熨帖，紧紧依傍着我，一动不动，而且两眼眯缝着，似在对我微笑。我一边抚摸一边思忖：人其实不也这样吗？何况动物！

猫大概“享受”够了，或想起什么“猫事”，就站起来，抖抖身子，“巡视”屋子一遭，也许看别处无路可走，就最后驻足门边，朝着门“喵喵”了几声。怎奈门关得严严实实，使猫无缝可钻。猫很机灵，不是愚蠢地死守傻等，而是使劲地望望门，然后踅身回来，向我眯一下眼，同时仰头非常温柔可爱地一“喵”再“喵”。

这一切，我看在眼里，且明白了猫的“用意”，便起身向门走去。无须呼唤，猫自觉自愿地跟我脚后。就在我举手开门的刹那，等待不及的猫“嗖”一下窜将出去，似乎无须酝酿，无须助跑，就那么轻盈地立地一跃，便一下跃到两三米外。人若有这般本事，何愁奥运不跳得金牌？可惜人不是猫。不必毫无意义的类比了，但见如愿以偿的猫并未立马走掉，而是回头又极温柔地朝我一“喵”，算是对我的“感激”吧。等我朝它挥了挥手，猫才一溜烟地不晓得“烟”到哪里去了。

何须感激，我之于门，不过举手之劳。当然，我也深知，倘若我不“举手”，猫可能在屋里不知要憋闷到什么时候，终究猫对于人类之门无能为力。转念，我们人类在演进中，对世界之门一定也有无能为力的时候，是否人类之外也有“举手”之劳者呢？那又能是谁呢？一时间，我不敢再往下想。

2006年4月7日草于北寨，8日改于家中，同日又改于望马台，9日再改，2017年4月10日再改于善书斋

刊载于2006年5月22日《北京晚报》副刊

短笛轻吹

素琴无弦而常调，短笛无腔而自适。——题记

远远就须仰视的岩石

一块岩石，一块大得远远就须仰视的岩石。

默默地存在于深山中，旁边那株生了千百道年轮的老银杏，也不能说清你究竟存在了多少世纪。

数不清的风风雨雨，抽打出全身核桃纹一般的疤痕。

太阳、月亮和星星轮回地抚摸，全身便慢慢打上了灰黑色的烙印。一阵清风吹来，叹息着滑过寂寞的苔藓。

你不是那位诗人面对着海洋咏诵的那块礁石啊，只是一块极普通的岩石，背负着云来霞往的蓝天，脚踏着春华秋实的大地。过去默默，现在默默，将来依然默默，默默地站成一代代山民永远的希望，站成一尊山民永恒的雕像！

小溪将一片群山拦在岸边

一条小溪，曲曲弯弯地，将一片群山悄然拦在岸边。

一抬脚，我即蹚过溪去，不会像溪边那株古树，死死地等待，甚至要等到地老天荒。

我蹚过溪去，随即猴子一般攀援上去。

回顾来路，不禁慨叹：群山皆在我脚下了！

在脚下也不唯我独尊，更不做群山的主人。就做山上的一棵小草、一片树叶，或者一颗极普通的石子吧，虽然不能给群山带来一抹绿色，也不能让群山因我而无故增高。

陡然而立的山壁

两座陡然而立的山壁，彩色的目光不知对峙了多少世纪，甚至时间都已老去。

一条溪水清悠悠从过去流来，又清悠悠向未来流去，涓涓地沟通着两山的情感。

而满溪滚动着无数大大小小的卵石，太阳灿烂出缤纷的色彩。拾走一颗不嫌少，放回一颗不嫌多。慷慨的彩石，是两山的信物么？

信物终归是信物。两山虽只距青天一线，若不是天翻地覆，将永远不会结合一起，就这么默默地对峙下去。

深　山

抛弃市井尘嚣，风尘仆仆的到深山去了。

深山并没有古寺。没有古寺，自然没有男男女女、老老幼幼的香客，以及香客的一段段有影没影、生生动动的故事，也自然欣赏不到僧人们最擅长的、撞得轰然而鸣的钟声，如何被细雨沉沉打湿。

深山，只有那名副其实的山，一峰一峰如屏而立；只有那名副其实的水，一弯一弯如镜而流。真山真水，决非哪位大手笔泼墨所能了得！

我只管走去，且不念百种小虫，如何低低落落地呼唤，且不想千种小鸟，怎样清清脆脆地啼鸣，只管走去，一直走入幽深之境。

走入幽深之境，对周围蜂拥而来的风景，一无所求，不求它们的赞美，不求它们的仰慕。

先人留下一盘棋

在这么深的山中，这么一块岩石上，不知哪位先人留下一盘棋。棋盘中演绎出的故事，早读不出一点细节了，唯有这盘棋，虽经受几多风、几多雨，但依然没有抹去。

随意拣几颗石子，左手和右手不声不响地对弈起来。每一步招法是软是硬，是进是退，是舍是取，全凭一时灵机。

就这么下来下去，总会有输有赢。赢了不知其乐，输了也不动气。我却知乐也知气，不过，最终还是平心静气。

观棋不语？真是不语，没有谁旁边观棋。山高林密，野草萋萋，我仿佛置身于世界的边缘，一人独对苍茫大地。想起古人编造的烂柯的传说，几次回头，没有柴，也没有斧头，在太阳下悄然烂去。

空　际

艰难地登上这座无名的山顶，我更加自信了我的脚力。

为什么非要挤挤拥拥地趋之名山胜水呢？在狭隘的小路上，去奔那名，去奔那胜，又有多少意义！

刚才看到旭日从无极的远方喷薄而出，不是依然壮观、依然辉煌么？泰山、黄山，也不过如此，就多了几间古刹、几笔墨迹而已！

其实，人来多了，无名的地方也就有名了。谁能说此山不会因我的登临，而从此名扬天下呢？一时豪情涌起，挥臂在空中大书一个“人”字，自以为做了一番不朽的事业。不曾想空中未留下一点痕迹，只有一片白云悠悠地来去。

我向远方投去一颗石子

我向远方投去一颗石子，不是为了探路。路对于我，平坦也好，坎坷也罢，早已铺展成脚下的每一段行程。

想来，只是无意识地弯腰一拾，即刻又信手投了出去，根本没有顾念会投到什么地方，会击中什么目标。

当石子在空中划一道悠悠的弧线，“叭——”地落下时，没有落到别处，恰恰落在我心灵的湖底，溅起一片童年的回声。

飞　鸟

从那招展的花枝，扑喇喇地飞去了。

飞到有云的长空，这时你欢欣地一啼：自由了。

因为花枝再好，也只能是你生命的依托；你只能用两只瘦弱的爪子，紧紧抓住，一刻不能放松，不然就会跌落。你失去的，正是你强劲的翅膀啊！

当你充分认识了自身，便再不留恋枝头了，让枝头只作为你疲倦的暂时的栖息；而永远的，是长空飞翔。

长空没有枪口黑洞洞的忧虑，没有金属和非金属的声浪嘈杂的纷扰，只有那轮太阳的辉煌。

辉煌的太阳啊，直把你的航程辉煌出一部新的《飞鸟集》，令所有地上的人仰目。

仿佛没有发生

一阵嚼舌的风，胡乱吹来，漫无天际。路旁的那株树，本来很平静，猝不及防，不由地一摇一晃了，叶片本能地发出沙沙的疑问。

游移不定的云，不能说清；远处静观的山，能说清而默然不语。

就在枝头的颤动中，几只鸟惊叫着四散飞去，寻找新的依托了；只有小草，以自己弱小的身躯，与树紧紧站在一起，并用一抹浓绿，给树的心灵以慰藉。

终于，嚼舌的风很短命，刹那间就消失了，消失得无影无踪，没有在蓝天留下任何痕迹，对于树，更没有任何伤损。

蓝天还是蓝天，树还是树，仿佛一切都没有发生。

黄昏，关上天门

黄昏，关上天门。

门里是很现代的宾馆，还是很古典的殿？是繁华的城市，还是纯朴的乡村？

其实，这只是一位女人的诗句。

可她指示了这扇门，就悄然离去。

这么巧，迟了一步！假如赶上她，一定邀她一起走进去。走进去，再关上门。

关上门，就成了一家人。

她离去了，自己进去享受无边无际的孤独么？

我最怕听“夕阳无限好”下边那声叹息！

刊载于1990年8月号天津《散文》杂志

收入《散文》杂志200期作品精选集

笨　鸟

——我的游记散文写作略谈

写作于我，纯属业余。这不是谦虚。一是我写作完全在工作之余，忙里偷闲，兴之所至，便遣笔为怀；二是自以为至今仍不属于文坛中人，充其量是个文坛边缘之人，只管在京东燕山脚下平谷这块地方默默地自写自作、自吟自唱，而无关乎时尚与现代。这就注定了我的写作，有如山间野果，自生自长、自熟自落了。

这些年来，我主要写作散文，而游记无疑是我散文的主要部分，究其实要得益于我的工作。回想近30年来，曾写县志10年，做文物管理12年，近年又进行文史征集与研究。可以说，大半生经历，一直没有离开地方历史文化。尤其做文物工作，地上古建筑，地下古遗址，考古挖掘，修缮修复，文物陈列，日复一日。就是外出考察，亦是名胜古迹，壮丽河山。眼观耳闻，心想脑思，尽是这些沧桑物象，情之所动，流淌笔下，怎能超然于这些物象之外？而写志书、管文物、整史料，长此以往自觉不自觉地形成一种严谨、求真、求实的作风，无形中深深影响着我的写作和文风，笔端自然带有史笔志法及考古之略了。

所以，我每到一地，必先搜集记载当地风土人情、名胜古迹的典籍。一些典籍可能只在当地才有，也只有当地人对当地事才了解、研究得深入、透彻。而典籍流传常常不仅有时间性，还往往有地域性，过了这村再回头，也许真的就没这店了，我不能将需要的典籍失之交臂，事后再东寻西觅，那就得不偿失，也会悔之不迭。想别人出行购买大包小裹的地方物品，我则购买书籍，各有所爱吧。当置身名山胜景，别人轻轻松松地跟着导游游览，我则面对一景一物，眼观之，影摄之，末了还要掏出随身携带的本子，将所见所感所思所悟，事无巨细点滴不漏的尽情以笔记之。一次出行，密密麻麻地，当然也寥寥草草地会记上厚厚一本。别人不解，说我何苦为此所累。我淡然一笑，不这样，回来我就不能写，更不敢写，生怕写的不是那个地方，担心把那个地方写走了样，甚至写砸了。外人看不出所以然，当地一定有明眼人的。如若发表，将会贻误今人与后人。所以，不购书、不摄影、不笔记，就觉空空的没着没落，心无所系，情无所附，笔无所依，一切已经习惯使然。

回来，经过一番酝酿，心有所动时就该动笔了，便仔细地翻阅一本本书籍，仔细地观览一张张照片，仔细地查看一页页笔记，直至书中所载、片里所映、本上所记，在心里融为一体，且那景浑然已为心中之景，才开始动笔。动笔，也非笔走龙蛇、天马行空、异想天开、奔腾狂放，而是心静静的，一笔一笔写，仿佛是一笔一笔从心里挖出来，小心地码在眼前。归根结底，我写的就是我心里的话，所谓"由衷之言"，从不虚伪矫饰。我的游记，一定是景中有我，每每三言两语就把自己融入景里去了。所以，我常常写得很慢，一篇文章要写上十天半月。写十天半月，文章也不会很长，一般一两千字、两三千字居多，五六千字对我而言就属长文了。想古人将文章刻在竹简上，凿在石头上，一定是简而又简、精而又精了。我曾想，写散文是否也可以有一种"竹简""刻石"的精神呢？当然也不能一概而论，要因人而异、因材而异、有话则长、无话则短吧。

每当文稿初成，便要细致地修改，往往修改的稿子厚厚积累了一沓子。修改时更是一个字一个字地改，发现一个自以为可有可无的字、无关紧要的字，会毫不留情地删去。发现一个字没有准确表达心中之意，便要一而再再而三反复斟酌不已。一篇文章一般要改上十几遍，直到改得自己觉得不会改动一个字、一个标点了为止。就这样，过后再看，甚至发表了再看，每看一回，可能又生发了新的认识、新的感觉，还要一改再改，有的文章已然改了几年、十几年。只要拿着笔看就想改，以致有时我不敢再轻易看自己的文章了。朋友好意劝我：别一个劲改了，保持些创作原貌也好。曾有人说我有古人“吟安一个字，拈断数茎须”的苦吟境界，褒也罢，贬也罢，反正我写文章，如果引据经典有一点差错，字落纸上有一点不当，就要再去翻阅典籍核实，就要再行斟酌推敲。不然，心里就不踏实，就觉得对不起自己，更对不起读者，毕竟文章是千古之事。

文章千古事，而甘苦寸心知。我确实没有倚马可待、下笔千言、斗酒百篇的才情，只能低低实实地下更多的笨功夫。评论家曾镇南先生曾与我谈，说你的散文不同于别人，是一笔一笔写出来的，尤以善于制形写物、精描细绘为胜。如前人评说徐霞客游记：吾于霞客之游，不服其阔远，而服其精详；于霞客之书，不多其博辨，而多其真实。只有这样，才能准确估量你游记散文的功力和价值。言重了，区区些许小文，怎能与霞客游记相提？但先生终归是评论大家，“一笔一笔写”倒也言中我心。记得乡里有句俗话：笨鸟先飞，晚扎树棵子。我就是乡里那只笨鸟，当然不像庄子“翼若垂天之云”的大鹏之鸟，也就不能“搏扶摇而上者九万里”了。就抖开自己弱小的翅羽，不停地慢慢飞吧，前路无论远近，无论早晚，总有属于自己的树棵子的。

2012年9月8日星期六草，9日改，10日改定

刊载于2013年5月15日《京郊日报》副刊

我以“竹简”“刻石”精神写散文

一个写作者或说一个作家，一段时间内，或一生里，大的方面，总要有自己适宜的体裁，同时还要有自己善于表现的题材。而我的写作，最初就是从写诗起步，大致写了十来年诗，当有一天感到诗不足以表达我的情怀，便转而写散文了，这一写就是二十多年。其间，作家王蒙在为我的散文集《往事与乡情》作序时，说你应该写写小说，我看你有写小说的才华。鼓励之下，我也试着写了些小说，约有二三十篇，以后我想应该还会再写写小说的。但主要精力，这些年还是用于散文了，出版了六七本散文集，因此而加入北京作家协会、中国作家协会，且获得了中国散文学会主办的全国第五届冰心散文奖，这应该是我国散文界的最高奖了。

对于散文写作，说“起句当如爆钟”也罢，“凤头”“猪肚”“豹尾”也罢，谋篇布局也罢，起承转合也罢，修辞手法也罢，“文以载道”也罢，文眼也罢，形散神不散以及形散神也散、形不散神不散心散也罢等等，这些都是文学理论家们研究的，都是写作的课本里讲述的，也就是所谓的“有章可循”，无须我多说。而前人亦言，称“文无定法”，我以为这当是一种写作的更高的自由的境界。也就是写作写到一定程度上，想咋写就咋写，乍看好像随手拈来，细看又处处无不在法度之内。正如苏轼《文说》所说：“吾文如万斛泉源，不择地而出。在平地滔滔汩汩，虽一日千里无难。及其与山石曲折，随物赋形，而不可知也。所可知者，常行于所当行，常止于不可不止，如是而已矣。”这确是大家经典之悟。

我个人以为，写文章似与书画不同，书画可以拜师学艺，只要具备一定笔墨基础，就会写得或画得有模有样。正如孙犁先生所言："我认为，别的艺术门类，或许需要名家亲手指点，文学一事，只要认真读名家的作品，就可以了。千古名师，也无非叫你多读多写。文学，全靠自身的素质和坚韧的努力。"写作倘若没有对语言的一定把握，很难写得好。如果是文学大家，一定是具有语言天赋的。不然，古往今来的大家之后，都可以继承其衣钵，而成为大家了。历史上，汉末有"三曹"，曹操、曹丕、曹植；宋代有"三苏"，苏洵、苏轼、苏辙。但这是近两千年比凤毛麟角还凤毛麟角的仅此而已的个例，还有其他父一辈子一辈的么？更甭说代代相传了。终归是"江山代有才人出，各领风骚数百年"。所以，我只想就我写作散文的过程中，经历过的、体悟到的一些东西，随手写来。

一、我为什么要写散文

我之所以写散文，说到底，就像当初我写诗一样，我想写散文。首先是我骨子里喜欢写作，感觉写作适合我。这多年来，我始终保持着一种写作的心境，使之成为生活的一种常态。原本就这么简单，有些事情，这么想了做了，确实没有更多的理由，也不需要去找更多的理由解释。而写了发了，一些认识的不认识的朋友看了，见面或来信就某些文章还谈论几句，谈者高兴，听者自然也高兴。而想写，或许就是一个作者的内在动力。当有一天有人以为把什么事情都看透了，笔一扔不想写了，追求别的更切实更崇高更伟大的目标与理想去了，也就不再写了。我是一直到现在还痴痴地写，而且还想写，甚至总觉有写不完的东西。想人之一生，无论做什么事，只要持之以恒，坚持到底，就一定能够成功，只是成功可能有大小罢了。写作亦如是。我自认为不是个多聪明的人，更谈不上什么天赋了，就在于这三四十年始终不舍不弃地笔耕不辍，歪歪扭扭、磕磕绊绊地一直走到了今天，还要继续走下去！

记得浩然看了我的散文，说我"对写作勤奋严谨，自觉追求大气和高品位、高格调的境界""极可能成为散文大家。"我自己很明白，自己有没有四两半斤，但深知这是一位文学大家、文学前辈，对一个文学爱好者、文学后生的莫大鞭策与鼓励。为了提携我，浩然在主编的1991年5月号《北京文学》头条位置，发表了我以《太阳下的风景》为题的13篇散文。如其所言，“这在《北京文学》创刊40年的历史上，还是空前仅有的一次隆重”！

而王蒙看了我的散文，说：“作者的文字功力也好，干干净净，恰到好处，行于所当行，止于不可不止，读起来舒服。”“既不是呻唤煽情，也不是牧歌装扮，这些文章好看，有滋有味，因为它不仅仅是文章，而且是真实的我们自己的与我们周边的人生。”王蒙为我的散文集起名为《往事与乡情》，并欣然作序，且亲自介绍我加入中国作家协会。这是当今文学泰斗对我深深的厚爱。

王蒙今年82岁了，而浩然也属猴，大我两轮，七八年前早去世了。无论如何，两位大家殷切的话语和热心的关怀，至今仍温暖着我、激励着我在文学路上，一如既往、义无反顾地前行。在这里我并非想拉大旗作虎皮，要知我是一个土生土长、土里刨食的农村孩子，背着笆篓子、粪箕子长大，能够走到今天，有自己的辛勤努力，但更离不开王蒙、浩然等等这些大家的倾心提携与扶植，我永远感念他们。

二、我对散文的一点认识

按照文学一般的四分法，散文，就是小说、诗歌、戏剧之外的一种独立的文体。这是一个笼统的划分，而非严谨的界定。其确切的定义，恐怕还要专家去下。最初，我就从书本上知道有抒情散文、叙事散文、写景散文等，这应该是狭义的散文。我所写的主要就是这样的散文。

慢慢地，随着经历增加，阅历丰富，写作深入，感觉不仅有抒情散文、叙事散文、写景散文，其实随笔、笔记、书信、日记、说明等何尝不是散文？及至我后来搞文史，有一天感觉文史也是散文，甚至我研究历史文化的东西还是散文。我不知道这是不是有意无意中打通了散文与文史之间的界限，而这应该就是一种“大散文”的理念。

随笔、笔记、日记、文史等，是就“大散文”的范畴而言。古人将诗与韵文之外的文章，统称作散文。如清末民初所编八旗文章总集《八旗文经》，收录有清一代179位八旗文人600余篇文章，分为60卷，包括赋、论辩、序、题跋、奏议、表、书、记、碑、颂赞、箴铭、墓碑、墓志、传状、连珠、设辞、哀祭等类，这都是广义上的散文。近些年，有些散文动辄几千字、一两万字，这当然称得上是大散文，可这是在范畴之外，就散文的篇章而言。仁仁智智，我以为不能仅仅以文字之多少、篇幅之长短而简单划分散文之大小。字多篇长，如果属于下乘之作，也只能是徒有其长。不仅长而且品位高，才是真正的“大散文”。反过来，即使篇短，哪怕一两百字三五百字，只要是高品位、高格调的上乘之作，字里行间透着大家气象，我以为不仅属于好散文，而且也应属于“大散文”，像东晋陶渊明《桃花源记》、唐代刘禹锡《陋室铭》、宋代苏轼《记承天寺夜游》即是。

这是我对散文的一点粗浅的不成熟的个人认识，不一定符合文学的规范和原理。我在写作中一直所追求的，主要是较为纯正的艺术散文，可称之为美文。

三、写散文一定要有“我”

小说是以塑造的人物形象之口而代作者言，作者隐于作品人物形象之后。散文则不同，是作者亲自站在台前，直接向读者言，从容地娓娓道来。要知道，我写作始于“文革”末期，受当时政治气候的影响，写什么都要突出政治，政治是第一位的。那时的文学，是完全被绑在了“政治”之上，成了政治的附庸，泯灭了个性的发挥，写作成了应时应景之事。记得县文化馆曾组织一个创作组，在上面老师指导下，集体创作长篇小说《盘山春》，因政治形势一再变化，而一改再改。改来改去，“文革”结束了，内容就更不适应政治形势了，最终这部长篇也没有出版。如此，那个时期也就很难写出真正意义的好的文学作品了。我亦如是，根据上面的要求，批判什么了，或抗震救灾了，笔下往往是些政治口号似的所谓诗句，假大空的东西。“文革”结束以后，经过好长一段时间学习、摸索、反思，思想才从“文革”僵化的禁锢中挣脱出来，不再廉价地写那些毫无个性、毫无真实内容的应时应景之作，开始了属于自己的文学写作。到现在，我一般不去应时应景，一定要有感而作，除非我有早已写的适时适景的作品。这样写出的文章，即使三年五年、十年八年、二十年三十年以后再看，也不会觉得过时，也依然可以感染读者的心灵。

我写散文，往往经过较长时间酝酿，将所写的人、所写的事、所写的景物浑然融于心底，待心有所动才动笔。动笔时，心静静的，一笔一笔写，一字一字写，一笔一笔、一字一字仿佛是从心灵深处挖出来，再小心谨慎地码在纸上。这样，我写出来的文章，就是我心里的“由衷之言”，而没有丝毫的虚伪矫饰。因此，我的散文，无论写人写事，写情写景，一定有我，常常三言两语就把自己融入其间了。比如散文《长与蒲津作胜游》的开头一段：“为寻访鹳雀楼，我千里迢迢来到永济。不曾想，这里是最偏远的晋西南，一望，黄河那边就是陕西。而未到鹳雀楼，先经过一片城址，询问当地人，道是蒲州古城。由于搞文物多年，一见心早悠然挂上城头了。”又如才写的《六十漫言》开头：“我生于丙申，而今又逢丙申，一个轮回，也就意味着我已花甲之年了。”可以说是起笔我就把自己带入文中了。我觉得这样来写文章，读者会感到亲切自然，更容易被读者接受，产生共鸣。

散文有“我”，就要写出自己的语言，写出自己的特点，写出自己的个性，写出自己的独创，写出自己的发现，写出自己的思想，直至写出自己的灵魂，独抒自己的性灵，逐步形成一种自己的风格。否则，就很难称为好文章。也许这是一种更高的要求，我是坚持着朝着这个方向努力，哪怕最终也没有达到这个境界。人生有努力的追求总是好的。

我写作很慢，一篇文章往往写上三五天乃至十天半月。文章也不会很长，一般一两千字、两三千字，如若五六千字对我来说就属长文了。因此，对于我而言，是宁短而勿长，宁少而勿滥，力求写一篇是一篇。所以，我至今也没有写出更多更好的东西，概源于此。我相信，今后我一定能够努力写出比现在更好的作品来，奉献给社会，奉献给大家，也奉献给自己的人生！

四、写散文一定要“真”

说到底，文学是人学，来不得半点虚假。尤其散文更需要真，因为散文是心灵的自白，是大千世界、万事万物映入心中的外化。我不论写人记事，绘景状物，一定要努力求真。这种真不是纯机械的、纯自然的，是啥样就啥样。那样写，真是真了，可就不是文学了，也会失去善失去美了。这种真，往往是在生活的真实基础上，达到一种艺术的真实。这种艺术的真实可以有联想、有比喻、有提高、有升华，甚至必要的夸张等等，但一定离不开真实的生活，更不是小说的凭空艺术虚构。毕竟散文不是虚构的艺术，就是要写真人，记真事，绘真景，状真物，抒真情，归根结底要说真话。孙犁先生曾道：“我只是觉得，我老了，应该说些切实的话，通俗易懂的话。在选题时，要言之有物；在行文时，要直话直说，或者简短截说。”孙犁先生还说：“文学最忌讳说诳话的。”散文家姜德明对此写道：“写说真话的散文，是巴金同志揭起了这面大旗，并且热情地身体力行着，大声疾呼着。孙犁同志没有更多的呐喊，却也在默默地实践着。他们一南一北，不约而同地为文坛上鼓吹着这股正义的风气，为当代不同层次的作家树立了楷模。”而说真话，就是把真诚的心交给读者。

我辈应以大家前辈为楷模，向他们那样自觉去做。但是，说真话不容易，需要胆识和勇气。当有一天我下决心不再染发了，便想写篇东西，心里最大的触动就是一句话：“人很难以真面目示人”。写到最后，忽然蹦出老子那句“知白守黑”的话。便想老子知白守黑，我不是知白守白么？于是题目就叫《守白》。记得 2012 年中国散文学会研讨我的散文时，评论家张德祥说，我 20 年前看福善写奶奶的眼睛、写去世的父亲散文，感动落泪了。今天再看这些散文，依然让我感动，感觉“真”得简直让人战栗。

我的散文，就题材来说，前期以乡情散文为主，后期以历史文化散文或称游记散文为主，游记中略带一些考据，这当与我后来做文物与文史工作有关。但一以贯之一成不变的，是文中之“真”。评论家曾镇南看了我的游记散文，自己特意来游览了京东石林峡，对我说“你写的散文都是真的”。曾镇南撰文评论，认为：“游记散文中，历来有追求空灵缥渺，轻轻一点，生发无穷的一类的写法，也产生过不少美文名篇，但我以为，正宗的、或比较纯粹的游记散文，当以善于制形写物、精描细绘为胜。前人评说徐弘祖的游记说：‘吾于霞客之游，不服其阔远，而服其精详；于霞客之书，不多其博辨，而多其真实。’这是深谙制形写物、捕其精妙之难者的透辟之论。也只有从这个角度，才能准确估量柴福善在游记散文写作方面长期投注的心血，锻炼而成的功力。”

文章千古事，甘苦寸心知。不是谦虚，我没有所谓倚马可待、斗酒百篇、动辄万言的才情，只能低低实实使些费力而又很难讨巧的笨功夫。深知自己所写的区区小文，怎能与霞客游记相提？先生意在警策我。我也想，正是我写作的字里行间无处不在的真切、真诚与真情，就在这种生活和艺术真实的基础上，善与美亦在其中了吧，文章也才有了一定的境界。这也就决定了我的散文在大的方面，就是真诚与朴实。

五、写散文一定要有自己的“根”

写散文，包括整个写作，一定要有属于自己的表现园地，而不是盲目地无头无序地东一榔子、西一杠子地写，这需要一个寻找和发现的过程。我由诗转而写散文，就是寻找和发现过程的体现。记得书评家止庵说过，“一个人不管是写散文还是写其他的东西，要有一个根，有属于自己的一个园地。柴福善就有自己的一个散文天地，有自己的艺术世界，他的根体现在《往事与乡情》中，这部分文章是别人写不了，这是他自己的园地。”“任何人要写好文章，必须要有自己的根。把根护住了，这就是你的财富。”所谈确切而中肯，终究止庵是个明白人。

这自己的园地，应该就是写作表现的主要对象。这是一条根，说到底，就是生活基础的根。要想写好散文，我觉得还要有另外一条根，这就是一个作者学识的根。学识的深浅，直接决定作者作品水平的高下。这种学识就是作者具有的文学的、历史的、艺术的、政治的、经济的、自然的、地理等等的底蕴。没听说哪个大字不识的白丁，突然一觉醒来，就写出了旷世奇绝的不朽作品。纵观历史，大作家往往都是大学者、大思想家，在某些方面甚至是极有造诣的专家。比如苏轼，为北宋著名文学家、书画家，文章跻身“唐宋八大家”之列，词开一代豪放之风，书法与黄庭坚、米芾、蔡襄合称“宋四家”，其他方面如饮食也颇有研究，“东坡肉”就是其发明的流传至今的一道美味儿。苏轼可谓是一代奇才，旷世无双。现代如郭沫若，诗歌、戏剧、书法、历史、考古等方面，在我国都具开创之功，如甲骨文研究就奠定了我国甲骨文研究的基础，后人只能望其项背。

这些人都是令人景仰的、在我国文化史上占有极其重要地位的大家。记得唐太宗曾言：“取法于上，仅得为中；取法于中，故为其下。”所以，我们学习就要眼界向上，学习大家的经典传世之作，所谓取法于上才是。而不要眼界向下，在平庸流俗的作品上无端耗费精力，浪费时光。我在止庵家，他端来雅致的紫砂壶，我们对坐，一边品茗，一边聊天。他告诉我，这么多年来，他读书有两个“拿手”的，一个是《论语》，一个是《庄子》，这是从文化源头上读书了。就说《庄子》，他前后读了几年，不下20遍，最终写出一本《樗下读庄》。并随手拿出那本《庄子》，说你随便翻开一页，指出一句话，我就可以告诉你这句话在这本书的哪一章哪一页。这两本书早已融汇于心，成为他读书、写作、立身之基石了。我呢，就散文而言，更喜欢唐代柳宗元、宋代苏轼、明末张岱，现代朱自清，当代孙犁。如孙犁先生，80岁时写了《秋凉偶记》散文三则，其中《扁豆》开头：“北方农村，中产以下人家，多以高粱秸秆，编为篱笆，围护宅院。篱笆下则种扁豆，到秋季开花结豆，罩在篱笆顶上，别有一番风情。”读来淡雅舒朗，堪称炉火纯青。大家终归是大家，一下笔就是大家风范。如林语堂《说本色之美》所说：“文人稍有高见者，都看不起堆砌辞藻，都渐趋平淡，以平淡为文学最高境界；平淡而有奇思妙想足以运用之，便成天地间至文。”当然，不是说我仅仅就读了这几个人的书，这多年我积累了十几柜子各类的书，说家藏万卷大概不为过，尽管不可能每本都看，但是起码买时也会简单地翻阅一下。我这里的意思是说，对于一个文学作者而言，精读大家名家，融会贯通，应该是一条必修之路。不然，笔下必是缺少根基与底蕴。而我在一定时间里，下一定力量重点读了他们的主要作品，写作散文时或多或少、或深或浅、有意无意受了他们的影响，或者说这也算得我的一点师承。但像止庵那样成为自己“拿手的”东西，着实还相差甚远，尚需继续努力。

一个作者有了生活的根，有了学识的根，在写作欲望的驱动下，就可以尽情挥洒才情，写自己得心应手、读者喜爱的作品了。而散文写作一旦有了自己的根，这根越粗壮，扎得越深，支撑起来的作品也一定更加厚重，更具底蕴，更有品味，一定会走得更远。

在这里，我想另谈一点，文学写作需要坚实的根基，需要勤奋的努力。但是，不可否认，也毋庸讳言，写作还是有些灵气才好，起码我这么看。不然，写出的东西就会显得木，就很难写出透亮的东西，就更甭说写出高品位的作品了。每个人都会有自己的灵气，这就看如何在写作中充分发挥自己适宜写作的灵气了，而灵气乃至天赋往往是与生俱来的。常言勤能补拙，说得完全正确，可再补拙灵气乃至天赋是否一定能补，就值得探究了。又言笨鸟先飞晚扎树棵子，也绝对没错，充满辩证唯物主义。要知人家可能轻盈振翅，就占尽了高枝。我们平常似乎往往忌讳这么说，一般只言其一，而不言其二。像过去谈及爱迪生的那句名言，就说“天才是百分之一的灵感，百分之九十九的汗水”。据说这只是前半句，还有后半句，就是“但那百分之一的灵感是最重要的，甚至比那百分之九十九的汗水都要重要”。言外之意，这百分之一的灵感决定了百分之九十九的汗水。其实这是大实话。要知道，正是这灵气、天赋在某种程度上，决定着一个人写作的高下。不然，怎么解释中国古往今来，只有一个屈原，只有一个李白，只有一个苏轼呢？又如当代大作家王蒙，实际学历只是高一，一生全靠自学。我不止一次听老人家讲演，已然80高龄，手不拿只言片纸，就坐在那里，引经据典地滔滔不绝、文采飞扬地讲上大半日。我过去曾写过两篇老人家的文章，感觉老人家真是天才。现在老人家研究《红楼梦》，研究老子、庄子等等，更是神龙见首不见尾了。我以为成就一个作家，需要生活，需要学识，需要才情，需要品格，需要坚持，当然更需要时间。在此我没有说我写得如何如何了，我只是就这个问题和这些文学现象，真实地说出心底所想罢了。

六、写散文一定要不厌其烦地修改

最后，我想谈谈散文的修改。前人有为文下笔千言、一蹴而就者，比如晋代大书法家王羲之乘酒兴所书《兰亭集序》，被称为“天下第一行书”，而作为小品文本身清新朴实，清丽动人，堪称魏晋时期模山范水之作。有些语句，如“群贤毕至，少长咸集”“崇山峻岭，茂林修竹”“天朗气清，惠风和畅”等，至今还常为人所引用。这是不多见的一例，更多的文章还是要几经修改的。如宋代欧阳修《醉翁亭记》，据南宋朱熹《朱子语类》记载：“欧公文亦多是修改到妙处。顷有人买得他《醉翁亭记》稿，初说滁州四面有山，凡数十字。末后改定，只曰‘环滁皆山也’五字而已。”起句经过修改，尝为历代人所称道。孙犁先生多次谈及文章修改，曾说：“多修改文章，要几遍地修改。修改文章，不是单纯文字技术问题，这样做，可以增加作品的生活幅度和思想深度，也是形成风格的重要因素。”还说，“越到老年，我越相信：好文章是改出来的这句话。如果我们读书，不只读作家的发表之作，还有机会去研究他们的修改过程，对我们一定有更多的好处。”

大家况且如此，何况我辈。我写散文，一般是在电脑上先敲打出初稿，打印出来，然后一遍遍修改。除考虑布局谋篇外，更要逐字逐句地改，发现可有可无或无关紧要的字、句，毫不可惜地删去。发现没有准确表达心境的词语，便一而再再而三，甚至三而四四而五地斟酌。一些好的语句就是修改出来的，甚至修改中突然蹦出来的。往往一篇文章要改上十几遍，甚至二十遍以上，直到自己觉得不会改动一个字甚至一个标点了才行。就这样，发表了再看，一时间可能又有新的认识，还要再改，有的文章已然改了几年、十几年，以致我有时都不敢轻易再看自己的文章了，担心看了还想改。像《守白》，2010 年 9 月所写，第一稿不足千字，发表于河北大学 2011 年第一期《思维与智慧》上，据说这个刊物主要面向中学生。2012 年 2 月至 7 月又多有改动，改到 1400 字，发表于 8 月《人民日报》，被收入《2012 中国散文年选》及《诗人江湖老——人民日报 2012 年散文精选》两个选本，河南一中学老师撰《寓哲理于意象，融情思于语言》文对《守白》进行赏析。无论如何，文章能为人所喜欢，终归不是坏事。

我举《守白》为例，不是说我这篇小文就一定多么好，而是意在文不厌改，终归好文章是改出来的。也只有好文章，才会被读者被社会所认可。曾有人评论我的散文时，说我有古人的苦吟境界，我感觉不这样心里就不踏实。读者读你的文章，是要花费精力花费时间的，如果自己把没尽心没尽力改好的文章，匆忙就发表于报刊或网络，让读者看，无异于欺骗读者。所以，一个作者一定要做个诚实的人，欺骗读者的事万不可做，要相信读者是明眼人，不会轻易被欺骗的。记得我在一篇《笨鸟》的文中谈及写作：“想古人将文章刻在竹简上，凿在石头上，一定是简而又简、精而又精了。我曾想，写散文是否也可以有一种‘竹简’‘刻石’的精神呢?”我是一直以“竹简”“刻石”的精神，来努力经营好自己的散文的。究竟做到了几何，还是由读者诸公评判好了。

2015 年 4 月 29 日星期三草，30 日改；5 月 1 至 3 日又改

2016 年 12 月 10 日至 16 日改定于善书斋

《洵河的波光》读后

李林荣

柴福善先生的散文集《洵河的波光》出版在即，承蒙他信任，发来书稿电子文档，嘱我读后写几句话。六年前的深秋，我们一道参加北京作协散文委员会组织的赴迁西青山关采风研讨的活动。在攀爬野长城的陡峭山道上，在畅谈写作感受和文学态势的那间灯光有些昏暗的会场里，在石砌的老城堡、老门楼和平房小院间出入游走时，福善先生一头齐整的白发、瘦削干练的身姿、轻快敏捷的登山步履，以及特别谦和朴实的话语神情，都给我留下了极深的印象。

对他的作品和大名，我原先已有关注。结识之后，日常阅读中，就更加留意。尤其是青山关会后，福善先生多次费心惠寄新著，让我拜读之余，对他兼擅文史两套笔墨的写作才华，有了更多更全面的认识。同时，也更深切地体会到了他在青山关会场外和后来在顺义郁金香度假村一起参加中国作协培训期间，跟我反复谈过的希望能把史志研究和散文创作兼顾得更好、糅合得更圆熟的心愿。

论年龄和文龄，福善先生都是我的兄长辈。但自相识起，他就视我为朋友，还总是依我所事的教书职业，称我“李老师”。时隔几年，我已记不清我这个“李老师”，当初是用了哪些言不及义的空洞说辞，来回应福善先生有关文史两种写作的思考和困惑的。一直清晰如初、不曾消退或淡忘的，只剩下对一位愿意跟我诉说他深耕写作近四十年的甘苦得失的文坛兄长，将心比心、惺惺相惜的一份共感。实际上，福善先生所说的这种“写历史，为社会所需；写文学，则为心灵所愿”情怀和心结，又何止是一个行当或一个地方的一个人所特有的？

为职业、为社会的写作和为心灵、为自我的写作，照理讲，完全可以相互激发、相得益彰，但实践中，却难免两歧、两难，甚至两相冲突。即便是以文学创作为本职的专业作家，也常会面临命题和自选题两种写作机遇并现而相悖的局面。至于不以文学创作为本职的绝大多数作家或文学创作爱好者，他们在文学创作道路上的每一步跋涉和前进，归根结底，其实都是克服了向内和向外、为人和为己这两种写作取向相悖状态的结果。往深处和远处想想，这也许正是有价值、有意义的文学创作赖以生发的常态土壤。纯而又纯的单色调和单向度，即使真的存在，失掉了杂色的参照和反向的张力，它们的纯多半也只能幻化成悬空的虚无。

所谓文与史有异、文学与非文学不同的说法，终究只是一层名目之障和意念之隔。与其依着抽象的定义，把这些异与同的界限，划分得像门墙内外或壁垒两边那么森严，倒不如尊重代代传承的写作实践惯例，把文类之别和文体之辨，视为写作者在行久致远的笔耕进程中抵达的不同纵深和不同境界。看破了这一点，无论是为社会所需的写作，还是为心灵所愿的写作，都同样可以沿着从内心出发的方向，形成小我和大我彼此贯通、个人和社会融洽对话的独特风貌。借用时下流行的一句话，这样的追求，也就是要把作品写在大地上。

《洵河的波光》书如其名，正好像从土地中生成、又在土地上流淌的一条河。河水所经，作者生于斯、长于斯的家乡平谷和游踪所及的东西南北各地，还有作者的家族至亲和文坛前辈，以至作者钟情写作、沉湎读书的似水流年和种种感怀，都描绘、陈述得历历在目，清晰分明如展观画卷，从容亲切如同席晤谈。按常规的体裁形制，在全书六七十个篇章中占了一多半的前三十多篇，都属于游记。和现当代散文创作流变的大潮中，越到晚近，游记越写得偏重凸显主观感触和渲染自我色彩的风尚截然相反，福善先生的这三十多篇游记，多采客观材料，多取著史实录似的直书笔法。初读这样的游记，不免会觉得过分板正、过分冷峻。读后再回味，对文中所记述的景致风物和乡俗民情的印象，反而异常鲜明、异常深刻。从这种写法中，恰好可以感觉到：福善先生大半生从事乡邦文献的搜集整理和考证研究工作的职业素养，已经熔铸进了他的散文创作，积淀成一种个人化的艺术风格和精神品质。

对一位凡事讲求以史为证、以实为据的资深的史志撰写者和文物勘察者来讲，他铭记和传述某时某地某人的最诚恳、最真挚的方式，就是尽可能详尽地归集实据，然后尽可能确切地据实道出。舍此之外，婉曲的修饰、主观的投射、自我介入其中的演义点染，都属多余的累赘，只会遮挡或覆盖他想再现和定格的那些人事景物的本色本相。这样的做法落实到具体创作中，或与传统美术中的工笔画法有些类似，用于记人叙事状景，易得形神兼备、纤毫毕现之胜，却又难有写意留白、牵引神思的袅袅余韵。好在《洵河的波光》中，作者追念父亲和速写他与王蒙、林斤澜、张中行、刘恒几位作家交往片断的几篇精粹之作，已从侧面显示出他在散文创作上还有举重若轻、即小见大的另一副白描笔墨。

临近全书尾声部分，《西厢笔记》等一组解读中外名家名著的书评书话和作者回顾自己文墨生涯的《三个十年絮人生》等几篇夫子自道之作，前呼后应，颇有“君子终日乾乾，夕惕若厉”的振奋感和紧迫感。十多年前，福善先生已届知天命之年，各体著述累积甚丰，行文走笔也早就轻车熟路，却还曾忙里偷闲悉心研读外国文学经典，并且认真写下读书札记。《洵河的波光》收录这些印迹，不只有为作者个人的读写经历系年存证的意义，对文友和读者，也有显而易见的励志共勉之意。

《洵河的波光》行将成书，福善先生心血灌注的创作道路上，又将立起一方结结实实的里程碑。往后的行进途中，福善先生文内文外的风景，想必都将更加绚丽。这是我的祝愿，也是预先欣赏了《洵河的波光》这本新书的一名读者诚心诚意的期待。

2020年10月18日北京秋色正浓之际

李林荣，北京第二外国语学院文化与传播学院教授、中国现当代文学学科带头人、中国鲁迅研究会理事、北京作家协会理事、北京老舍文学院客座教授、北京文艺评论家协会文学工作委员会委员、中国作家协会会员、中国文艺评论家协会会员。毕业于北京师范大学、复旦大学，文学博士。1990年代中期开始从事中国现当代文学研究、鲁迅研究和当代文学评论。出版有《嬗变的文体：社会历史景深中的中国现当代散文》《经典的祛魅：鲁迅文学世界及其历史情境新探》《疆域与维度：中国现当代文学的跨世纪转型》《犁与剑：鲁迅思想与文体再认识》《中国现代文学的历史进程》《观潮与聚焦：中国文学新常态》《但取一瓢饮：写给作家朋友的书话》等专著多部。

后　记

就文学而言，我先是写了近十年诗，而后转为散文。其间写了些小说，终归不多。所以，主要就是散文了。出版几本散文集，有些入选了不同文集或选本以及高中语文试卷，甚至还获得了全国第五届冰心散文奖。如今粗略地检点出这些长短篇章，自觉尚可，便结而为集了。

我之散文，必亲眼所见、亲身所历、为心所感再写，以为这样才“真”。而这“真”，即是所写之人、所记之事、所述之景、所言之理、所抒之情之真。总觉散文不能虚假，一旦虚假，就失去了生命，成了一束没有生机与活力的装饰的干花。比如游记，有些地方去了，去前很想写些东西，可到那儿没什么感触，回来也就没写。不能写、不想写绝不勉强写，更不为写而写，不然一定写不好，这是文学本真之道。而艺术需要真善美，散文亦不例外。我的散文，孜孜以求的是一种艺术美文，甚至是带有诗意的美文，就在“真”的基础上，潜移默化地融“善”于其间了。

说到底，我是个笨人，不但不能下笔千言，而且一篇往往修改十几遍二十遍，直到改不动了为止。甚至几年十几年过去了，已经发表了想起来还不厌其烦地改。这只能是我笨人所为，实不足为外人道。评论家曾镇南先生劝我，不要再改了，保留发表的原貌也好。先生所言极是，一个作家总有一条自己走过的路，留下一串自己的脚印。

想我研究文物多年，见了很多碑刻、竹简，我以古人写碑刻、竹简的精神写散文。这就决定了我的散文不会很多，且一般也不会很长。好在散文不以多寡论“英雄”，不以长短论高下，毕竟古人那些传世名篇多不很长。当然，并不是说我不喜欢长文，相反，每每见而赏之，自视方觉才力之不足，笔力之不济了。

该说的话都在文章字里行间了，如读者朋友喜欢，就随手翻翻好了。

回顾来路，几十年来一直忙于县志和革命史编写，忙于文物管理，忙于文史资料征集，写作于我，确实是忙里偷闲。所以，尽管我有幸在王蒙部长和评论家张德祥先生介绍下，加入了中国作家协会，且任北京作协理事，并参加了2001年12月中国作家协会第六次全国代表大会，但始终是业余写作，只有感时才偶然为之，以保持一颗文学之心不泯，一种文学敏感不灭了。就是此刻，案头摆满的还是平谷地方文献，正在研究的还是平谷历史文化。

我总想适当时候，这研究告一段落，而回归文学。首先读点特别想读而没时间读的文学经典名作，不觉间这些年已积攒了几书柜，真读大概一时半会儿也读不完的了。那就能读几本是几本，拣最想读的读，聊补心灵之念。静下心，再写几篇想写而没工夫写的文学作品，即使写不出长的，写些短的也好，总以为更好的作品还等待着自己去写。自己心里还觉年轻，可匆匆竟过了花甲，且悄悄已白发满头。别人眼中，我俨然是个老人了，真的时不待我！

值此散文集出版之际，衷心感谢区委宣传部鼎力支持，感谢北京二外教授、博士李林荣先生精心撰写的评论，感谢肖像画家罗雪村先生的肖像画作，感谢书法家翟德年先生的题字，感谢出版社责编所付出的心血，尤其感谢多年来一路支持、关心我的诸多朋友和热心读者。我将这本小书真心地献给你们，也算对你们的一种感恩与回报！

柴福善

2021年5月20日于善书斋

图书在版编目（CIP）数据

沟河的波光 / 柴福善著 . — 北京：民族出版社，2021.5

（平谷文化高地系列丛书）

ISBN 978-7-105-16389-2

Ⅰ. ①沟… Ⅱ. ①柴… Ⅲ. ①散文集—中国—当代 Ⅳ. ① I267

中国版本图书馆 CIP 数据核字（2021）第 090798 号

沟河的波光

责任编辑：李燕妮
封面题字：翟德年
封面设计：刘福勤
出版发行：民族出版社
地　　址：北京市东城区和平里北街 14 号
邮　　编：100013
电　　话：010-64228001（汉文编辑二室）
　　　　　010-64224782（发行部）
网　　址：http://www.mzpub.com
印　　刷：北京艺辉印刷有限公司
经　　销：各地新华书店
版　　次：2021 年 6 月第 1 版　2021 年 6 月北京第 1 次印刷
开　　本：787 毫米 ×1092 毫米　1/16
字　　数：330 千字
印　　张：19.75
定　　价：110.00 元
书　　号：ISBN 978-7-105-16389-2/I · 3102（汉 2890）

该书若有印装质量问题，请与本社发行部联系退换。